不及皇叔貌美

上

白鷺成雙 著

風華絕代冷峻月神 × 耿直爽快情傷郡主

★人氣古風大神
「白鷺成雙」再啟月下風華

隨書附贈 《不及皇叔貌美》典藏明信片

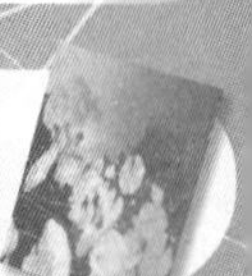

沈故淵：「外裳脫了。」

池魚下意識地往後一跳，雙手環胸，皺眉道：「什麼意思？」

對於她這種反應，沈故淵很是不能理解，撐起身子坐直了，上下打量她兩眼，冷笑道：「在妳和鏡子之間，我會選鏡子。」

目錄

第1章　走水的遺珠閣

「救命啊！救……咳……」

濃烈的煙霧洶湧進屋子，就算努力屏息，喉嚨裡也嗆得厲害，寧池魚咳嗽不止，抬頭看見窗外站著的人，連忙扯著嗓門喊：「雲煙，我在這裡！」

平時一向頗為照顧她的雲煙，此刻就在離她十步之遙的窗外，眼神冷漠，語氣冰涼：「抱歉郡主，卑職也只是奉命行事。」

奉什麼命，行什麼事？池魚有點懵了，腦子很緩慢地想著這句話的意思，直到著火的房梁「轟」地一聲砸落下來，她才猛地一凜。

奉命行事，就是要她死？

錯愕地睜大眼，池魚頭搖得跟撥浪鼓一樣：「不可能！王爺不可能要殺我！放我出去，我要見他！」

雲煙沒有任何反應，負手站在遠處，身影被火光漸漸掩蓋。外頭人不少，可沒有人救火，相反，倒是有人在潑油，火勢伴隨著滋啦啦的聲音越來越大。

屋子裡空氣稀薄得令人窒息，池魚驚慌之中，還聽見兩聲貓叫。

「喵！喵！」

倒吸一口涼氣，她低頭，就見自己養的兩隻貓蹭在她腿邊發抖，身上的毛都焦黃捲曲，顯然是被火燎到了。

「落白！流花！」池魚紅了眼：「你倆蠢嗎？快跑啊！會被燒死的！」

一白一花的兩隻小貓使勁蹭著她，「喵喵喵」地叫著，聲音淒厲，卻是都沒肯從窗口跳出去。流花的尾巴上的毛被燒焦了一塊兒，落白身上的毛也捲曲發黃，看起來可憐極了。

心口疼得厲害，池魚咬牙，努力讓自己鎮定下來，企圖在這房間裡找尋一絲生機。

門口已經被堵死，想出去是不可能了，身子被捆著，行動不是很方便，她只能腳尖蹭地借力，左肩在地上磨，一點點地往窗戶的方向靠。

好不容易離得近了，燃著火的紗簾突然就從房梁上掉了下來，燒著了她的衣裳，池魚急忙往地上滾動，兩隻貓咪也淒厲地叫起來。

「別怕別怕！」勉強將身上的火壓滅，池魚裝作沒聞見自己的肉焦味，小聲安撫兩隻小東西：「我送你們出去。」

話剛落音，窗口上掛著的姻緣符也著了火落下來。剛剛才熄滅的火苗重新燒上了她的身子，驚得池魚連忙幾個翻滾，卻差點滾到那頭燒上來的火裡。

「喵！」落白和流花都慘叫不止，池魚看了看自己身上燒得歡的姻緣符，絕望之中罵出了聲：「什麼月老，扯的什麼鬼姻緣！不幫我就罷，還要來燒我！心被天狗吃了吧！」

肌膚已經感受到了炙熱，呼吸也漸漸困難，池魚有些心疼地看著牆角裡發抖的貓咪，不甘心地躺在地上睜大了眼。

要……死了嗎？

火燒上了房梁，一片紅光。池魚恍惚地看著，感覺那片火好像突然光芒大盛。

是快死了的幻覺嗎？池魚茫然地看著，就見光裡好像出現了個人。

長長的白髮足足有三丈，飄在身後，像一條白龍。大紅的袍子繡著精細的雲紋，鋪天蓋地從天上罩下來，如巨大的屏障，映得那眉眼美得驚心動魄。從天而降帶下來的風，將她周圍的濃煙都吹散了。

原來人死之前可以看見神仙啊？池魚苦笑，心想臨死能看見這麼美的神仙，也算不虧了。

然而下一瞬，自個兒就被他撈了起來，一陣天旋地轉，四周的灼熱盡消。

外頭的空氣清新無比，池魚無意識地喘息著，眼前一片空白，嗡鳴之聲不絕於耳，過了許久才緩過神來，漸漸看得見東西了。

一襲暗紅的錦繡袍就在她眼前，池魚眨眨眼，低頭一看，卻發現這袍子沒有方才看見的那麼寬大，尺寸很平常。再抬頭，面前的人一頭白髮及腰，隨意束在身後，也沒有三丈長。

剛剛，是她眼花了？

搖了搖頭，池魚很是感激地看向這人：「多謝恩公！」

恩公的臉色看起來不太好，語氣也不是很耐煩，順手扔給她落白和流花，冷聲道：「不必謝了。」

驚喜地接住兩隻貓咪，看了看牠們沒有大礙，池魚眼淚都下來了，一把就抱在了懷裡：「太好了！」

「不過……」高興之後，池魚有點不解地看了一眼遠處還在燒著的遺珠閣：「恩公是怎麼救我出來的？那麼大的火。」

「想見沈棄淮？」這人好像沒耐心回答她，只冷冷地問了一句。

頭皮一麻，池魚賠著笑點頭，她現在最想見的就是沈棄淮，想問問他到底發生了什麼事。

「那就別問了，跟我來。」揮袖就走，這位恩人看起來好像心情不太好，池魚也不敢多問，連忙跟上他，從王府無人的小路，繞去沈棄淮的悲憫閣。

悲憫閣的一切她都萬分熟悉，每次來這裡，越過那三開的門扇，都能瞧見沈棄淮孤獨的背影。然而這次不同，悲憫閣院門緊閉，裡頭的沈棄淮，也並不孤獨。

「不要……」余幼微衣裳都散了，卻還半推著沈棄淮，眉目間滿是春意：「你是池魚的未來夫君，我們怎能……」

沈棄淮將她抵在院子的石桌上，一雙眼似笑非笑：「我心屬妳，還管別人做什麼？」

「那也不能在這裡……」余幼微臉紅得緊，攔不住他作怪的手，鶯啼不止：「王爺好壞……啊……府上是不是走水了？」

「走水的是遺珠閣。」沈棄淮輕笑：「燒不到咱們這裡來。等這火滅了，妳就是我未來的王妃。」

余幼微心裡大喜，面兒上露出擔憂來：「池魚就算有錯，也不至於……」

「不至於？」沈棄淮嗤笑一聲：「她上次重傷於妳，妳都忘記了？」

「那也只是吃醋罷了。」余幼微咬唇，楚楚可憐地看著他：「她也只是太愛您，不想您與我來往。」

「本王與誰來往，輪得到她來做主？」沈棄淮輕哼，張嘴就咬上她的脖子：「本王就是喜歡妳，妳說什麼都沒用。寧池魚一死，本王立馬迎妳過門。」

「這……嗯……啊……別人會說閒話的，池魚也跟了您十年了。」

「與我何干?」沈棄淮深深地看著她:「誰擋我與妳在一起,我便殺誰。」

這般情話,誰人不心動?余幼微總算是滿意了,任由他的手伸進自己的衣裳,不再抵抗。兩人纏作一團,就在這光天化日之下,化為一體。興致高處,沈棄淮一聲聲叫著余幼微的名字,纏綿得很。

院牆外,池魚面無表情地聽著,心裡的涼意蔓延到周身,凍得指尖生疼。努力想呼吸,卻怎麼也吸不進空氣。伸手捂住耳朵,那一聲聲纏綿悱惻的情話卻還是鑽進她的腦袋,疼得她忍不住低吼出聲:「啊……」

「妳冷靜點!」

誰在說話,她聽不見,心裡的涼意散開了,又有無數的怒火衝上來,激得她雙眼血紅,起身就想翻牆。

「站住!」白髮扯住她的胳膊,低斥:「妳想幹什麼?」

「我想幹什麼?」池魚回頭,一雙眼滿是恨意:「我要殺了他們!」

她是真的想不到,一個時辰前還特意來與她共進晚膳的人,現在竟然會躲在這裡與她所謂的手帕交歡好!那她算什麼?十年來的殺人工具?任他玩弄的傻子?

是她傻啊,到死都不願意相信他會捨得殺自己,而他呢?壓根沒有把她看在眼裡!燒死她,就為了迎娶余幼微,那這十年來做什麼一直騙她呢?早說明白不好嗎?

「冷靜點吧。」白髮淡淡地道:「就算妳衝進去,也打不過沈棄淮。」

瞳孔不甘心地縮緊,池魚瞪大眼看著他,伸手指著院子的方向:「那我就要這麼眼睜睜地任由他們苟且?就活該被燒死在遺珠閣?」

第2章　憑空出現的男人

「他要燒死我啊！」池魚崩潰了，蹲下身子抱著頭，又哭又笑：「我十歲借住這王府，和他一起長大，這麼多年來一直真心真意地對他，他竟然要燒死我！」

許是她聲音大了些，院子裡的動靜漸漸沒了，白髮反應極快，立馬拎起一人兩貓，飛身而走。

「走哪裡去？」池魚掙扎了兩下：「你放我去跟他對質！我倒是要問問，他的良心是不是被狗吃了！」

「閉嘴！」白髮瞇了瞇眼：「不想死就聽我的！」

悲憤難平，池魚死死地抓著他的衣裳，咬牙道：「就算我聽你的，又能如何？沈棄淮要我死，我在這上京就活不了！」

那可是一手遮天的沈棄淮！他能在自己的王府裡燒死她一次，就能殺她第二次、第三次，她跑得掉嗎？離開王府，外頭仇人甚多，她活得下來嗎！

冷笑一聲，白髮斜眼睨著她，表情很是不屑：「有我在，妳怕個什麼？」

這語氣很是自信，聽得池魚愣了愣，抬頭疑惑地看著他：「你……是何方神聖？」

白髮沉默了片刻，深黑的眼珠子一轉，吐了個名字出來：「沈故淵。」

池魚皺眉：「沈氏皇族？」

「算是吧。」沈故淵尋了無人的院落將她放下，拂了拂自己身上的袍子。

不知道為什麼，池魚覺得這人的語氣聽起來有點心虛，忍不住就懷疑起來：「我看過皇族族譜啊，怎麼沒見過您的名字？」

沈故淵有點不耐煩：「妳就不能允許沈氏一族有流落在外的皇子？」

池魚看著他，呆呆搖頭：「沒聽說過。」

「那妳馬上就會聽說了。」沈故淵下巴微抬：「現在聽我的，跟在我身邊，我帶妳出這王府，再讓妳光明正大地回來。」

那怎麼可能？池魚苦笑，蹲在地上摸落白的腦袋：「恩公有所不知，沈棄淮攝政已久，權勢滔天，我雖為郡主，但父王早死，滿門已滅，在他眼裡不過是浮塵螻蟻，他想要我死，就絕對不會放過我。」

「別說那麼多。」沈故淵道：「我就問妳一句話，妳現在最想做的是什麼？」

最想做的？池魚咬牙：「那還用說？報仇！想讓那對狗男女付出代價！」

「那就行了。」沈故淵點頭：「我幫妳。」

微微一愣，池魚有點意外地看著他：「恩公，咱們先前認識嗎？」

「不認識。」

「那您平白無故的，幫我做什麼？」

「……」人心就是這麼複雜，永遠不相信憑空而來的好意。

沈故淵想了想，道：「妳若非要個理由，那就是我與這沈棄淮有仇。」

有仇？池魚認真思考一番，發現挺有道理的，沈棄淮畢竟只是鎮南王撿回來的養子，如今皇帝年幼，皇族血脈凋零，任由他一個外人掌控大權，的確是有不少皇族不滿。

「問夠了嗎？」沈故淵轉身拂袖：「趁著夜色，趕緊跟我走。」

想想自己身上也沒有能被騙的東西，再看看自己如今這絕望的處境，池魚望著他的背影，深吸一口氣，抱起貓就跟了上去。

悲憫王府的火燒了一個晚上才熄滅，沈棄淮一臉沉痛地站在遺珠閣的廢墟前，聲音哽咽：「池魚……怎麼就沒了呢？」

「王爺節哀。」雲煙站在他身後，為他披了件外裳：「誰也不曾料到遺珠閣會失火，卑職帶人救了一晚上，也沒能……卑職失職！」

「也怪不得你。」沈棄淮長嘆一口氣，秀氣的眉頭皺起來，望了望天：「是我沒有與她結為夫婦的緣分，這大概是天命……罷了罷了，你們將她尋出來，厚葬吧。」

「是！」

沈棄淮轉身，看了看前來慰問的朝中各大臣，笑得悲愴：「有勞各位走這一趟了，本王不太舒服，恐怕得休息幾日，朝中諸事，還望各位多擔待。」

「哪裡哪裡。」眾臣紛紛拱手行禮：「王爺節哀順變。」

沈棄淮微微頷首，餘光卻瞥見旁邊的徐宗正眉頭緊皺，於是問他：「徐大人可是有什麼事？」

「王爺府上發生如此悲痛之事，微臣本不該再叨擾王爺，但……」徐宗正拱手：「實在是發生了大事！」

「哦？」沈棄淮神色嚴肅起來：「大人請講。」

「先皇有一幼弟流落在外已有十餘載，王爺一直派人尋找無果。但昨晚，孝親王尋到了，並且已經送進宮中，核對無誤。一眾親王都高興不已，一大早便進宮去向陛下給他討身分去了。」

臉色瞬間一變，沈棄淮皺眉：「找了十幾年都沒有找到，一夜之間找到了，他們就這般草率地認了？」

說著，抬步就要走：「雲煙備車，本王要進宮！」

眾人都被他這反應嚇了一跳，沈棄淮也很快反應過來，緩和了神色道：「陛下年幼，幾位親王都年邁，難免被人蒙蔽，本王雖然悲痛，但也不能置如此大事於不顧。」

「王爺英明。」徐宗正猶豫地道：「只是昨晚此事就已經敲定，那位皇子也已經入了皇族族譜，怕是沒有爭論的必要了。」

「什麼?!」沈棄淮臉都白了：「怎麼會這麼快？也不來問本王一聲？」

「昨晚您不是病了，昏迷不醒麼？」徐宗正無奈地道：「宮裡派了人來，府上卻說您人事不省，什麼事也管不了。」

「……」那是因為他想裝作不知道遺珠閣走水，所以讓人搪塞的。這下可好，竟然搪塞掉了這麼大的事情！

胸口氣得起伏了一下，沈棄淮咬牙：「那本王也得進宮一趟！」

籌備了這麼多年的局，總不能被個突然尋回來的野種打亂！他顧不得別的了，上車就往宮裡趕。

巍峨的玉清殿。

朝中四大親王，皆坐在這殿裡哭得不能自已，年幼的皇帝坐在軟榻上，一雙眼盯著沈故淵看，也是淚眼朦朧。

「在外十幾年，真是辛苦你了。」孝親王感慨地看著他道：「皇弟生前就一直念叨你，說對不起你，一旦你回來，我們定要替他補償你。」

「無妨。」沈故淵道：「我不在意。」

這幾個字說得親王們眼淚又上來了，幼主都忍不住奶聲奶氣地問他：「皇叔，你想住在哪裡？想吃什麼？朕都讓人去安排。」

「吃什麼無所謂，我還不餓。」沈故淵抬了抬嘴角：「但是住的地方，我倒是有想法。」

「哦？」孝親王連忙問：「你想住哪裡？」

殿門突然打開，外頭的太監通傳了一聲，沈棄淮就大步跨了進來。

就在這時，沈故淵很鎮定地側頭，對上他的眼睛，勾唇道：「我想住悲憫王府。」

眾人都是一愣，沈棄淮停下了步子。

四目相對，沈棄淮終於知道為什麼幾位皇叔這麼快認親了。

沈氏一族有遺傳，嫡系男丁一滿十歲，鬚髮盡白，藥石無轉。這人一頭白髮通透不說，面容竟也與祠堂裡掛著的太皇太后像相似八分，尤其這一雙眼睛，美得令人難忘。

若無血緣，斷斷不可能這般相似。

心裡知道，但他開口卻還是說：「身分還沒有徹查清楚，就想住我悲憫王府了？」

「棄淮。」孝親王伸手遞了東西給他：「你自己看，本王查了他三個月了，核對無誤，他就是當年在南巡時走丟的皇三子。」

接過那疊東西，沈棄淮認真地看了許久，臉色不太好看地道：「王叔既然這麼肯定，那晚輩也沒什麼好說的。不過，我悲憫王府昨晚走水，燒了遺珠閣，恐怕不宜接客。」

「無妨，隨意什麼院子，能住就行。」沈故淵輕笑道：「只是房間得多備一間，我徒兒畢竟是個姑娘家。」

「哦？」沈棄淮看他一眼：「還帶了徒弟？」

「那正好，本王本還擔心沒人照顧你，有徒弟在就是好事。」孝親王哈哈笑道：「昨晚就聽人說你帶著個姑娘進宮，咱們暫時還沒能顧得上她，既然說到了，不如宣她進來行個禮。」

幼主點頭，太監通傳，沒一會兒外面就有人跨了進來。

「民女給皇上請安，吾皇萬歲，給各位王爺請安，王爺們萬福。」

本還盯著沈故淵看呢，一聽這聲音，沈棄淮驚得猛回頭。看清那人面容之後，臉色慘白地後退了兩步，撞翻旁邊的茶杯，落在地上「啪」地一聲脆響。

第3章　重回王府

「寧池魚！」

殿裡眾人都被嚇了一跳，下頭跪著的女子緩緩抬頭，露出一張妝容精緻的臉，瀲灩泛光的眼裡滿是不解：「喚我？」

對上她的眼睛，沈棄淮眉頭緊皺，驚疑不定，忍不住踏近一步，俯下身來看著她。

一身嫩黃裹粉束腰裙，衣襟繡花，肩上攏紗，挽臂輕薄繡紋。額間三點朱紅襯花鈿，絳唇豐盈，腮染微紅，長睫沾了溼露。烏雲髻上是梅花五簪，含羞帶怯三分端莊，天姿國色七分動人。

這哪裡還是悲憫王府那個整天吵吵鬧鬧的寧池魚？

錯愕片刻，沈棄淮冷靜下來，站直了身子笑道：「許是我認錯了人，這位姑娘與我府上的池魚郡主倒是有些相似。」

「是嗎？」挺直了脊梁，寧池魚努力笑得事不關己：「那可巧了，小女子閨名也作池魚。」

身子一僵，沈棄淮瞇了瞇眼：「還真有這麼巧的事情。」

「也算是緣分了，她在悲憫王府嗎？小女子正好可以見見。」池魚笑著看進他的眼裡：「說不定可以做個朋友。」

「……」盯著她看了許久，沈棄淮轉頭看向旁邊的各位親王：「這件事本王正好想進宮來稟，昨夜悲憫王府遺珠閣走水，池魚郡主……已經仙逝。」

「啊？」孝親王同幾位王爺都驚了驚：「眼瞧著都要成親了，怎麼會出這樣的事情？」

「天妒紅顏吧。」沈棄淮垂眸，長長地嘆了口氣，苦笑道：「本王如今也無心他事，朝中還須各位皇叔多擔待。」

「節哀順變。」眾人紛紛安慰。

寧池魚跪在地上，面無表情地看著沈棄淮那張滿是悲痛的臉，只覺得自己身上的燒傷都在隱隱作痛，喉嚨微緊，彷彿又置身火場，差點呼吸不上來。

誰能知道她這一身錦繡衣裳下頭的身體有多傷！誰能知道她這冷靜的皮囊之中的心有多恨！恨不得立馬衝上去，撕了這張人皮！讓大家看看，這到底是個什麼禽獸東西！

怒意翻湧，池魚抬起一隻腳，差點就要直接站起來！

「傻孩子，沒讓妳起身，妳就一直跪著？」一襲紅袍突然從旁出來，擋住了她的視線。有人伸手，溫柔地半抱著她將她扶起來站直。

池魚抬頭，就看見沈故淵一雙半闔的眼，清清楚楚地寫著四個字：不要亂動！

這是什麼地方？有她犯上作亂的機會？外頭的禁衛又不是擺著好看的，沈棄淮也不是紙糊的，女人一生氣，怎麼就容易扔了腦子呢？

有些不甘心地看著他，池魚委屈得眼睛都紅了，咬唇抓著他衣襟，半晌才低聲道：「都聽師父的。」

「那便來再給悲憫王爺行個禮。」輕輕推了推她的後腰，沈故淵轉身，朝著沈棄淮道：「要麻煩王爺以後多照顧了。」

池魚攏著袖子，僵硬著身子朝沈棄淮作揖：「池魚不懂規矩，容易惹事，還請王爺以後多擔待。」袖子裡的手指節節發白，池魚低下頭，死死地盯著沈棄淮繡龍的鞋面。

一定要，好好地，擔待她！

沈棄淮頷首，算是應了，目光落在面前這師徒二人身上，有些深沉。

認親結束，沈棄淮帶著沈故淵和池魚就乘馬車回府，一路上一句話也沒說，到了地方下車就叫來雲煙，低聲問：「屍體找到了？」

雲煙拱手：「找到了，身上還帶著信物，仵作也來確認過，應該沒有錯，已經收斂入棺了。」

微微一愣，沈棄淮下意識地回頭，正好看見池魚下了馬車，文靜地站在沈故淵身側，半垂著的睫毛很長，顯得分外乖巧。

果然不是同一個人嗎？可是，也未免太像了啊……

順著他的目光，雲煙也看見了池魚和沈故淵，嚇得聲音都變了：「王爺？」

「這是王府的客人，好生招待，莫要失了禮數。」沈棄淮回神，皺眉道：「有什麼話，等客人安頓好了再說。」

「……是。」

看著這熟悉的大門，池魚深吸一口氣，努力壓著心裡洶湧的怒意，手臂上的燒傷卻還是灼灼生疼。

十年前，她也是這樣站在這王府門口，那時候這王府還叫恭親王府，沈棄淮一臉溫柔地站在恭親王身側，好奇地看著她。

七歲的小女孩兒，剛經歷滅門之痛，對周圍的一切都充滿戒備，抓著僕人的衣袖，怎麼也不肯上前一步。

「別怕。」他朝她伸出了手：「哥哥帶妳去看後院池塘裡的魚，好大一條，鮮紅色的，好不好？」

那隻手溫柔極了，和他的眼睛一樣，充滿善意，讓她下意識地就伸出了手。

他是第一個朝她伸手的人，在她茫然無措，惶恐不安的時候，給了她一個令人安心的家。

而如今，這地方掛著悼念她的白幡，裡頭燒焦皮肉的味道仍在，令她幾欲嘔吐。

沈故淵斜眼掃著旁邊這人的模樣，眼神微動，抬步就往府裡走：「悲憫王府倒是修得不錯。」

說是這麼說，語氣卻分明帶著點不屑，垂眼掃著四周，彷彿這裡的勾梁畫棟都入不得他的眼，只是勉強來住住罷了。

沈棄淮也瞧見了，當下心裡就有些不悅，跟上來便問：「敢問殿下，流落在外這麼長時間，都住在哪裡啊？朝廷花了那麼大的力氣，也未曾尋得你半絲蹤跡。」

「說來話長。」不耐煩地吐出這四個字，沈故淵嘴唇一合，沒有要再張開的意思，徑直往前走。

池魚回神，連忙跟上他的步子。

沈棄淮很尷尬，看了看沈故淵那張冷若冰霜的臉，想發作又有些顧忌，只能強忍了這口氣，拂袖道：「那如今就請二位將就一番，住在瑤池閣吧。」

瑤池閣離悲憫閣有點遠，離遺珠閣倒是很近，有溫泉池塘，倒也算個舒服的地界兒。

「任憑王爺安排。」

沈故淵嘴上是這麼說，但走進那瑤池閣，滿臉的嫌棄是蓋都蓋不住，一雙往四周掃了好幾圈，極為勉強地道：「就這兒吧。」

沈棄淮氣得禮數都不想做了，拂袖就走！

他這府邸可是全上京除了皇宮之外最華麗的地方，竟然被個野種這麼看不起？

雲煙跟在後頭，朝他們行了禮就追上去安撫，然而沈棄淮那一串兒低咒聲還是隔老遠都聽得見。

池魚看得暗爽，等他們人都走得沒影了，扯著沈故淵的衣袖感激地道：「謝謝你給我出氣。」

「嗯？」一臉莫名其妙地看著她，沈故淵道：「我什麼時候給妳出氣了？」

「啥？」池魚很疑惑：「您不是為了氣他給我出氣，才故意表現得這麼嫌棄嗎？」

「跟妳有什麼關係，這地方本來就很差勁。」翻了個優雅的白眼，沈故淵很是不悅地道：「什麼亂七八糟的溫泉也敢冒充瑤池。」

池魚：「……」

認真地看了看四周，她有點哭笑不得：「您以前是不是住天上的啊？」

這麼好的地方都入不了眼？

嫌棄地看她一眼，沈大爺沒有開口的欲望，一揮衣袖就進了房間，半躺在貴妃椅上，等著人來收拾這屋子。

「我睡隔壁房間，您晚上有事叫一聲就成。」四處安頓妥當，池魚真像個徒弟似的，恭恭敬敬地半彎著腰站在沈故淵身邊道：「其餘的丫鬟，我都打發去外院了，我也先回房……」

「站住。」沈故淵睜開了眼。

池魚老老實實地停下步子，乖巧地問：「您還有何吩咐？」

「外裳脫了。」

哈？池魚下意識地往後一跳，雙手環胸，皺眉道：「什麼意思？」

對於她這種反應，沈故淵很是不能理解，撐起身子坐直了，上下打量她兩眼，冷笑道：「在妳和鏡子之間，我會選鏡子。」

薄唇一啟，吐出來的話是又狠又毒，刺得池魚渾身難受，尷尬地放下了手。

也是啦，想要美人，人家自己照個鏡子就有了，也犯不著對她有什麼非分之想。

咽了咽唾沫，池魚小心翼翼地問：「那……脫衣裳幹什麼？」

「上藥。」

不說還好，一說起來，她覺得渾身都疼，左右看了看，低聲問：「藥在哪兒？我自己來吧？」

「妳背上全是燒傷，自個兒碰得著？」沈故淵皺眉：「讓別的丫鬟來，妳的身分就瞞不住。」

「那……」池魚臉有點紅：「那也畢竟男女授受不親……」

「平時沒把自己當個女人，現在來說男女，不覺得好笑嗎？」沈故淵翻了個白眼：「妳想想剛開始我救妳的時候妳是個什麼模樣？穿得跟府裡的護衛似的，男不男女不女，怪不得沈棄淮不想娶妳。」

這話說得狠，池魚眼眶瞬間就紅了，咬咬牙，緩緩解開了腰上的繫扣。

衣裳從肩上褪了一半，就黏著了還未處理的傷口，撕扯得一陣疼痛。燒傷的地方都一片血肉模糊，紅腫潰爛，血水將裡衣浸透，外裳尚且扯不下來，更別說裡衣了。

池魚疼得嘴唇發白，深吸一口氣，想長痛不如短痛，乾脆咬牙一把扯了去！

然而，不等她用力，有人便伸過手來，雙指一彈就彈開了她凶惡的手，接過衣裳，很是輕柔地替她一點點褪下來。

第4章　壓不住的棺材板

「你……」池魚臉紅了，很是不自在地動了動身子，卻聽得這人開口道：「這一身皮肉不想要了，妳就儘管動。」

微微一僵，池魚結結巴巴地道：「可……這……我……」

修長的手指沾了藥膏，抹在與衣衫黏連的血水上，沈故淵很專心，一手抹藥，一手輕輕扯著她的外裳。本以為要褪層皮才能脫下來的衣裳，竟然就這麼順著他的力道，輕輕落在了地毯上。

感覺到背上一鬆，池魚很驚訝，忍不住想回頭看：「這什麼藥，這麼有用？」

沈故淵皺眉：「問題別那麼多，我的藥自然都是難得的佳品，轉過去。」

聽話地背朝著他，池魚這回不猶豫了，立馬將裡衣的繫扣也鬆開。

她是明白了，沈故淵不會害她，也不圖她什麼，可能就是閒雲野鶴得無聊了，想回來找沈棄淮奪權，順手搭救一下她這個陷入絕境的小可憐。

既然如此，那他說什麼，就聽什麼吧。

清涼的藥膏塗上肌膚，瞬間將灼痛完全壓住，裡衣慢慢褪掉，整個背露出來，池魚聽見了沈故淵不敢置信地吸氣聲。

「女人的背，都長這麼難看的？」

且不說這燒傷有多慘不忍睹了，在這燒傷之中，竟然還貫穿著七橫八縱的舊疤，和著那紅腫的幾大塊地方，沈故淵簡直覺得見了鬼了。

不，鬼都沒這麼難看的！

「見笑。」池魚挺直背脊，有點不好意思：「我以前……經常受傷，其他地方還好，背上的藥總是上不好，傷口也就……」

「妳丫鬟吃白飯的？」沈故淵皺眉：「藥都不能上？」

池魚抿唇：「我沒有丫鬟，遺珠閣一直是我一個人和落白流花住。」

沈棄淮要她做的很多事情都是見不得光的，為防祕密走漏，她向來是獨來獨往。

沈故淵撇嘴，表情很是不屑，看了看她的背，伸手想撫上去，但頓了頓，又作罷，拿起藥膏給她上藥。

窗外有風刮過，窗戶輕輕響了響，池魚警覺地側頭，剛想動，就被沈故淵按住了手。與此同時，背上塗藥的力道突然一重，疼得池魚「啊」了一聲。

「乖，別動。」沈故淵的聲音陡然溫柔：「忍著點兒。」

話是這麼說，可他力道卻半點沒輕，池魚疼得眼淚汪汪的，小聲問：「那我能喊嗎？」

「可以，喊多大聲都沒關係。」沈故淵眼裡起了點興味兒，斜眼掃著那窗臺，唇角微勾。

池魚不忍了，咬著自己的腰帶叫喚：「啊……嗯……疼……啊……」

這聲音透過窗戶傳出去，聽得外頭的人紅了臉，立馬飛簷走壁，回去稟告。

「哦？」沈棄淮翹腳坐在四爪龍紋雕花椅上，聽完暗衛的話，輕輕笑了一聲：「說是徒弟，原來是暖床的，那本王就放心了。」

「王爺。」雲煙皺眉：「可那女子，的的確確和郡主一模一樣。」

「天下之大，你還不許人有相同？」沈棄淮哼笑：「她不可能是寧池魚，衣著打扮尚且不論，寧池魚愛慕本王，死纏爛打多年，你見她對別的男子多看過一眼？」

雲煙想了想，好像也有道理，遺珠閣的屍體還在棺材裡，他親眼看著燒死的人，不可能復生。更何況，寧池魚那般執拗剛硬痴情不悔的女子，絕不可能轉眼就忘記王爺，與別人貪歡。

「你們繼續盯著吧，有什麼動靜都回來稟告。」沈棄淮起身，披上斗篷，有些懨懨地道：「本王先過去靈堂一趟。」

「是。」

該做的禮數的還是要齊全，就算寧池魚是他殺的，就算他一直只是在利用她，但現在人死了，他作為她未成親的丈夫，怎麼也要去悲痛一下。

只是……一看見那燒焦的廢墟四周飄著的白幡，沈棄淮瞇眼，還是覺得心裡不太舒坦。

「王爺，任務完成啦！很乾淨俐落，沒人發現我！」

「王爺，您能幫我上個藥嗎？我碰不著。」

「王爺，只要您想做的事情，我都替您去做，您別不開心了啊，有我呢。」

「我一點也不疼，就是有點睏……王爺，您能扶我一把嗎？」

王爺……王爺……王爺……

心尖緊縮了一下，沈棄淮皺眉，猛地揮手，將腦海裡那張臉揮散，低咒一聲，然後大步往前走。

「王爺。」余幼微身著白色長裙，頭戴白色絹花，看見他就迎了上來，咬唇哽咽：「我的池魚……我的池魚沒了……」

一張嬌豔的臉蛋梨花帶雨，瞧著就讓人心疼，任是心情再不好，沈棄淮也還是將她抱進懷裡好生安撫：「瞧妳，哭成這樣，明日眼睛該疼了。」

「我就這麼一個手帕交啊。」余幼微的眼淚撲簌簌地掉：「往後我有話，該同誰傾訴？」

沈棄淮長長嘆息，撫著她的頭髮，兩人十分默契地上演了一出公貓母貓一起哭耗子的好戲，情緒到位，表情悲痛，四周守靈的家奴都忍不住感慨這兩人對郡主可真是情深義重。

「今晚我來守靈，妳早些回去休息。」沈棄淮道：「池魚在這世上無親無故，也只有我能送她一程。」

「她無親無故，王爺把小女算作什麼了？」嗔怪地看他一眼，余幼微不依地道：「您日理萬機，本就勞累，守靈這種事，還是小女來吧。」

沈棄淮一愣，看了那紫檀木的棺材一眼，微微蹙眉。

「王爺是信不過小女？」余幼微不高興了：「池魚生前最好的朋友便是我，我還不能送送她，說兩句閨中話了？」

「……也罷。」沈棄淮點頭：「那便妳守吧。」

嬌俏一笑，余幼微推著他就往外走：「快去忙您該忙的事情吧，這裡一切有我。」

沈棄淮一步三回頭地走了，余幼微站在原地看著，臉上的笑容慢慢斂了個乾淨。

活著的時候搶不過她，死了倒能在王爺心裡占一席之地，寧池魚當真是個麻煩！她不會給沈棄淮緬懷的機會的，那樣的賤人，有什麼值得緬懷的？

回頭看了一眼靈堂，余幼微朝四周的家奴道：「時候不早了，你們都去用膳吧，我同池魚說會兒私話。」

「是。」家奴從兩側退下，關上了院門。

昔日如藏嬌金屋的遺珠閣，如今是一片焦土，靈堂設在這上頭，夜幕降臨時，就有些陰氣森森的了。

余幼微完全不怕，輕哼一聲，撿了蒲團坐下，滿臉嘲諷地看著那靈位：「沈寧氏池魚，生著卑賤，死了倒是貴重了。可惜就算用上等的紫檀木棺材，妳也是個小野種罷了。」

「這半年跟妳裝朋友裝得可真累啊，還好本小姐努力都沒白費，妳死了，我馬上就會當上這悲憫王妃。哈哈哈，作為朋友，妳是不是也該祝福祝福我？」

靈案突然震了震，余幼微斜眼瞧著，半分沒有敬畏之意：「生氣了？別啊，這樣就生氣，那妳要是知道妳要給他的信被我燒了，不是得氣得從棺材裡跳出來？」

拔了香爐裡燃著的香來晃著玩兒，余幼微笑得陰狠：「妳可別怪我啊，不是我不厚道，是妳太礙眼。只要妳活著，王妃的位置我就爬不上去，所以只能犧牲妳了。」

「不過好歹妳對我也算照顧有加，這樣吧，等我嫁入王府的時候，一定穿最好看的嫁衣，從這遺珠閣上踏過去，讓妳看看我是怎麼成為他的王妃的，如何？哈哈哈！」

陰風陣陣，吹得白幡猛地翻飛，余幼微覺得背後發涼，忍不住往四周看了看，然後冷笑：「死了還想來嚇唬我？做夢！人死身爛，妳就算化為厲鬼，又能如何？」

話剛落音，余幼微就覺得眼前多了個人，驚得她猛抬頭，臉上就挨了一巴掌——「啪！」

「能殺了妳啊。」

寧池魚的聲音在面前響起，余幼微一愣，被打懵了還沒反應過來，就感覺自己的脖子被人掐住，整個人都被舉了起來。

「妳以為妳能活得好好的嗎？余幼微。」

棺材旁的白燭晃了兩下就熄滅了，整個靈堂一片黑暗，只剩下面前這張蒼白的臉，和一雙血紅色的眼眸，死死地盯著她。

驚恐地瞪大眼，余幼微使勁抓著她的手，雙腳亂踢，努力想呼吸，卻被掐得臉色泛紫：「妳……」

「不認得我了？我的好姐妹。」寧池魚淒厲地笑：「妳不是要給我守靈，說私話嗎？我來找妳說話了啊。」

「啊——」余幼微用盡全力掙扎，大叫出聲：「鬼啊——」

尾音沒落，臉上又挨一巴掌，聲音清脆，響徹整個靈堂。

「虧我掏心掏肺地對妳，妳這心腸可真夠歹毒的。怪不得沈棄淮要這樣對我，原來都是因為妳。」手起，狠落，池魚猛地將她摔在地上，聽著骨頭摔斷的聲音，一腳踩上她的手，冷笑連連：「人心原來能可怕到這個程度，那我這個當鬼的可不能輸給人，妳下來陪陪我吧？」

這話尾音拖得長，四周頓時狂風大作，錢紙亂飛，彷彿瞬間變成了地獄。

余幼微又疼又怕，臉色蒼白，髮髻凌亂，抱著手臂慘叫連連：「救命啊！救命啊——」

巡邏的守衛剛好經過，聽見呼喊，立馬衝進了遺珠閣，將靈堂團團圍住。

第5章　夢裡舊年華

聽見護衛的聲音，余幼微立馬變了面目，抱著手臂狠戾地喊：「圍住四周，別讓她跑了！」

「是！」王府的護衛訓練有素，立馬用最快的速度將靈堂四周完全封死。

然而，就算他們動作再快，靈堂裡那抹影子也消失得沒了蹤跡。

「定然是藏起來了，給我搜！」余幼微疼得臉都扭曲了，表情猙獰恐怖：「這世上沒有鬼，只有人裝神弄鬼。敢傷我，我要她抵命！」

護衛領命，將靈堂翻了個遍，然而的的確確是沒人。

「小姐，會不會是您眼花了？」青蘭皺眉道：「外頭也不見有人，這裡頭也沒有。」

「我眼花？」余幼微捂著摔斷的手，氣急敗壞地道：「我眼花能把自己的手給摔斷了？剛剛分明是有刺客，你們若是抓不住，我便回稟王爺，治你們的罪！」

「小姐息怒。」護衛連忙拱手：「卑職們定當全力追查。」

疼得眼淚直流，余幼微也沒心思多廢話，讓人將她抬回悲憫閣，抓著沈棄淮就哭。

「怎麼傷成這樣？」沈棄淮大驚，連忙傳了大夫，就聽得余幼微哽咽道：「有人看小女不如意，扮成池魚的樣子，企圖嚇唬小女。可小女對池魚真心一片，她哪裡能得逞？所以就傷了我。」

微微一愣，沈棄淮皺眉：「妳是說，扮成池魚？」

「是啊。」余幼微咬唇，楚楚可憐地道：「也不知是怎麼辦到的，模樣當真是一樣，連語氣都相似。要不是池魚已經入棺，我還真要以為是詐屍了。」

眼神沉了沉，沈棄淮起身就往外走：「妳先療傷，我去瑤池閣看一眼。」

「王爺！」余幼微很是不滿，想要他陪，可沈棄淮走得極快，轉瞬就沒了影子。

沈棄淮不是個傻子，幼微沒見過沈故淵師徒二人，不知情也就罷了，可他見過。要說有誰和寧池魚一模一樣，那只能是瑤池閣那個池魚。

竟然裝神弄鬼重傷幼微，安的到底是什麼心?!

一腳踹開瑤池閣的大門，沈棄淮沉著臉剛要發作，就聽得那主屋裡傳來女子的嬌啼聲。

「啊……不要……疼……」

這聲音是幹什麼的，沈棄淮比誰都清楚，當下就是一呆，整個人冷靜了下來。

「暗影。」他低喊了一聲，皺眉問：「他們一直在院子裡？」

暗影從暗處出來，在他身邊拱手：「卑職一直守著，不曾離開。」

想了想聽見的動靜，暗影忍不住調笑：「說來這兩人可真是不害臊，雲雨來往不歇氣，這怕已經是第二番赴巫山了。」

「……」疑惑地盯著那房間看了許久，沈棄淮臉色不太好看，甚為煩躁地揮手讓暗影退下，自個兒站了一會兒，揮袖離開。

房間裡。

池魚眼淚汪汪地道：「您明明可以輕點的。」

沈故淵板著一張臉，冷漠地道：「我不想輕。」

多理直氣壯啊，彷彿這是他的背，疼的不是她一樣！池魚敢怒不敢言，委屈地問：「我做錯什麼了嗎？」

旁邊的人冷笑了一聲。

頭皮發麻，池魚雙手合十，抵在額頭上分外誠懇地道：「我錯了，不該不聽師父的話擅自離開這裡，我真的大錯特錯了！您大人有大量，就先別計較了吧？」

放下藥膏，沈故淵面無表情地看著她，伸手摸了摸她的額頭。

觸手滾燙！

收回手放在自己的耳垂上，沈故淵平靜地道：「妳死裡逃生，重傷未癒，心力交瘁，怕是要去閻王爺那裡報到了。」

「別！」池魚跪坐在軟榻上，神色凝重起來：「我不想死！」

「那妳還敢瞎折騰？」沈故淵陡然凶了起來：「妳知道我為了給妳收拾爛攤子，要花多少精力嗎！」

被吼得一慫，池魚咽了咽唾沫，小心翼翼地笑了笑：「我也不是故意去找她麻煩的啊，就是想看看自己的靈堂長什麼樣子，誰知道……」

想起余幼微那些話，句句誅心，寧池魚笑不出來了，雙眼漸漸泛紅。

「得了。」一巴掌將她拍得趴在軟榻上，再給她蓋上被子，沈故淵翻著白眼道：「識人不清的惡果只有妳自己咽，別跟我哭委屈！」

捏著被子往自己下巴裡掖了掖，池魚吸吸鼻子，小聲哽咽：「我不委屈……有什麼好委屈的，她能耍手段把沈棄淮搶走，是她厲害，是我沒本事。」

說是這麼說，心口卻疼得厲害，如針扎，如鼠齧。

她始終忘不掉半年前的那個下午，余幼微穿了一身極為可愛的嫩粉色流仙裙，站在遺珠閣的大門口，朝她笑得春暖花開：「初次見面，小女幼微，問郡主安。」

丞相家的千金，竟然特地來看她這個一直被人遺忘的郡主，池魚很震驚，也很抵觸，關上門不願意理她。然而余幼微不放棄，每天都來看她，爬上遺珠閣的牆頭，笑盈盈地跟她說話。

「池魚姐姐，妳看看，我今日給妳帶了好吃的。」

「池魚姐姐，外頭的花都開了，妳不出來看看嗎？」

「池魚姐姐，妳跟我說說話啊，我想跟妳做好姐妹，妳不要不理我好不好？」

每次她都站在門背後偷偷看著這個燦爛的姑娘，想出去，又有顧忌，因為沈棄淮說過，她是不能有朋友的。

然而有一天，余幼微蹲在大門口哭了，哭得特別傷心，她有些好奇，終於是打開了大門。

「池魚姐姐！」一看她出來，余幼微立馬飛撲上來，破涕為笑：「我就知道妳會理我的，妳也想跟我做姐妹對不對？」

被她一抱，池魚愣了神。她已經很多年沒被人擁抱過了，這種感覺……很讓人眷戀。

不管這算不算幼微的小心機吧，從那天起，她就真心把她當了姐妹，陪她去四處玩耍，聽她說外頭的事情，在沈棄淮對丞相千金頻繁來訪有些不滿的時候，她也替她說好話，極盡誇讚。甚至在她遇見危險的時候，她也替她擋，拿命護著她。

然而今天，余幼微說，這半年跟她裝朋友裝得可真累。

將頭埋進被子裡，池魚咬著唇眼淚直流。

她是不是真的不配有朋友？

「行道也，必遇阻，若遇阻為邪，則行道為正。若遇阻為正，則行道為邪。」

清冷如霜的聲音隔著被子透進來，聽得池魚愣了愣，忍不住露出兩隻眼睛看向旁邊的人：「啊？」

沈故淵斜眼睨著她，不屑地道：「余幼微心腸歹毒，忘恩負義，是為邪。沈棄淮趕盡殺絕，翻臉無情，是為邪。」

「所以妳，沒有做錯什麼。」

池魚傻了傻，茫然地看了他好一會兒，幡然醒悟：「您在寬慰我嗎？」

臉色一沉，沈故淵拂袖而起，譏誚地道：「誰有心思來寬慰妳？好生捂著被子哭吧，妳可真夠慘的。」

說罷，一顆藥塞她嘴裡，轉身就回去了自己的床上。

嘴裡藥香讓混沌的腦袋清醒了一下，池魚咽下那丸子，哭笑不得。

沈故淵這個人真奇怪，嘴上總說得難聽刺耳，實際做的卻都是為她好的事情。這樣的人，倒是比那些滿口朋友、背地裡害她的人，要可愛得多。

「多謝。」池魚笑了笑：「幸好有你。」

沈故淵回頭，給了她一個抵觸的眼神，萬分嫌棄地上床裹緊了被子。

池魚閉眼，發著高熱的腦袋開始混沌起來，悶得她很想吐。天地間一片黑暗，她走了好久好久，才終於看見一絲光。

「池魚，到我身邊來。」

熟悉的聲音，她一聽見就下意識地往那邊跑，果然，沒跑兩步就看見了沈棄淮站在那裡，溫柔地朝她伸手：「過來。」

心裡一喜，她立馬衝上去，像往常一樣，死死地抱住他。

「王爺。」池魚高興地道：「我剛剛做噩夢了，夢見幼微背叛了我，您下令燒死我！」

「傻瓜，做噩夢還這麼開心？」沈棄淮搖頭：「莫不是睡傻了？」

「因為是夢，所以我很開心啊！」池魚又哭又笑：「您不知道，我在那個夢裡有多絕望，快要死掉了……是夢就好，是夢就好！」

「妳真傻，我怎麼捨得燒死妳？」沈棄淮溫柔地摸著她的頭髮：「我馬上就要娶妳過門了啊。」

「對，我怎麼沒想到呢？早想到這一點，我就能更快從那個噩夢裡醒來了啊，我真笨！」池魚激動得忍不住拍手。

然而，這雙手一拍，卻沒有痛感。

池魚一僵，緩緩低頭看了看，伸手掐了掐自己的大腿。

不痛。

抬頭看了看，沈棄淮已經沒了蹤影，天地間獨她一人，絕望地看著這個夢境。

悲極反笑，池魚笑得前俯後仰，眼淚橫流。

「我真傻，真傻啊……」

屋子裡的嗚咽聲越來越大，最後乾脆就變成了嚎啕大哭，吵得沈故淵不得不睜開眼，披衣下床。

「喂。」皺眉看著軟榻上做夢都在哭的人，沈故淵很生氣：「妳就不能老實一會兒嗎？兩個時辰也行啊！」

寧池魚雙頰嫣紅，臉色慘白，眉心擰成一團，眼角的淚水不斷漫溢，滾落下來打溼一大片枕頭。

「還哭呢？」沈故淵以為她醒著，伸手就將她拎起來想教訓一頓。

然而，手碰著她的肩膀，觸手滾燙，比先前更甚！

第6章　精彩紛呈的婚事

臉色一沉，沈故淵飛快地坐下來，伸手把了把她的脈搏，低咒一聲，趕緊將人半扶起來，多塞兩顆藥下去，食指按住她頸後大椎穴，指尖注力。

這怕是，當真要同閻王爺搶人才行了。

池魚感覺這一覺睡了很久，頭疼欲裂，嗓子乾涸得厲害。屋子外頭很吵，鑼鼓聲鞭炮聲，響作一團，逼得她不得不睜開眼。

外頭的天竟然還是黑的，燭臺的光昏暗得緊，整個屋子裡就她一個人。

勉強撐起身子，池魚揉了揉腦袋，恍然間覺得自己剛剛才從鬼門關回來，身子都僵硬得不像是自己的了，活動手腳半晌，才有了知覺。

「師父？」

屋子的門應聲而開，沈故淵站在門口，淡然地道：「醒了？換身衣裳收拾一番，出來看熱鬧。」

熱鬧？池魚連忙穿上放在她枕邊的長裙，隨意將頭髮挽了個髻，一邊插簪子一邊往他那邊走：「什麼熱鬧？」

「悲憫王爺大婚，迎娶丞相千金為妃。」沈故淵抬了抬下巴：「轎子就快到門口了。」

瞳孔一縮，池魚震驚地抬頭看他。

「別這副表情，妳早該知道有這麼一天。」沈故淵嘲弄地道：「沈棄淮燒死妳，不就是為了這場婚事嗎？」

心口沉了沉，池魚垂眸苦笑：「我知道會有這麼一天，只是沒想到來得這麼快。昨日還守靈呢，今日就成親，也不怕落人話柄。」

「妳是睡傻了吧。」沈故淵斜眼：「妳的頭七都已經過了。」

什麼?!

倒吸一口涼氣，池魚不可置信地問：「我睡了多久？」

「七日。」沈故淵挑眉：「或者說，是昏迷了七日，高熱不退，怎麼都不肯醒。要不是我的靈藥，妳現在就該飄在空中看這場婚事了。」

怪不得身體都不像是她自己的了，池魚惱恨地跺腳：「我竟然浪費這麼多時間在生病上頭！」

「妳重傷未癒，心病難解，現在的身子不比從前，羸弱得很。要是再亂來，保不齊又得昏睡幾個七日。」沈故淵嫌棄地道：「就不能老實點？」

「我要怎麼老實？」池魚皺眉指著外頭：「他們想害死我，還想就這麼成親，做夢！我一定要當著所有人的面，揭穿這對人面獸心的狗男女！」

「然後被權勢滔天的悲憫王爺抓住，死無葬身之地？」沈故淵冷笑出聲：「妳去，我不攔著妳。」

微微一僵，池魚洩了氣：「那我能怎麼辦？」

「跟著我，是妳唯一能做的事情。」轉身拂袖，紅袍飛揚，沈故淵淡淡地道：「這應該是一場熱鬧的婚事。」

他換了一身衣裳，依舊是豔紅的顏色，衣襟和腰帶上卻綴了色澤上乘的翡翠，一頭白髮也束在了金冠之中，發尾飄在身後，少了兩分仙氣，多了幾分紅塵貴重之感。想來，是真的要認真參加這婚禮的。

池魚心裡難受，卻也別無他法，乾脆回妝臺好生梳妝一番，戴一套翡翠首飾，正正經經地跟著他去。

雖說王府上喪事剛過，但這場成親大禮，沈棄淮可是費盡了功夫，極盡奢華之能事，府外三里地都滿是紅妝，府內更不用說，滿目盡是琳琅喜色，充分顯示出他對新王妃的喜愛。

池魚面無表情地看著，站在賓客人群之中，等著新娘子的到來。

「王爺對余氏可真是情深一片，聽聞聘禮價值萬金，可樂壞了丞相爺了。」

「那可不？余家千金貌美如花，性格溫順，的確是良緣。只是……這王府喪事剛過，立馬有喜事，瞧著總覺得不妥。」

「有什麼不妥的？死的那個是個遺孤，沒身分沒地位的，這余氏可是丞相千金，誰能說王爺做得不對啊？你看，四大親王都來了，也沒人說個不字啊。」

沈棄淮大事將成，娶余幼微本是錦上添花之事，用不著著急，沒想到半路殺出個沈故淵，對他產生了威脅，他才會心急火燎地成親，讓自己的勢力更加鞏固。這些池魚明白，四大親王更加明白。

「故淵啊。」孝親王拉了他在角落，小聲道：「你是我皇族嫡親血脈，年歲也合適，應當幫陛下操持一番政務了。」

沈故淵點頭：「我早料到此事，不過時機不合適，悲憫王爺也不會放權，等秋收之時吧。」

孝親王讚許地道：「秋收正是一年最忙的時候，的確是需要人幫忙，你是個聰明孩子。」

「過獎。」沈故淵頷首，眼角餘光瞥見人群裡的寧池魚，瞧見她那雙充滿怨恨的眼，微微抿唇。

「新娘子到了！」有小孩兒嘰嘰喳喳地喊開了，眾人都紛紛往王府門口走。

池魚站在原地沒動，被人撞得東倒西歪，正要站不住腳，背突然就抵著了個結實的胸膛。

「不去看熱鬧？」沈故淵的聲音在她身後響起。

池魚苦笑，抬頭遮住了眼：「不了吧，沒什麼好看的。」

「一定會有好看的。」伸手抓了她的手腕，沈故淵扯了她就走：「不去會後悔。」

池魚無奈，還是跟著他走，瞧著府院四周的同心結，心疼得厲害。

她也曾夢見過這樣的場景，天地間滿是喜色，她穿著一身嫁衣，滿懷喜悅地等沈棄淮來娶她。

然而現在，沈棄淮要娶的，是余幼微。他將把她抱進這悲憫王府的大門，喚她一聲「夫人」。

多情應笑她，痴心妄想啊……

門口的人很多，難得的是竟然無人來擠沈故淵，池魚站在他的身側，也得了兩分輕鬆，不情不願地看向那長長的迎親隊。

沈棄淮騎在馬上，笑得滿面春色，身後八抬的花轎鑲金墜銀，華麗得很。

「恭喜恭喜啊。」慶賀之聲四起，沈棄淮笑著拱手回禮，到了門口，翻身下馬，轉頭就要去抱自己的新娘子。

池魚不太想看了，正要低頭，卻聽得天上憑空一聲雷響。

「轟——」

這雷聲實在太大，嚇得轎夫們腿一軟，紛紛跌倒在地。高高抬起的轎子瞬間砸在地上，傳出一聲女子的尖叫。

「你們做什麼！」沈棄淮慌忙上前將轎簾掀開，就見余幼微跌得蓋頭掉了，鳳冠也歪了，表情分外痛苦。

「傷著手了嗎？」心疼地看著她，沈棄淮道：「本就沒痊癒，等會趕緊讓大夫看看。」

「我沒事。」余幼微勉強扶好鳳冠：「先拜堂要緊，不必擔心我。」

沈棄淮滿眼憐惜，伸手正要將她抱出來，天上突然就落下一道閃電，正劈轎頂，瞬間燃起大火。

「著火了！」圍觀的賓客紛紛驚呼，池魚也傻眼了，看著那轎子以一種不可思議的速度燃燒起來，連帶著燒著了沈棄淮的衣裳。

「救火！救火啊！」四周家奴反應極快，立馬去找水。

沈棄淮伸手就扯了自己燒著的外袍，順帶一把將余幼微扯出轎子。

「啊——」余幼微驚慌地尖叫：「我身上，我身上！」

鸞鳳和鳴的喜袍燒得實在是歡，就算沈棄淮替她扯了外裳，裡頭的裙子也立馬燃了起來。水井離得遠，等家奴來恐怕是來不及，余幼微倒地就翻滾，一邊哭一邊喊：「棄淮救我！」
沈棄淮能有什麼辦法，再高的功夫也不能救火啊，只能伸手快速地想把她燒著的裙子也脫了。
「不……不要！」余幼微捂著裙子連連搖頭。
沈棄淮怒道：「都什麼時候了妳還管那麼多?火都要燒上妳的身子了，放手！」
「不……」余幼微痛苦極了，死死捂著裙子，卻沒能扯過沈棄淮。
大紅繡鳳的嫁裙被扯開，大家都以為裡頭至多不過是裡衣，狼狽一些，倒也不至於尷尬。
可誰知道，余幼微為了今日的洞房花燭夜，嫁衣裡頭穿的是一層紅紗，褻褲都沒穿，只著肚兜。
裙子一扯，整個酮體便呈現在了眾人目光之下。
紅紗妖嬈，纏著不著寸縷的玉腿，肚兜小巧，裹著顫顫巍巍的玉兔，當真是春色無邊。
王府門口，頓時如死一般寂靜。
余幼微哽咽出聲，抱著身子遮著臉就哭。沈棄淮愣了愣，臉色十分難看地脫了自己的喜袍給她蓋上。
氣氛尷尬，眾人都不知該說什麼好，倒是有人，忍不住笑出了聲。
這一聲笑令沈棄淮難堪極了，看著地上的余幼微，再看看那邊還在燒的轎子和喜服，咬牙道：「今日時辰不好，婚事改日再辦，各位先散了吧。」
好端端的迎親典禮竟然變成了這樣，圍觀的人有嘆息的，也有幸災樂禍的。
「聽聞王爺上一個要娶的人就是被燒死的，這從天而降的火，怕不是報應吧?」

「要不是親眼所見，我都不敢信，還真就這麼燒起來了，你說邪乎不邪乎？」

池魚也覺得邪乎，想來想去，忍不住看向身旁的沈故淵。

他站得挺直，一身紅衣絲毫不亂，表情鎮定自若。只是那雙美目裡，怎麼看都帶著諷刺，嘴角一抹笑，更是意味深長。

第7章　動了歪心思的沈棄淮

「就算我笑得好看，妳也不能用這種眼神盯著我啊。」

沈故淵看也未看她，嘴角含著譏誚：「這天象可不是我能控制的，妳在懷疑什麼？」

「可您方才似乎早就知道會出事。」池魚眼神深深地看著他：「還說我不來看一定會後悔。」

「那也只是怕妳錯過這熱鬧的婚事罷了。」沈故淵一本正經地說著，伸手指了指那頭轟散的迎親隊伍：「妳看，是不是特別熱鬧？」

池魚：「……」

天象的確不是人能控制的，今天這場鬧劇，怎麼也怪不到沈故淵頭上來。但是……看了看那頭臉色鐵青的沈棄淮，再看看旁邊這位幸災樂禍的大爺，她總覺得哪裡不對勁。

不過比起好奇心，當下舒爽的心情自然更甚，這一場婚事沈棄淮花了多少心思啊，竟然是這般狼狽收場。上京的流言也迅速擴散開來，說沈棄淮和余幼微八字不合，上天降罰，不允這婚事。

沒有什麼比天神更讓人敬畏的，這花轎和新娘身上的大火，一傳十十傳百，鬧得沸沸揚揚，就算沈棄淮權勢滔天，也堵不住這悠悠眾口。

「我不要……我已經是王爺的人了，說什麼我都要嫁給您！」余幼微半靠在床頭，捏著帕子哭得梨花帶雨：「什麼天罰，意外而已，怎麼就那般邪乎了？別人不知道，王爺您還不知道嗎？我們分明合適無比！」

沈棄淮長長地嘆了口氣，閉眼搖頭：「此事已經驚動徐宗正，他祭祀宗廟，求問先祖，籤文也都不吉。」

「那……」余幼微哽咽：「那怎麼辦啊，王爺是打算不要小女了嗎？」

「怎會。」沈棄淮搖頭：「既然已經說了要對妳負責，本王就不會食言。只是，若非要成親，恐怕只能等這風波過去，婚事也低調一些。」

要低調，余幼微自然是不樂意的，可眼下這形勢，也沒別的選擇，只能捂著帕子嗚咽。

「好了，別哭了，有本王在呢。」沈棄淮道：「丞相對本王有恩，本王無論如何都不會辜負妳。」

「小女明白。」余幼微難過地道：「可是，小女也擔心王爺啊。三皇子找回來了，四大親王皆有讓他掌權之心，您的地位岌岌可危……」

「這些事情，不必妳來操心。」沈棄淮起身，輕輕摸了摸她的頭髮，溫柔地道：「妳只要乖乖等著本王就好了。」

說是這麼說，他心裡也是萬分著急的，現在的沈故淵雖然沒什麼異動，但他總覺得這個人是個禍害，一天不除，他就一天不能睡好覺。

安撫好余幼微，他起身回府，一路上都捏著手裡的珠串兒在沉思。

到了王府，剛跨進門，沈棄淮抬眼就看見王府最大的水池邊站著個人。一身藕粉色絲綢長裙隨風飄動，纖腰素裹，青絲半綰，背影很是熟悉，卻又有些陌生。

要是寧池魚，那定然是一身護衛裝扮，蹲在這池邊的。而這池魚，卻是柔美如水，端莊大方。這兩人就算長得很像，差別也很明顯。

眼神微微一動，沈棄淮漫步走上前，笑著問了一句：「姑娘在看什麼？」

池魚頓了頓，沒有側頭，屈了屈膝算是行禮：「偶然發現貴府池塘裡有一條大魚，過來看看。」

「姑娘眼力不錯啊。」沈棄淮也轉頭看進那池塘裡：「這魚在王府有二十年了，是上京裡最大的錦鯉，以前有個人，也喜歡天天來看牠。」

「是嗎？」池魚勉強笑了笑：「這麼神奇的魚，自然引人注目。不過這地方有點冷，民女就先告退了。」

「姑娘留步。」沈棄淮伸手抓住了她的手腕。

觸電的感覺激得池魚反手就甩開他，動作大了些，身子沒站穩，直接就要摔進那池塘裡。

「小心！」沈棄淮蹙眉，伸手就攬住她的腰肢，將她整個人撈回來，護在自己胸前：「這池邊地上都是青苔。」

池魚雙手抵著他，差點忍不住一拳打過去！

原來隨便對誰，沈棄淮都能這麼溫柔體貼，偏生是對以前愛慘了他的她狠心無比。這人的心，到底是什麼東西做的？

深吸好幾口氣，勉勉強強把情緒壓住，池魚咧了咧嘴：「多謝王爺提醒。」

「妳身子骨好像不太好。」沈棄淮道：「府上有很多補身子的東西，晚些時候，我給妳送去。」

「王爺厚愛，民女愧不敢當。」

「妳該得的。」沈棄淮體貼地道：「不過妳穿得實在單薄，先回去加衣裳吧。」

「是。」

轉身，池魚走得頭也不回，袖子裡的拳頭捏得死緊，眼眶也漸漸發紅。

沈棄淮，我窮盡十年沒能得你歡心，如今涅槃歸來，倒能得你青睞了。要是你知道我是誰，臉上的表情，該有多好看啊？

一把推開瑤池閣的門，剛抬頭，額間就被人的食指抵住了。

池魚一愣，抬眼看去，就看見沈故淵一張俊美無雙的臉，居高臨下地看著她，嫌棄地道：「戾氣太重。」

聽得這四個字，池魚才恍然發現自己的身子一直是緊繃著的，筋骨鬆下來，蹙著的眉頭也跟著鬆開了。

「遇見沈棄淮了？」沈故淵收回手問。

池魚哭笑不得：「您怎麼什麼都知道？」

「能讓妳這般表情的，除了他也沒別人了。」翻了個白眼，沈故淵轉身去石桌邊坐下：「沒露餡吧？」

「沒有。」池魚搖頭：「只是，他好像對我動了歪腦筋。」

「嗯？」添了杯清茶，沈故淵伸手放在自己對面。

池魚會意，乖乖地去他對面坐下，一五一十地交代：「沒有人比我更了解沈棄淮，他的算計，也只有我能看破。方才在大魚池邊，他對我示好，肯定是對你起殺心了。」

「哦？」沈故淵嗤笑：「殺個人還這麼拐彎抹角的？」

「沈棄淮行事穩重，他現在不知你我底細，貿然打探你不妥，就只能從我這裡下手，畢竟他那張臉，還是能迷惑很多姑娘的。」

「我要是被他迷惑，出賣你，那他要對你動手，心裡就有底很多了。」

抿一口茶，沈故淵眼裡暗波流轉：「既然如此，那妳就被他迷惑一下吧。」

池魚挑眉：「師父不怕我當真出賣你？」

「出賣我？」沈故淵看她一眼：「妳知道我武功高低嗎？」

「……在我之上是肯定的，具體如何，不太清楚。」

「那，喜好偏愛的東西呢？」

「不太清楚。」

「從哪兒來？」

「……也不太清楚。」

「所以。」翻了個白眼，沈故淵哼笑：「妳拿什麼出賣我？」

對哦！池魚眼睛亮了起來：「那，師父的意思是，咱們請君入甕？」

「妳全身上下，也就腦子是個好的了。」沈故淵嘖嘖兩聲，伸手指了指外頭：「想怎麼玩他，就去怎麼玩他，出一切事情，為師都替妳擔著。」

「這話可是您說的。」池魚興奮地道：「那我要惹出大麻煩，您可不能不救我！」

「放心。」

有人撐腰，池魚腰桿都挺得更直了，回屋去精心梳妝一番，剛好等到了沈棄淮派人送補品過來。摸了摸頭上的步搖，整理好身上的羅綺，池魚看也沒看那一堆東西，端起手就往悲憫閣走。

以前她人殺多了，習慣穿一身護衛衣裳，跟男兒一般乾淨俐落，沒想到在沈棄淮眼裡，反而不討喜。女兒家的規矩，她不是沒學過，該有的儀態，她本也都有。以前沒讓沈棄淮見識過，現在就讓他看看好了。

「王爺。」

悲憫閣裡，雲煙進來通稟：「池魚姑娘來謝恩了。」

「讓她進來。」放下手裡的奏摺，沈棄淮抬眼看去，就見一襲羅裙掃過門檻，盈盈繡鞋蓮步微搖，端莊溫柔的佳人緩緩而來，立在他面前三步遠的位置，頷首行禮：「民女拜見王爺，謝王爺恩典。」

心神微動，沈棄淮前傾了身子，目光深深地看著她：「姑娘客氣，姑娘照顧殿下多年，有功勞，一點補品只是小敬意罷了。」

「王爺過獎了。」抬袖掩唇，池魚笑得羞怯：「民女伺候師父也不過半年而已。」

「哦？」沈棄淮起身，溫柔地拉著她坐在旁邊的客椅上，親手給她倒了茶：「那本王就有些好奇了，姑娘與殿下，怎麼相識的？」

「那就算是緣分了。」池魚害羞地收回手，縮進衣袖裡使勁擦了擦他剛剛碰過的地方，眼裡波光流轉：「半年前小女還在江南一帶彈曲兒，偶然遇見殿下，只覺得他風華絕代，令人神往，於是就以琴曲動他，讓他留我在身邊伺候。」

「姑娘還有這等好琴藝？」沈棄淮笑了笑：「怪不得手裡有繭，本王還以為，姑娘是習武的。」

心裡微微一驚，池魚垂眸：「王爺多慮了，民女身子這麼差，哪裡是習武的材料。這繭子，都是練琴練出來的。」

「巧了，本王最近新得一方焦尾琴。」沈棄淮笑著睨著她：「今日也有閒暇。姑娘既然能以琴聲動殿下，那不如也讓本王見識見識？」

池魚一僵，收緊了手。

第8章　她不是寧池魚

是她想得太簡單了，向來行事謹慎的沈棄淮，哪裡只是想探沈故淵的底，分明是想連她的底細也一併摸清楚。不了解透徹，他絕不會輕易下手！

幸好，幸好他從未在意過她平日在做什麼，她了解他，比他了解她多得多，所以這一局，贏的一定是她。

「那民女就獻醜了。」

看著家奴擺好焦尾琴，池魚頷首起身，捏著裙子施施然坐到琴後，拉開了架勢。

沈棄淮撐手抵著額角，目光幽深地看著。

纖指落，琴聲出，池魚眼含讚嘆地看著那焦尾琴，十分流暢地撫了一首〈百花殺〉。

溫柔之時春花盡放，鏗鏘之時刀槍齊鳴，嘈嘈切切，無一音錯。潮起之處五弦皆動，潮落之處三音緩響，指法嫻熟，行雲流水。屋子裡的人聽著，眼前彷彿看見了秋日滿城黃金甲，一花開後百花殺，生極動極。

若是沒有多年的苦練，斷彈不成這樣。

沈棄淮記得，寧池魚是不會彈琴的，有一次初學，興致勃勃要他去聽，剛彈兩聲，他便捂耳遁逃了。之後就再未見她碰過。

面前這女子當真和她不是一個人，人什麼都可以偽裝，不該會的東西，是偽裝不出來的。

不過，這迷惑男人的本事，倒是的確不錯。

眼神落在那焦尾琴上，沈棄淮放在袖中的手微微一動，那頭的琴弦立馬「錚」地一聲斷了。

「啊。」池魚低呼一聲，連忙收回手，沒帶護指的食指被琴弦拉了條口子，血一滴滴地往外滲。

「姑娘沒事吧？」沈棄淮起身，十分心疼地拉起她，捏著她的手看了看：「怎麼這般不小心。」

要是別的姑娘，看他都不心疼那名貴的琴，反而來關心自己的手，定然是要感動一番的。然而，池魚將他方才的小動作看得清清楚楚，望著這張假慈悲的臉，心裡忍不住冒出一串串粗話。

「不礙事的，王爺。」臉上還得笑得雲淡風輕，池魚咬著牙根道：「民女回去包紮一番就是。」

「本王來吧。」沈棄淮拉著她回去客座，著急地吩咐：「雲煙，去拿藥箱。」

「是。」

池魚僵硬了身子，坐在旁邊看著他，連連皺眉：「王爺，民女出身卑賤，命如草芥，哪裡值得您這般厚愛。」

溫熱的手捏著她的手指，沈棄淮輕怪道：「妳胡說什麼？萬物皆有靈，生而平等，哪有卑賤之說？本王喜歡妳彈的曲子，這彈曲的手傷著了，本王心疼。」

聽聽，人渣說的話總是這般動聽，要不是已經上過一回當，她就要當真了。

池魚心裡冷笑連連，悶痛得嘴唇都泛白，怕他瞧見，連忙低了頭，假裝嬌羞：「王爺……」

藥箱拿來了，沈棄淮溫柔地給她消毒抹藥，兩人靠得很近，池魚能清楚地聞到他身上的禽獸香味，忍不住屏住呼吸。

他不說話，屋子裡就他們兩個，曖昧的空氣在四周環繞，池魚幾乎已經可以猜到他接下來的臺詞——

「妳和本王死去的愛人，長得很像。」

沈棄淮嘆息道：「真的很像。」

猜中了，池魚暗自冷笑，翻了個白眼，心裡悲戚更甚，語氣卻滿是好奇：「愛人？王爺的愛人不是那位沒能進門的丞相千金嗎？」

「妳不知道。」從藥箱裡拿了紗布，沈棄淮溫柔地給她包紮，低聲道：「之前王府走水，燒死了個和妳長得一模一樣的女子，那是本王的愛人。」

這大戲唱得一點也不心虛，池魚睇了睇眼，輕笑一聲也陪他唱：「原來如此，怪不得初見時，王爺看見民女的臉，會那般激動。」

「是啊，本王還以為她活過來了。」眼神暗了暗，沈棄淮聲音微啞：「結果卻是本王奢望了。」

「王爺節哀。」池魚嘆息：「自古紅顏多薄命。」

抬眼看向她的眼睛，沈棄淮滿眼眷戀：「妳有空……能多來看看本王嗎？」

「感動」地看著他，池魚點頭：「王爺只要想見民女了，差人去瑤池閣喚一聲就是。」

「妳師父……」沈棄淮有些顧忌：「不介意嗎？」

「師父最近很忙。」池魚狀似隨口地道：「每天都要關在屋子裡看很多信，沒空搭理我。」

「哦？」沈棄淮頷首，笑道：「那便……」

「王爺！」話沒說完，外頭突然傳來雲煙的聲音，聽著有點焦急：「余小姐來訪。」

什麼？沈棄淮當即站了起來：「胡鬧，不好好在家養傷，這個時辰過來做什麼？」

余幼微聽見了沈棄淮的聲音，不滿地道：「小女想過來看看王爺，怎麼就關著門不讓進了？」

今日沈棄淮一走她就覺得不安心，怕橫生什麼變數，於是決定來王府住一段時間，行李都帶來了，結果這往日裡對她大開的門，今日不僅緊閉，還有雲煙攔路。

狐疑之心頓起，余幼微立馬要推開雲煙往裡衝。

沈棄淮有些慌張，反應卻是不慢，一把抱起池魚就飛上那寬厚的房梁，低聲道：「妳在這裡躲著，千萬別出聲。」

池魚挑眉，就見他說完便飛身下去，不緊不慢打開門，接住了撲進來的余幼微。

瞧這兩人絲毫不顧忌禮數的親密動作，也能知道他們私下到底苟且了多少次，池魚冷笑，眼角不經意地一瞥，就見這滿是灰塵的房梁上，好像落著個什麼東西。

彩色的圓石，藍色的絲穗，上頭還有她親手編的花結。

兩個月前，她將這東西放在了余幼微的手心，當時的余幼微說，定然會貼身戴著，絕不落下。而現在，這東西卻在這個地方。

心思一轉，池魚已經不知道自己該用什麼表情來哭了。

怪不得，怪不得那天她來找沈棄淮的時候，這裡的大門也是緊閉，沈棄淮打開門讓她進去的時候，向來絲塵不染的衣裳上沾了不少的灰。

她當時還疑惑這屋子裡天天清掃，何處能沾灰？現在明白了，那時候的沈棄淮，一定也是抱了余幼微上房梁躲著，而她，像個傻子似的什麼也不知道，還替他端了補品來。

真是傻啊，原來他們一直都在私下苟且，只有她會天真地覺得他不喜歡幼微，還替她說好話。愚蠢至極！

「王爺。」下頭的余幼微一掃人前的端莊優雅，竟然直接就纏上了沈棄淮的身子，嬌嗔道：「我總覺得心裡不踏實，您抱抱我，好不好？」

送上來的美色，沈棄淮本是不會拒絕的，但一想到房梁上有人在，他很尷尬，別開頭沒看余幼微，沉聲道：「妳正經些。」

正經？余幼微挑眉，只當他是害羞，更大膽地調笑起來：「只有你我二人的時候，王爺何時正經過啊？先前還弄得人家渾身羞紅，現在倒不看人家了？」

輕咳一聲，沈棄淮道：「我陪妳去外頭看看魚好不好？」

「魚有什麼好看的。」提起這個字余幼微就不舒坦：「王爺是覺得，人家還沒條破魚好看？」說著，腰間的帶子就是一鬆，肩上的袍子跨下來，露出潔白無暇的肩頭，直往他懷裡靠。

沈棄淮抬頭看了一眼房梁上，沒瞧見池魚的腦袋，剛要放心呢，就聽得「咚」地一聲。

「什麼聲音？」

余幼微立馬回頭，就見地毯上落了個石頭墜子。

放開沈棄淮，她攏了衣裳走過去仔細看了看，待看清地上落的是什麼之後，臉色「唰」地一下慘白。

「王爺！房梁上有人！」

沈棄淮臉色僵了僵，含糊道：「興許是貓吧。」

「這府裡除了遺珠閣，哪來的貓！」余幼微抬頭就看向房梁：「說不定是刺客！」

池魚冷笑連連，伸出一個腦袋去，幽幽地看了她一眼。

「啊——」對上這雙眼睛，余幼微嚇得後退幾步，瞪大眼捂住心口：「王爺！」

「罷了。」沈棄淮嘆息，飛身上去將池魚抱下來，頭疼地道：「妳先聽本王說。」

又看見這張臉，余幼微哪裡淡定得下來，伸手就一巴掌打過去，想看看是人是鬼。

「幼微！」沈棄淮沉了臉色，不悅地接住她的手腕：「這是王府的客人，妳胡鬧什麼！」

「客人？」余幼微氣得發抖：「這張臉分明就是寧池魚，您在說什麼胡話！她還活著……還活著……怪不得上次去靈堂想殺了我，她還活著！」

「妳冷靜點！」沈棄淮微怒：「本王的話都不聽了？」

被吼得一怔，余幼微顫著手抓住他的衣袖，眼睛瞬間就紅了：「王爺，您站在她身邊對我吼，您要我怎麼冷靜啊？」

沈棄淮頓了頓，消了火氣，抬步站去她身邊，無奈地道：「這是三皇子的徒弟，來府上暫住的，只是和寧池魚長得像，也喚池魚罷了，她不是寧池魚，根本就是兩個人。」

天底下會有這麼巧的事情？余幼微是不信的，她從小不信鬼神，只信世間人，這人就是寧池魚，沈棄淮說什麼都沒用。

眼珠子轉了轉，余幼微瞥見旁邊牆上掛著的弓弩，立馬飛身過去，拿起來就對準了池魚：「寧殺錯不放過，有什麼罪，之後再論吧！」

說罷，扣動扳機，弓弩上的箭以極快的速度地朝寧池魚的心臟射去。

第9章　謝謝你護著我

余幼微離她太近，加上這弓弩弦勁十足，射出來的羽箭幾乎是轉瞬就到了她心口。

這怎麼辦？要躲，沈棄淮就一定會發現她會武功。可不躲，她就沒命了。

情況緊急，千鈞一髮，羽箭破空而來的利氣已經抵了心口，壓得她呼吸都是一緊，池魚死死閉上了眼，咬牙打算賭一次命。

然而，半瞬之後，預料中的疼痛並沒有貫穿心口，反倒是有個令人安心的聲音在耳邊響起：「我不是都說了，讓妳遇見麻煩就叫我？」

心裡一驚，池魚猛地睜眼側頭，正好看見沈故淵那雕玉般的側顏，越過她，伸手就接住了那風馳電掣的羽箭，反手扔向旁邊。

「啪！」旁邊花几上擺著的古董瓶子應聲而碎，震得屋子裡幾個人都是一抖。

「三皇子什麼時候來的？」一看見他，沈棄淮的臉色就有些複雜了：「外頭的人也不通稟一聲，怠慢了。」

收手拂了拂衣裳，沈故淵嫌惡地道：「我隨便走走，倒是不巧碰見這殺人的勾當。」

隨便走走，能走進他這守衛森嚴的悲憫閣？沈棄淮暗罵一聲，還是只能深吸一口氣，大步走到余幼微身前，擋住她道：「幼微一時糊塗，並非有意傷人。三皇子既然都來了，正好把池魚帶回去休息。」

旁邊的池魚偷偷鬆了口氣，感覺自己小命得保，立馬拉了拉前頭沈故淵的衣袖：「師父，回去吧？」

「回去？」沈故淵冷笑出聲，身後白髮微揚，眼神幽深地盯著余幼微：「今日要不是我來，有人怕是要回地府去了。現在無事，算是我救凶手一命。怎麼？不謝我，就想讓我走了？」

余幼微嚇得一抖，抱著沈棄淮的胳膊，小聲問：「這……是三皇子？」

「我早跟妳說過，三皇子在府上作客，那位姑娘是他的徒兒，妳偏生不聽！」沈棄淮有些惱，卻也沒什麼辦法，只能伸手推她出去，道：「快給三皇子和池魚姑娘賠不是。」

余幼微皺眉，一雙眼不友善地打量著那頭的池魚，語氣古怪地道：「三皇子的徒兒的確是跟府上剛死不久的寧池魚很像，既然不是同一個人，那麼小女也有話要說。」

「不想聽。」沈故淵面無表情地打斷她：「是讓我徒兒一箭射回去，還是妳跪下來道歉，妳選一個。」

這話說得張狂，哪裡是寄人籬下該有的態度？余幼微不服氣了，嗤笑道：「我是丞相家的嫡女，她是什麼東西，要我給她跪下道歉？」

沈棄淮也皺眉：「殿下，此事有些過了。」

沈故淵懶得再張口，負手而立，就這麼盯著余幼微，大有妳不從老子也能讓妳從的意思。

被他看得心裡發虛，但自己身分高貴，又有王爺護著，有什麼可怕的？余幼微抿唇，別開頭，假裝沒看見。

然而下一秒，無數紅線破空而來，越過沈棄淮，徑直將她手腳捆死。

「啊！」余幼微嚇得叫了一聲，掙扎兩下發現掙脫不開，聲音裡終於帶了哭腔：「王爺救我！」

沈棄淮瞳孔微縮，震驚於剛才那紅線的速度，竟然快得連他都沒反應過來！同時操縱這麼多根線，竟然還又快又準，這沈故淵的武功，到底是有多高？

「三皇子。」臉色沉了沉，沈棄淮也有些動怒了：「對女子動手，非君子所為吧？」

「那你，便來英雄救美試試。」沈故淵嘴角一勾，嘲諷之意鋪天蓋地。

沈棄淮說什麼也是武功不俗之人，受此挑釁，哪裡還顧得上其他的，拱手請禮，然後先手動，以手為鉤，直衝他咽喉。

池魚嚇了一跳，拉著沈故淵就想跑。她知道他武功很高，可沈棄淮哪裡是隨隨便便能欺負的？她這一身武功還都是他教的，沈故淵跟他打，討不著好啊！

「拿著。」沒理會她的拉扯，沈故淵順手扔給她弓弩：「妳只管一時糊塗朝人射箭，其餘的交給我。」

啥？池魚震驚了，心裡陡然一熱，也有些哭笑不得：「師父，您也太小氣了。」

「我就是很小氣。」沈故淵看著她笑，反手接住沈棄淮的殺招，笑意微斂：「所以最好別得罪我，我很記仇。」

力灌手臂，猛地一震，逼得沈棄淮收回手，一個鷂子翻身落地。沈故淵轉過頭去看著他，嘴角嘲諷不減：「王爺武藝不錯啊。」

沈棄淮神色凝重起來，動了動被他傷著的手，沉聲道：「三皇子的功夫也不俗，今日正好有機會，本王就討教了。」

「想殺我就想殺我，說什麼討教啊？」紅袍翻飛，沈故淵眼裡有興奮的神色，朝他勾了勾手：「今日王爺能傷我一分，這條命，我不要了，送給王爺，如何？」

「三皇子言重了。」

嘴上這麼說，眼裡的神色分明也帶著興奮，沈棄淮褪了那繁複的外袍，著一身淡藍束腰長衣，動起了真格。

要是沈故淵死在這裡，他固然會有麻煩，但比起讓他活下來的麻煩，那點麻煩根本不算什麼。機會就在眼前，沈棄淮渾身氣息都變了，洶湧而出的殺氣，讓沈故淵挑了挑眉。

「哦？」沈故淵哼笑：「還真是很想殺我啊。」

「三皇子多慮，討教而已，點到即止。」

止字落音，沈棄淮便出手直擊他命門。沈故淵半闔了眼，從容不迫地左閃右避，白髮飄揚起來，好看得很。

「王爺這招猛虎下山力道很足，就是準頭不怎麼樣。」

「哦喲，這招百裂腳也很剛猛，不過沒踢中啊。」

「哎呀，可惜，好好的雷霆一擊，又打歪了。」

池魚看傻了眼，忍不住驚嘆，自家師父的武功是真的高啊，嘴也是真的毒，要是光動手，沈棄淮斷然不可能生氣。可現在，他氣得臉都綠了，招數也越來越急，越來越猛。不過沒什麼用，他越急，反而越打不中。小小的屋子裡，沈故淵卻像是魚在大海，游來游去，自在得很。

雪白的長髮拂過他那俊秀的眉眼，看得人一時失神。

「傻丫頭。」沈故淵打了個呵欠，躲閃之中側頭橫她一眼：「還不去射箭，看什麼看吶？」

回過神，池魚恍然看了看自己手裡的弓弩，又看了看那頭被捆得動彈不得的余幼微。

「妳想幹什麼？」余幼微不敢置信地看著她：「妳眼裡沒有王法的嗎？我可是丞相家的千金！」

「不是寧殺錯不放過嗎？」池魚笑了笑，把她的話還給了她：「有什麼罪，之後再論吧。」

「不……」余幼微搖頭，哭著喊：「王爺救我！」

沈棄淮聞聲動手，想越過沈故淵去救人，然而，這人實在難纏，不還手，也不讓他打著，更是不讓他過去。五十招下來，他連他衣角都沒碰著。

心裡窩火得很，沈棄淮也顧不得余幼微了，使出全力也要傷沈故淵一分。

於是，池魚輕輕鬆鬆地就射出了第一箭。

「啊——」余幼微慘叫，渾身發緊，腿都開始打顫：「不要！不要！」

「錚」地一聲，羽箭射在了她身後的牆上，箭尾震晃。

心有餘悸，余幼微驚恐地看著她，話都說不清楚了：「妳一定……一定是……」

「唰」地又是一箭破空而來，余幼微再度尖叫閉眼，就感覺這一箭射在了自己的裙子上，離腿只差一寸。

池魚苦惱地嘀咕：「總是射不準，不管了，射臉上也行。」

一想到自己的臉會被箭射穿，余幼微嘴唇都白了，哭著跪地，連連求饒：「我錯了，我錯了，對不起，是我認錯了人，任性妄為，妳放過我！」

「真的知道錯了？」池魚眼神深深地看著她：「還是打算躲過今日，找我算帳啊？」

「不會不會！」余幼微使勁搖頭：「是我咎由自取，他日絕不找姑娘麻煩！」

「早這樣說，不就什麼事都沒了？」沈故淵冷笑一聲，擒住沈棄淮的雙手，借力打力往後一推，逼得他後退三步堪堪站穩：「王爺的討教也就到此為止了吧。」

沈棄淮臉色難看得可以滴出血來。

他用了八十招，沒一招打到了沈故淵，反倒是武功路數被人家看得清清楚楚，越躲越輕鬆。而沈故淵，這麼久了一招未出，他依舊不知道他的底細。這一遭，他貿然出手，到底是虧了。

已經虧了，那就不能繼續虧，沈棄淮收斂了表情，穿上外裳，恢復了鎮定。

「三皇子武藝高強，本王甘願認輸。幼微也道歉了，今日之事，不如也到此為止吧。」

「王爺大度。」池魚笑咪咪地扔了弓弩：「小打小鬧的，本也不是大事情，別傷了和氣。」

沈故淵沒吭聲，徑直轉身往外走。

池魚一蹦三跳地跟上他，完全不在意身後的陰暗，蹦出悲憫閣，心情突然好極了。

「妳再這樣對著我傻笑，我就把妳扔出去。」沈故淵嫌棄地側眼看她。

池魚一張臉笑成了一朵花，仰頭看著他，絲毫不畏懼：「師父嘴硬心軟，我算是看出來了。」

「哦？」沈故淵轉身就舉起一塊假山石，惡狠狠地道：「妳要不要試試？」

巨大的石頭擋住了她頭頂的陽光，池魚依舊對他笑得燦爛：「謝謝您，從未有人像您一樣在意我、護著我。」

第10章　妳是我罩著的

舉著石頭的手一頓，沈故淵深深地看她一眼，眼裡光芒流轉。

寧池魚自那場大火之後，已經好久沒有這般開懷地笑過了。現在這樣笑，是因為沈棄淮被他羞辱了開心呢，還是因為……他呢？

「誰說我是在意妳？」扔了石頭，沈故淵嗤笑一聲別開臉：「妳搞清楚，妳是我罩著的人。既然我罩著，就沒有讓妳吃虧的道理。」

「我知道的。」池魚笑著點頭：「師父有用得著徒兒的地方，也一定要說出來啊，徒兒一定盡力相幫。」

用得著她的地方麼？沈故淵摸著下巴想了想：「還真沒有。」

臉一垮，池魚沮喪地道：「您再仔細想想？」

「想了也沒有。」沈故淵搖頭：「妳能做什麼？」

氣得嘴巴都鼓了，池魚憤怒地道：「您回來認親，難道不是想從沈棄淮手裡奪權嗎？」

睨著面前這條金魚，沈故淵饒有興致地伸手戳了戳她的腮幫子：「啊，好像是的。」

池魚：「……」

被他戳著，她突然有點茫然，面前這看起來風華絕代的男人，到底是來做什麼的？她不相信她會有這麼好的運氣，得人別無所求的相幫，沈故淵幫他，一定也有他的目的吧。

想來想去，也只有奪權這一條，跟她有關，她能幫上忙。可面前這人，怎麼就顯得這樣無所謂？

「說到奪權，馬上就是秋收了吧。」收回手，沈故淵問她：「妳看過秋收的麥田嗎？」

池魚一愣，搖了搖頭。她出生在邊關，七歲之後更是在王府不出，除了辦事的時候看過外頭的月夜，其餘的，什麼也沒看過。

「那正好。」沈故淵轉身往瑤池閣的方向走：「今晚妳保住小命，明日我便帶妳去看。」

明日？池魚眼睛一亮，連忙提著裙子跟上他：「好啊好啊！」

一想到可以看看外頭的世界，池魚很興奮，連帶著都沒有注意沈故淵前半句話。

悲憫閣。

被人一頓羞辱恐嚇，余幼微氣得渾身發抖，靠在沈棄淮懷裡淚流不止。

「她就是寧池魚，什麼都可以偽裝，眼神偽裝不了。」死死抓著沈棄淮的衣裳，她哽咽道：「王爺，留下她，後患無窮！」

沈棄淮無奈地道：「我知道妳今日受委屈了，很生氣，想報仇。但她不是寧池魚。」

若是寧池魚，怎可能轉眼就與別的男人在一起了？

「王爺怎麼就不信呢！」余幼微氣得跺腳：「她分明是不知哪兒弄了屍體來偽裝成自己，然後從火場裡逃生，換個身分回來復仇的！」

「幼微。」沈棄淮鬆開她，認真地問：「妳覺得寧池魚能從哪兒弄來屍體？放火之前，我與她一同用膳，下了迷藥，火起之時她都在昏睡。雲煙帶人守在外頭，寸步不離，直到火滅了為止，中間不曾出半點差錯。」

「那……」余幼微皺眉，喃喃道：「會不會是她事先知道了您起了殺心，提前準備了？」

「不可能的，妳別多想了。」沈棄淮垂眸：「寧池魚生前愛我愛得死心塌地，就算我與妳做了很多對不起她的事情，她都未曾察覺，又怎會在我對她最好的時候，起了戒心呢？」

余幼微沉默半晌，眼淚又落了下來：「反正我覺得她就是寧池魚，王爺若是不信，以後吃了虧，斷然別來找幼微！」

「好了好了。」柔聲哄她，沈棄淮道：「本王自有分寸的。」

男人遇上女人，能有什麼分寸？余幼微心裡冷笑，她要是全憑指望男人，哪能有今天的地位。

夜幕降臨，池魚盯著桌上的燭臺，竟然覺得很睏，忍不住就伸手撐開自己的眼皮。

「妳做什麼？」沈故淵白她一眼：「睏了就去睡覺。」

「不是啊，我是覺得很奇怪。」池魚嘟囔道：「以往我都是天色越晚越精神的，最近怎麼一過黃昏，就特別睏啊？」

沈故淵翻看著親王送來的書信，漫不經心地道：「都說了妳如今的體質與之前不同，武功也基本是廢了，晚上就老老實實歇著吧。」

微微一頓，池魚苦笑：「一身功夫都沒了，那可真是半點不虧欠了。」

她的功夫本就是沈棄淮教的，少年時候的沈棄淮武藝高強，天天在院子裡練劍。她蹲在旁邊看得口水直流，忍不住就撲過去抱住了人家大腿。

「棄淮哥哥，教我武功吧？」

沈棄淮皺眉看著她，直搖頭：「女兒家學什麼武，繡花就好了。」

「可是你練劍的樣子實在太好看了啊！」

被她這句話給逗笑了，沈棄淮將她扶著站直，反手就將寶劍塞進她手裡，然後握住她的手：「那妳可看好了啊。」

那時候的沈棄淮很溫柔，身上半點戾氣也沒有，笑起來露出尖尖的虎牙，可愛得緊。她是看好了，看著看著，就入了迷。

眼眶微紅，池魚搖搖頭回過神，長嘆一口氣道：「罷了，睡覺睡覺。」

斜她一眼，沈故淵沒吭聲，放了手裡的東西，也躺下就寢。整個瑤池閣都安靜下來，黑夜無月，蟲鳴也沒有，四周都一片死寂。

子時一刻，有人悄無聲息地潛入了主屋，點燃了迷香。

軟榻上有人睡著，床上也有人睡著，黑衣人看了看，先去床上探了探，確定那人沒醒，便放心地往軟榻而去。

鋥亮的刀子在黑暗裡劃過一道光，軟榻上的人渾然不覺，黑衣人氣沉丹田，朝著她心口用力一刺——

「刺下去，你可就得下地獄了。」清冷的聲音冷不防在耳邊響起，黑衣人背後一涼，動作卻沒停，先殺人再說！

然而，這一刀刺到半路，手腕彷彿撞上了石頭，疼得他冷汗涔涔。低頭看看，刀尖就停在了寧池魚的心口上，再難近半寸。

背後也冒出了冷汗，黑衣人微微側頭，就對上一張俊美無比的臉，朝他一勾唇，露出個嘲諷無比的笑容：「動手啊？」

「你……」飛身後退，黑衣人很是不能理解，明明已經中了迷藥，怎麼轉眼就醒了？

「去哪裡啊？」剛退到門口，背後又響起那清冷的聲音，黑衣人瞳孔微縮，感覺有雪白的髮絲從自己身後飄過來，一縷縷的，如雪如霧。

「你當這是什麼地方，想來就來，想走就走？」沈故淵輕笑，伸手搭在他的肩上，狠狠一捏。

「呃——」痛苦地悶哼，黑衣人反手一掌，掙脫他的鉗制，狼狽地想跳窗而走。

然而，不等他跳上那窗臺，背後的就有紅線飛過來，纏住了他的雙手雙腳。黑衣人瞪大眼，感覺瞬間天旋地轉——自己被那紅線扯著，吊在了房梁上。

「聽不懂我說話？」沈故淵捏著紅線，走到他面前伸腳一踢。

嘩啦啦——

黑衣人懷裡的暗器迷藥全數從懷裡掉了出來。
絕望地看著面前這人，黑衣人無奈地開口：「要殺要剮，隨你的便。」
嫌棄地把紅線繫好，沈故淵打了個呵欠，轉頭就回去了床上，蓋好被子，閉上了眼。
屋子裡安靜了一會兒，黑衣人茫然地被吊在房梁上晃蕩：「喂？要殺還是要剮？」
沒人回應他，秋風從窗口吹進來，冷得他打了個寒顫，更加迷茫了。
池魚一夜好眠，醒來的時候覺得哪裡不太對勁，抬頭一看，就看見了窗口邊吊著的人。
「師父！」大驚失色，池魚連忙穿了外裳去搖沈故淵：「這兒怎麼吊著個人啊？」
不情不願地睜開眼，沈故淵啞著嗓子道：「刺客而已，妳慌什麼？交給沈棄淮就是。」
哈？池魚看了看他，又看了看吊著的那個不知是死是活的黑衣人：「交給沈棄淮？」
能在這王府裡著黑衣行走，沒有驚動守衛的，只能是沈棄淮自己的人，交給他，跟放走有什麼區別啊？
「別亂想了。」翻了個身，沈棄淮閉著眼道：「讓妳去妳就去。」
「……哦。」收拾一番，池魚乖乖地把房梁上的紅線扯開，拖著刺客就往悲憫閣走。
等看見沈棄淮的時候，池魚終於明白了沈故淵的意思。
「有勞了。」沈棄淮臉色很難看，揮手就讓人把那刺客押住。
在他府上遇刺，守衛沒一個知曉的，反倒是客人自己把刺客抓住了送來，他這個當主人的，怎麼都尷尬得很。

「池魚姑娘受驚了，本王一定加強瑤池閣四周的防護。」

這些場面話池魚都懶得聽，點點頭算是禮貌，轉身就走。

看著她的背影消失在門口，沈棄淮才側頭，一把扯下了那黑衣人的面巾。

「王爺。」雲煙的臉露出來，蒼白泛青。

「好，好得很！」沈棄淮氣極反笑：「你現在都不用聽本王的話了！」

雙膝跪地，雲煙難堪地道：「是卑職自作主張，請王爺恕罪。」

自作主張？沈棄淮深深地看他一眼：「雲煙，你跟了本王二十年，是什麼樣的人，本王能不清楚嗎？沒有別人的指使，你能做這種事？」

內室的余幼微驚了驚，眼波一轉，脫光衣裳就躺上床去，放了簾子假裝熟睡。

第11章　你做什麼我就做什麼

誰都無法承受沈棄淮的怒火，哪怕是跟了他這麼久的雲煙也一樣。

「來人，把他給我拖下去，打八十棍子，活著就留在府裡，死了就扔出去埋了！」沈棄淮低喝。

旁邊的奴僕連忙扶起雲煙就往外退，大門關上，沈棄淮扭頭就朝內室走，一身怒火難消，伸手扯開床簾，差點將簾子扯碎。

「王爺。」余幼微顫了顫，捏著被子看著他，扁扁嘴，楚楚可憐地道：「您這麼凶做什麼？」

「妳指使雲煙對瑤池閣下手？」沈棄淮惱恨地道：「還不允本王生氣？那三皇子是何等高的武功，本王都奈何不了他，妳還讓雲煙去送死？」

縮了縮脖子，余幼微伸出玉臂，扯了扯他的衣袖：「您聽我解釋啊，我只是想讓那池魚吃點苦頭，誰知道……」

「不都說了讓妳冷靜些，讓本王來嗎？」瞧著她這模樣，沈棄淮的語氣也緩和了些，卻依舊有氣：「信不過本王？」

余幼微嘆息：「王爺，幼微一直沒有問您，那池魚為什麼會在您的房間裡，您就當幼微真的什麼也不知道嗎？」

身子微微一僵，沈棄淮拂袖在床邊坐下，悶聲道：「不是妳想的那樣，本王找她有事。」

「幼微都明白。」余幼微起身，從後頭貼上他的背，嬌軟地道：「您對寧池魚的死，也不是完全無動於衷的，是不是？」

沈棄淮沉默，別開了頭。

「幼微不是那種不解人意的女子。」她笑道：「幼微能理解您的心情，所以也不指望您能對那池魚做什麼了。」

她想做的事情，自己動手就好了。

心裡有愧，沈棄淮消了氣，轉移了話頭道：「妳不該動雲煙，他是本王的人，向來只聽本王的話。」

男人麼，哪有一輩子只聽主人話的？只要遇見個令人心動的女人，哪有不變心的？余幼微心裡暗笑，面上卻是無辜：「王爺還不明白？幼微是王爺的心上人，雲煙忠於王爺，自然也肯聽幼微的話，幼微讓他幫忙而已，也算不得命令。」

巧言善辯，這才是一個女人的立身之本，要是嘴像寧池魚那麼笨，早不知道死幾萬次了。

看著沈棄淮完全冷靜下來的臉，余幼微一笑，伸手就將他扯進被子裡，溫香軟玉擠了他滿懷：「好了嘛，不要生人家的氣了，嗯？」

輕哼一聲，沈棄淮伸手掐了掐她腰，眼神微黯，翻身就壓了上去。

燭光盈盈，沈故淵撐著下巴盯著燭臺，嘖嘖搖頭：「妳真該學學人家是怎麼哄男人的。」

「嗯?」正在用早膳的池魚一臉茫然地看向他:「學誰?」

「余幼微。」收回目光,沈故淵嫌棄地看她一眼:「人家犯天大的錯,都能把人哄得服服貼貼,倒是妳,一次被誤會,竟然就差點沒命。」

眼神黯了黯,池魚繼續低頭用膳:「我學不會。」

她見識過余幼微哄人的本事,任是誰,再生氣都不會怪她。可她不會,哄起人來笨拙得很,用余幼微的話說,全是些老掉牙的套路,不招人喜歡。

兩年前,她出去做事的時候,為了救落白和流花回來,身負重傷,沈棄淮就因此大怒,閉門不見她。她能下床了就去蹲在悲憫閣門口,一聲聲地道歉,哄他出來。

然而,蹲了半個月,傷口都結痂了,沈棄淮都沒理她。

想想也真是笨啊,她要是學余幼微,直接翻牆進去,一把將人抱住,撒個嬌,興許就什麼事也沒了。

苦笑搖頭,池魚垂了眼眸,看著碗裡的粥,突然就喝不下了。

「走吧。」睨她一眼,沈故淵起身,拂了拂嶄新的紅袍,瀟灑地往外走。

「哎?」池魚回神,不明所以地跟上去:「走哪兒去?」

「忘記了?」沈故淵皺眉:「昨日才說的去看麥田。」

啊,對哦!表情瞬間明亮起來,要是有兔子耳朵,這時候也一定豎起來了,池魚高興地道:「走!」

悶得快，樂得也快，沈故淵看著已經跑到他前頭去的人，嗤笑著搖了搖頭，跟著跨出門，輕輕往旁邊掃了一眼。

暗處躲著的暗影一驚，連忙隱了身形，等片刻之後再探頭出去，前頭已經沒了人影。

「哇，好大啊——」站在馬車車轅上，池魚一手拽著車廂，一手使勁往前伸：「這風比晚上的風舒服多了。」

沈故淵優雅地坐在馬車裡，嫌棄地看著她翹進馬車裡的一隻腳：「妳也不怕摔死？」

「能看見這麼大塊大塊的麥田，摔死我也成啊！」池魚把腦袋伸回車廂，興奮地道：「這麼多麥子，能收穫多少糧食啊？」

「一畝之地，產糧三石八斗四升。」沈故淵道：「一般的農戶，家裡有十畝地，就能養活全家。」

池魚似懂非懂地點頭，繼續看向外頭。有的麥田已經收割，農戶全家都聚在一起忙活，有的已經忙活過了，挑著糧食去村口交稅。

「十畝良田，你交十石糧食，是在糊弄誰？」一聲怒喝劃破整個村莊的寧靜，池魚一愣，扭頭看過去。

村民們圍在交稅處，手足無措地道：「官老爺，這向來十畝地十石稅，怎麼就糊弄了呢？」

「今年雨水好，收成好，朝廷要修建新的宮殿，賦稅加了，現在十畝地要交二十五石糧食，回家去挑來！」

眾人譁然，池魚聽著，回去車廂裡掰著指頭就算：「十畝產量三十八石，交稅交掉二十五石，還剩十三石，要養活一家。」

沈故淵搖頭：「養不活。」

「那怎麼辦啊？」池魚瞪眼：「百姓辛辛苦苦耕種一年，到頭來自己都吃不飽？」

「這就是三司使的問題了。」掀開車簾，沈故淵下了馬車，池魚跟著下去，往人多的地方走。

有農戶已經不滿了：「從未聽聞交稅要交這麼多的，莫不是官府貪贓……」

「你有意見，可以去跟皇室提呀，他們要修的宮殿。」收稅的官差咬著根草剔牙，哼聲道：「咱們就是辦事的而已。」

「既然只是辦事的，那誰給你的膽子，私自提高賦稅？」

清冷的聲音插進來，聽得眾人都是一驚。回頭一看，就見個紅衣白髮的男子漫步而來，衣袍精緻華貴，眉目恍若天人，腳步所踏之處，雜物皆散。衣袖輕拂之下，煙灰頓消。

池魚低眉順目地跟在他身側，感覺自家師父這個出場真是太霸氣了，瞧瞧給這些狗官嚇得，立馬不敢說話了。

不過……呃，旁邊的村民農婦怎麼也都安靜了？尤其是姑娘家，一個個的目瞪口呆，雙頰泛紅，肩上挑著的糧食都忘了，哐噹一聲落在下來，灑了一地。

「啊。」灑了糧食的農婦先回了神，連忙拾撿，一邊撿還一邊抬眼看向沈故淵。

仔細看了看她這眼神，池魚就明白了，沈故淵的容顏實在俊美傾城，已經跟他說的話沒什麼關係了，光這一張臉，都能讓人啞口無言。

「你在往哪兒看？」被女人盯著就算了，男人也盯？沈故淵突然暴怒，一把捏住了面前收稅官差的脖子，將他扯出收稅桌，狠戾地道：「是不是覺得命太長了？」

嚇得回過神，收稅官差慌張地道：「大人饒命！小的，小的只是……」

旁邊的官差下意識地紛紛拔刀，刀劍磕鳴之下，四周村民連忙退散。

「住手！」被捏著的收稅官聲音嘶啞地道：「這位大人不可得罪，你們是不帶腦子出來的嗎！」

世人皆知沈族皇室一頭白髮世代遺傳，哪來的膽子朝白髮之人拔刀的？

嫌棄地將他扔到地上，沈故淵皺眉，正覺得手有些髒，就見旁邊的池魚狗腿地遞了手帕過來。

難得讚賞地看她一眼，沈故淵接了帕子擦手，冷聲問：「十畝地二十五石稅收，是你們定的？」

「小的們哪裡敢！」收稅官連忙跪地：「這是三司使的，小的只是奉命行事。這方圓千里，都是如此啊！」

池魚皺眉，小聲在他身後道：「三司使鐘無神，掌管稅收，是沈棄淮的左膀右臂，怕是不會給咱們顏面。此事，師父要管嗎？」

「為什麼不呢？」沈故淵輕笑：「多有意思的事情啊。」

池魚沒有多說，轉頭就道：「那咱們去三司府邸。」

「站住。」沈故淵側頭看她一眼，彷彿在看一個傻子：「我們兩個去？」

不然呢？池魚疑惑地看著他。

半個時辰之後，整個村莊的人坐著十輛牛車，跟在一輛華麗的馬車之後，緩緩往主城而去。

池魚呆呆地跪坐在沈故淵身邊，已經震驚到沒有話說了。

為什麼這個人一句話，那些村民就跟見了救世主一樣跟他走啊？也不怕被他坑，就算這人一頭白髮，那也不至於這麼相信他吧？

一定還是這張臉的緣故，寧池魚痛心疾首地想，長得好看也是一種權力啊！

「不好奇我想做什麼嗎？」沈故淵雙眼平視前頭，淡淡地問了一句。

「不好奇。」池魚忙著痛心疾首，很是敷衍地擺手：「師父想做什麼，徒兒就跟著您做什麼。」

這句話聽著沒什麼，可掃一眼她的眼睛，沈故淵挑眉，突然輕笑：「妳這個人，倒是會打算盤。」

第12章　我要做什麼，你可看好了

嗯？池魚兩眼無辜地看著他，很是不解地問：「師父這話是什麼意思？」

「沒什麼。」哼笑一聲，沈故淵睨著她道：「覺得妳聰明而已。」

她的血海深仇，竟然一點也不衝動，更不冒進，就這麼躲在他身後，一切跟著他來做。寧池魚，哪裡是看起來這麼呆呆傻傻，老老實實的人？

不過，看破不說破，沈故淵收回目光，瞧著馬車停了，起身就掀開了車簾。

池魚跟在他後頭，覺得背後微微發涼。

有那麼一瞬間，她好像……被他看穿了似的。但看看他的背影，又覺得應該沒有。要是被看穿了，他哪還會留她活口。

深吸一口氣，池魚斂了心神，抬頭看向前面門楣上的匾額——三司府衙。

雖然沈故淵是皇族，但封王旨意尚未下達，就權力而言，遠不及這三司使鐘無神。就算帶這麼多人來了這裡，又能怎麼辦呢？

正想著，池魚就聽見「咚」地一聲，放在府衙門口的啟事鼓被敲響了。

沈故淵面無表情地捏著鼓槌，一下又一下地敲，聲震八方，驚得臨近的百姓都紛紛圍了過來，府衙裡的人更是連忙出來怒斥：「何人造次！」

放了鼓槌，沈故淵負手而立，側頭看向出來的人：「啟事鼓設而為民啟事，何來造次？」

官差一頓，上下打量他一番，心裡沒底，立馬進去稟告。沒一會兒，府衙門大開，一個內吏迎了出來。

「不知殿下駕到，失禮。」一揖到地，文澤彰十分恭敬地道：「殿下先裡頭請。」

池魚挑眉，忍不住道：「三司使大人是不在府衙嗎？」

「大人他……」

「今日非休假，又正值秋收繁忙之際，三司使要是不在府衙，豈非怠忽職守？」不等文澤彰說完，沈故淵徑直開口道：「大人莫怪，我家徒兒沒什麼腦子，不是故意給鐘大人扣罪。」

文內吏嘴巴都沒來得及合上就被這話堵得僵住了，乾笑兩聲，道：「殿下所言甚是，不過大人就是因為忙，所以沒空……」

「要是我沒記錯，啟事鼓乃太祖皇帝所設，三公九卿府衙門口皆有，一旦鳴起，則三公九卿必出而問情。可有錯？」沈故淵問。

「……是。」

「那就得了。」抬腳跨進府衙，沈故淵帶著村民就往裡頭走：「升堂吧。」

文內吏臉色發青，額頭也出了些冷汗，跟著他們往裡頭走，甚是為難。

這啟事鼓，一般人來敲，他們都是不會理會的，但今日來敲的，偏生是這剛回來的三皇子。他要是用身分來壓，強行要見三司使，那還有很多種方法可以攔著，可他偏生知道這啟事鼓的來歷，要是三司使不出來，那可是大不敬。

他可是一向以口齒伶俐著稱的啊，沒想到今日，竟然一句話也說不出來！

一眾村民本是很膽怯的，畢竟民不與官鬥，但一看前頭那風華絕代的公子，他們膽子也大了起來，湧上鳴冤堂就紛紛拿出了稅收契。

然而，等了半個時辰，也不見鐘無神出來。

池魚小聲道：「我說吧？鐘無神這個人難說話得很，脾氣也大，有沈棄淮撐腰，誰的面子也不會給。」

沈故淵慢條斯理地道：「妳以為我今日是來找他講道理的？」

嗯？池魚眨眨眼：「不然呢？」

輕笑一聲，沈故淵拂袖起身，看了看時辰，道：「差不多了，咱們換個地方要說法吧。」

瞧著他們要走，文澤彰立馬讓人來攔，賠著笑道：「大人馬上就回來了。」

「他回來，讓他來找我們便是。」沈故淵看也不看他，淡淡地道：「讓開。」

這哪能讓啊，讓出去了指不定成什麼大禍患。文澤彰知道，這閒事三皇子既然管了，那就一定會鬧大，與其放他們出去，不如……

「我說的話，你是不是聽不懂？」沈故淵沉了眉目，一把抓過他的衣襟拎到自己面前，眼神森冷恐怖：「腦子裡的想法可真是夠膽大的啊，皇族也敢下手謀害？」

心裡一涼，文澤彰瞪大了眼，很是意外地看著他：「您……」

怎麼會知道他在想什麼的？

「不想死就讓開。」沈故淵沒耐心了，眉頭都皺了起來：「不然你身上的三樁命案五十萬兩銀子的貪汙，我可都給你一併告上去。」

瞳孔微縮，文內吏驚慌又訝然：「您在說什麼？」

這些事情，他怎麼可能都知道啊？知情人分明都……

「滾！」扔開他，沈故淵大步往外走，周身都是不耐煩的氣息，凍得後頭跟著的池魚都是一寒。

沈故淵耐心用盡的時候，真的好可怕啊！

府衙裡無人敢再攔，沈故淵帶著這群人，直接進了皇宮。

「王爺！」鐘無神急急忙忙衝進悲憫王府，被雲煙攔在悲憫閣外，也著急地喊：「出大事了啊王爺！」

剛好是午休的時候，沈棄淮被余幼微伺候得正舒坦，聽見這話，悶哼一聲推開她：「幼微，等等。」

余幼微抬頭，不高興地道：「等什麼嘛，你每天事情都那麼多，這點兒時間都不給人家？」

「嗯……」雲雨衝頭，沈棄淮一時意亂神迷，想著也不會出什麼大事，乾脆就讓鐘無神等半個時辰好了。

然而，他沒有想到的是，半個時辰之後出去，後悔莫及。

「你說什麼?!」瞪眼看著跪在自己面前的鐘無神，沈棄淮大怒：「怎麼就會讓人告了御狀？」

「微臣也不想啊王爺。」鐘無神惱恨地道：「今日三皇子帶人來敲啟事鼓，微臣避而不見，誰知他就趁著宮中朝會，四大親王皆在，告微臣一個藐視太祖之罪！告完還不算，還將秋收賦稅一併擺去重臣面前，告微臣中飽私囊！半個時辰之前微臣就收到了消息，現在……怕是都要降罪下來了。」

最後這一句話，隱隱就帶了點埋怨的意思。要不是王爺沉迷美色，耽誤半個時辰，現在情況也不會這麼糟。

沈棄淮閉眼，撚著手指沉思片刻，果斷地道：「把你的主簿拿去頂罪，帳都是他在做，你就當什麼都不知道，其餘的，交給本王。」

「好！」鐘無神連忙點頭：「可藐視太祖的罪名怎麼辦？」

看他一眼，沈棄淮輕笑一聲：「這還不簡單？」

鐘無神睜大眼，感覺心口猛地一痛，忍不住慘叫一聲：「啊——」

這聲音傳了老遠，聽得剛踏進瑤池閣的池魚打了個寒顫：「什麼東西？」

「無聊的東西。」沈故淵慵懶地躺在屋簷下的搖椅上，瞇著眼睛道：「沈棄淮可真是狠吶。」

池魚聽不懂，也不想去深究，蹦蹦跳跳地跑到沈故淵身邊，幫他搖著搖椅，興奮地道：「師父今天好厲害才是真的，這一個狀告得滿朝文武瞬間都認可了您，並且看起來很是尊敬。」

那叫尊敬嗎？分明是畏懼吧？沈故淵冷笑：「徐宗正扣住我封王的旨意不發，就是覺得我憑空出現，不該掌權。今日之後，旨意怕是該下來了。」

池魚一頓，乾笑兩聲：「師父早料好的？」

「妳不是一直想知道，我想做什麼嗎？」半睜眼睨著她，沈故淵伸手抵了抵她的眉心：「那我要做什麼，妳可看好了。」

眉心一燙，池魚後退半步，捂著額頭傻不愣登地看著他。

她的確是想試探自家師父目的為何，但還沒付諸行動呢，怎麼就又被看穿了？

這個人，到底是什麼來頭啊？

「咕——」想著想著，肚子餓了，池魚回過神，心虛地轉移話頭：「奇怪，今日送午膳的人，怎麼沒來？」

「在人家的屋簷下跟人作對，妳還想著要人家以客相待？」沈故淵白她一眼：「做夢。」

「那不然，他還想餓死咱們？」池魚挑眉：「您好歹也是皇子啊！」

「餓死不至於，飯菜刻薄是會的。」沈故淵道：「所以今日的飯，妳來做。」

啥？池魚指了指自己的鼻子：「我？」

「嗯，作為妳暗中猜忌我的懲罰。」沈故淵閉上了眼：「半個時辰之內做好。」

「可……」

「閉嘴。」

老老實實地閉上嘴，池魚擔憂地看他一眼，往廚房去了。

小半個時辰之後，瑤池閣的桌上放了三菜一湯。

沈故淵神色複雜地看著這菜色：「能吃？」

「能！」池魚拍著胸脯保證：「我自己嘗過了，雖然看起來不太好看，但一定很好吃！」

猶豫地拿起筷子，沈故淵最後確認了一遍：「吃了會不會出什麼問題？等會還有事要做。」

「不會不會！」池魚很肯定地道。

於是沈故淵夾了菜放進了嘴裡，嚼了兩下之後，猛地僵住。

「師父？」池魚伸手戳了戳他：「您別不說話啊，好不好吃？」

沈故淵說不出話來，放了筷子起身，出門就吐。

「我終於知道，妳為什麼姻緣難成了。」吐完，沈故淵虛弱地直起身子，眼神蒼涼地回頭看她一眼：「世間女子，能把食材糟蹋到妳這個地步的，真不多見。」

微微一頓，池魚耷拉了腦袋，看了看這滿桌子的菜，有點沮喪。

第13章 妳要嫁個人

著實不能怪她啊，原先在遺珠閣住著的時候，三頓飯都是別人送來，她是壓根沒下過廚房的，想給他解釋，他自己不聽，非要她做。

睨她一眼，沈故淵回到桌邊坐下，嫌棄地道：「妳是不是做菜給沈棄淮吃了，所以他突然就喜歡上別人了？」

哭笑不得，池魚垂眸搖頭：「我沒有給他做過飯，這是我第一次下廚。」

沈棄淮哪裡會要她做飯，全上京最好的廚子都在這悲憫王府了。只是，在很久很久之前，她給他送過一次飯。

那時候的沈棄淮只有十三歲，因為是王府養子，一直過得小心翼翼，稍微犯錯就會被王妃懲罰。有一次不小心摔倒了壓到花園裡的花，他就又被關在柴房裡，不給飯吃。

池魚機靈，跑去廚房偷了五個包子，從窗口翻進去，遞給了他。

「妳要是被發現，也會受罰的。」沈棄淮沒吃，皺眉看著她：「傻不傻啊？快走！」

池魚笑咪咪地看著他，捏著包子塞到他嘴裡：「你把它們都吃掉，我就不會被發現啦！」

然而，她還是被發現了，看守的人打開柴房的門將她往外拽，嚇得她尖叫連連：「棄淮哥哥！」

「你放開她！」沈棄淮慌了，連忙上來想救，卻被幾個看守一起按倒在地，眼睜睜地看著她被帶走。

池魚掙扎著回頭看他，就看見他那雙眼裡滿是恨意和不甘，眼瞳都微微發紅。

「我一定會救妳的。」他咬牙道：「總有一天，他們誰都不能欺負妳！」

那時候的沈棄淮，心裡還沒有權力，想的只是，要怎麼樣才能保護她。

眼眶微紅，池魚吸吸鼻子回過神，就看見面前的沈故淵撐著下巴若有所思地看著她。

「不好意思。」她傻笑：「我……容易走神。」

「我本有個問題，一直想不通。」沈故淵挑眉：「妳最恨的若是沈棄淮，那有我在，妳完全可以求我替妳殺了他，為什麼妳沒有。」

「為什麼？」池魚反過來問他。

沈故淵嗤笑：「因為妳腦子有問題，人家給過妳甜頭，妳一輩子都記得，所以就算恨慘了現在這個要殺妳的沈棄淮，妳也忘不掉曾經拚命對妳好的沈棄淮。」

沈棄淮要是死了，那曾經的那個人，也就死了。

池魚乾笑，聲音有點嘶啞：「我也不想的，但是十年了，和他一起經歷過的事情，真的是太多了，就算他能狠心忘懷，我……」

「活該妳被他燒。」沈故淵翻了個白眼：「沒救了。」

「我需要時間。」深吸一口氣，池魚閉眼道：「我不會對他心軟，也不會想跟他破鏡重圓，我要的只是報仇。但……要完全釋懷，怕是還得一個十年。」

「我可沒那麼多時間陪妳耗！」沈故淵皺了眉毛：「等妳報了仇，立馬給我嫁人！」

嗯？池魚一愣，睜眼看他：「嫁給誰？」

「隨便嫁給誰，只要妳成親就行。」沈故淵道：「這算是對我的報答。」

一般對人有恩，不是要求人以身相許嗎？這人倒好，要求她嫁給別人？池魚覺得莫名其妙，卻也點了點頭：「既然是師父開口，那徒兒莫敢不從。」

「那就好。」火氣頓消，沈故淵拎著她就往外走。

「去哪兒啊？」

「吃飯。」

王府裡不給吃飯，那外頭有的是山珍海味，反正誰也攔不住沈故淵，他來去自如，瀟灑得很。

池魚放心地被他拎著走，到了一家飯館就坐下來點菜。

「哎，聽說了嗎？三司使被告了！」鄰桌的人低聲議論：「今年的稅收好像出了大問題，三司府衙裡的主簿都被帶走了。」

主簿？沈故淵一聽就挑眉，哼笑道：「棄車保帥。」

「慣用的伎倆了。」池魚小聲嘀咕：「這群人一出事就會找替罪羔羊。」

「有什麼用？」沈故淵道：「今年秋收，他是別想用鐘無神了。」

稅收出了大問題，皇城之外百姓尚且被剝削，更何況千里之外？皇帝年幼不懂，四大親王卻是明白，國之蛀蟲不除，國庫難盈。

「秋收是朝廷裡最忙的時候。」孝親王板著臉道：「眼下管事的人不夠，不如就讓故淵鍛煉鍛煉。」

「三皇子剛回來。」沈棄淮搖頭：「什麼也不懂，如何擔當此大任？」

「棄淮此言差矣。」靜親王擺手道：「三司府衙暗中加稅一案，若是沒有故淵，誰能捅上來？他可不是什麼也不懂。」

沈棄淮瞇眼：「就算他懂皮毛，貿然把大事交給他，怕是要出問題。」

「國倉如今餘糧已空，軍餉欠缺，國庫的銀子也只剩一百五十萬兩，都不夠撐到秋收結束。」孝親王道：「但故淵給本王保證，若是他來督管這秋收之事，秋收之後，國庫存糧必足一年之軍需。」

「空話誰不會說？」沈棄淮冷笑：「但他做不到又該如何？」

靜親王笑道：「故淵說了，做不到，他便自貶為民，再不沾皇族富貴。」

自貶為民？沈棄淮眼神微暗，思忖起來。

按道理來說，一年收上來的糧食，的確是夠一年軍需的，但是各層剝削，到國庫裡的只有十分之一，這種暗地裡操作的事情是無法避免的，就算沈故淵有三頭六臂，也不可能處處監管，讓每個人都心甘情願把糧食吐出來，所以，這海口怕是誇大了。

斂了心神，沈棄淮道：「本王也不是不願意給他機會，既然他都這般說了，那本王也無異議。只是，當真做不到的時候，各位皇叔別心軟才好。」

「我沈家男兒，敢作敢當，他有那般的魄力，咱們當皇叔的都欣慰。」孝親王道：「但若是做不到，咱們也斷然不會心軟。」

「好。」沈棄淮起身拂袖：「那就讓本王看看他的本事吧。」

鐘無神因傷總算糊弄了藐視先祖之罪，但興許是他下手太重，鐘無神竟然一病不起，諸事皆難管，焦頭爛額之下，竟然讓沈故淵趁虛而入了。

這朝中關係有多複雜，上下該如何打點，都是沈故淵無法知道的，想接這攤子，怕是要倒大楣啊。

「這朝中，三司使與沈棄淮來往多，每年秋收，也是他們兩個吃得最肥。」池魚蹲在地上，將兩顆石頭放在一邊，認真地道：「他們下頭，參與的官差有數百人。稅收需要的幫手很多，師父您無法不讓這些人幫忙，但一旦他們幫忙，就難免雁過拔毛、獸走留皮。」

「但除了他們之外，上京裡有兩個人，是清流之輩。一個是靜親王府的小侯爺沈知白，一個是護城軍副統領趙飲馬。每年他們會參與秋收，但毫釐不沾，常被人背後排擠。」

沈故淵聽著，點了點頭：「妳知道的倒是不少。」

「在他身邊那麼多年，他什麼都不避諱我。」池魚笑了笑：「所以他知道的東西，我都知道。」

這也是為什麼沈棄淮必須殺了她的原因。

「那妳還真是能幫上我的忙了。」沈故淵哼笑：「這些個亂七八糟的東西，很煩。」

「我能幫的也有限。」池魚很是擔憂地看著他：「師父，您立的軍令狀也太激進了些，萬一真達不到……」

「放心。」沈故淵胸有成竹：「這世上沒有妳師父辦不成的事情。」

就算真辦不成，他也有退路。

池魚似懂非懂地點頭：「那小侯爺那邊，師父需要我去找他幫忙嗎？」

「沈知白？」沈故淵看她一眼：「妳認識？」

「機緣巧合，相識一場。」池魚道：「他人很好的，唯一的毛病就是不太認識路。」

之所以跟她認識，也是因為有一次他來悲憫王府，迷路走進了遺珠閣。她給他指了十次方向，他最後都一臉茫然地繞了回來，最後只得她親自把他送去悲憫閣。

眼波流轉，沈故淵點了點頭：「那好，妳去找他。」

「好。」起身拍拍手裡的灰，池魚立馬就想走。

「等會兒。」伸手拎住她，沈故淵想了想，拽著人往街邊的成衣店裡走。

「嗯？師父？」池魚不解地看著他：「您做什麼？」

沒回答她，沈故淵跨進成衣店就將她扔在一邊，然後徑直朝個姑娘走過去。乍地出現這麼個白髮紅衣的俊美男子，成衣店裡的姑娘們都傻了眼，站在角落裡的姑娘看著他直直地朝自己走過來，手足無措，臉都紅透了。

「公……公子？」

沈故淵站在她面前，低頭看著她手裡拿著的裙子。

「啊，這個……這個是這家店剛出的百花裙。」慌忙把裙子遞給他，那姑娘結結巴巴地道：「您要是看中，就……就先……」

「多謝。」沈故淵頷首，拿了裙子轉身就拎著池魚上二樓更衣。

後頭一群姑娘都像失了神似的，呆呆地看著他的背影，下意識地就跟著上二樓。

「啪！」沈故淵很不耐煩地關上更衣廂房的門。

「師父。」池魚身上掛著百花裙，哭笑不得地問：「您做什麼？」

「讓妳好看點再去。」沈故淵一本正經地道。

「這個徒兒懂，但是。」轉頭看了看這狹小的廂房，又看了看那緊閉的門，池魚咽了口唾沫：「您要在這兒站著看我更衣嗎？」

第14章　一根筋的趙飲馬

沈故淵一頓，回頭嫌棄地看她一眼，立馬站遠了兩步：「誰要看妳？」

「那……」指了指關著的門，池魚眨眼：「您出去？」

外頭擠著的人已經壓到了門上，鶯鶯燕燕的聲音此起彼伏。

「怎麼進去了？」

「嗳！我還想再看一眼，等他出來吧。」

「那位公子，是白頭髮啊……」

「那就更得好好看看了，快去把樓下的三少爺叫上來，瞧瞧什麼才叫真正的相貌堂堂。」

聽得嘴角抽了抽，沈故淵「哐」地一聲，把門栓也扣上了。

「妳自己更衣，我不看妳。」背對著她，沈故淵煩躁地道：「動作快點，等會從窗戶出去。」

池魚僵了僵身子，認真地思考了一會兒，紅著臉開始褪衣裳。

沈故淵當真是君子，聽著她更衣的動靜，頭都不帶偏一下的，只有些惱怒地瞪著鬧哄哄的門，被吵得煩了，一腳踹上去：「閉嘴！」

怒氣透過門扉，震得外頭瞬間鴉雀無聲。

「呀。」

窗臺外頭的屋瓦響了一聲，池魚衣裳剛褪完，聞聲一驚，還沒來得及反應，就被人一把抱進了懷裡。

眼神冰冷如箭，沈故淵用自己的身子擋了她，回頭看向窗臺上爬上來的人，袖袍一抬就是三道紅線凌空而去。

「哎哎哎！」窗臺上的人反應也快，立馬一個飛身落回下頭的院子裡，哭笑不得地道：「在下並非有意冒犯，是有姐姐讓我上去看人的！」

壓根不聽，沈故淵鬆了池魚，跟著縱躍下窗口，拎起那人就一拳揍在他小腹。

動作太快，那人來不及躲避，硬生生吃下這一拳，臉色瞬間發青：「呃。」

「師父！」池魚顧不得其他，慌亂套好裙子，趴在窗口喊：「別傷他！」

沈故淵一臉莫名其妙地抬頭看向她，就見那傻不愣登的女人笨拙地從窗口跨出腿來，妄圖也跳下來。

「喂。」沈故淵皺眉：「摔斷腿我可不負責。」

好歹也是輕功一流的人，怎麼可能摔斷腿？池魚不信，往下一跳，卻發現自己的身子沒有以前那般好掌握了。要是以前，這點高度，她可以很瀟灑地落地，不傷分毫，但現在……她很狼狽地被沈故淵接住了。

有些沮喪，池魚小聲道：「我是真的廢了。」

「誰規定妳一個女兒家必須武功超群的？」沈故淵白她一眼：「無聊。」

說罷，鬆開她，一把將那登徒子給拎過來：「認不認識？」

聽這語氣，大有她不認識他可就一把掐死了的意思，池魚連忙抱住他的手點頭：「認識啊！護城軍副統領趙大人！」

啥？沈故淵挑了挑眉，覺得這個名字有點耳熟。

「師父。」池魚扯著他的袖子將他拉下來，湊在他耳邊輕聲道：「本打算找他幫忙的，您這把人揍一頓，咱們怎麼開口啊？」

沈故淵：「……」

趙飲馬很是痛苦，被鬆開了就蹲在地上，半晌都沒能直起腰，不過還是艱難地在解釋：「方才……二姐姐說樓上有公子英俊比我更甚，在下一時好奇，所以才上去一觀……」

眼珠子一轉，池魚立馬委屈地捂著衣襟：「大人到底觀了什麼？」

「我……」

「別說了。」一把將他拉起來，池魚嚴肅地道：「女兒家名節重於泰山，既然事情已經發生了，大人就與小女子交個朋友，保守祕密，如何？」

趙飲馬一臉茫然，他很想說，剛剛那位紅衣公子的動作太快，他壓根什麼都沒看見，只是意識到了有姑娘在更衣而已啊！

然而，池魚壓根沒給他提出異議的機會，自個兒跪在院子裡，拽著他一併跪下，一本正經地就開始唸：「黃天在上厚土為證，今日我池魚與趙大人機緣巧合，結為金蘭，從此有福同享有難同當，若有背叛，天打雷劈！」

趙飲馬目瞪口呆：「金蘭？」

「怎麼？當我徒兒的金蘭，委屈你了？」身後一襲紅袍，陰森森地問了一句。

趙飲馬立馬「哐哐哐」朝天磕三個響頭：「若有背叛，天打雷劈！」

「好了，那我就不計較了。」拍拍衣裳起身，池魚笑咪咪地道：「趙大人，久仰大名啊。」

「幸會幸會……」總覺得自己是掉進了什麼坑裡，趙飲馬有點回不過神。但，仔細看了看這位公子那一頭白髮，他突然嚴肅了起來：「三皇子？」

被認出來了，沈故淵側眼看他：「怎麼？」

竟然當真是三皇子？趙飲馬很意外，也很欣喜：「殿下怎麼會來這裡？」

「給我徒兒買衣裳。」伸手指了指池魚，沈故淵道：「也沒想到會遇見朝廷中人。」

「哈哈。」又高興又尷尬，趙飲馬撓撓後腦勺，很是耿直地道：「卑職一早聽人說三皇子武功高強，早想領教，沒想到今日是以這樣的方式……」

「算是不打不相識啊。」池魚連忙道：「大人要是實在覺得不好意思，那不如咱們去旁邊的茶樓上坐坐？」

「好。」趙飲馬也直爽，朝沈故淵抱拳道：「卑職無以贖罪，就請殿下和池魚姑娘喝兩盞茶吧。」

沈故淵輕輕頷首，大步就往外走，趙飲馬跟在後頭，心裡還是忐忑，忍不住就逮著旁邊看起來很老實的池魚問：「殿下會不會記仇啊？」

想了想自家師父的德性，池魚神色凝重地點頭：「他很小氣，也很記仇，您要是想不被報復，那就哄哄他。」

「我連女人都不會哄，怎麼哄男人？」趙飲馬瞪眼。

池魚同情地看他一眼：「那就看造化了。」

造化怎麼看啊？趙飲馬很愁，去茶樓上坐下，想了想，親手給沈故淵倒茶：「今日是飲馬冒失，殿下若有什麼吩咐，飲馬必定全力去辦。」

一手撐著下巴，一手捏起茶盞，沈故淵雙眼帶著探究盯著他，不吭聲。

趙飲馬背後發毛，小聲道：「聽聞殿下最近忙於秋收之事，若有卑職能幫上忙的地方，也請殿下儘管開口。」

「你不是被調去巡城了嗎？」沈故淵淡淡地道：「今年的秋收，悲憫王爺似乎是安排了護城軍統領雷霆鈞去維護秩序。」

說起這個事，趙飲馬就有點沮喪：「去年卑職帶人去維持過秋收的秩序，甚至還抓著了不少欺壓百姓的官差，自以為是辦得不錯的。但不知為何，今年悲憫王爺就不讓卑職去了。」

「這還不好想嗎？」池魚聳肩：「大人妨礙了王爺的利益，自然會被替換掉。」

「王爺的利益？」趙飲馬一愣，繼而搖頭：「世人都知道，悲憫王爺慈悲為懷，憐憫蒼生，怎麼會從百姓的身上獲取利益呢？」

「……」沈故淵和池魚都用一種複雜的眼神看著他。

「怎麼，卑職說得不對嗎？」趙飲馬疑惑地道：「大家都這麼說啊。」

沈棄淮表面功夫一向做得很好，這不能怪人蠢，就連她，不也是這麼多年才看清嗎？池魚苦笑，搖了搖頭：「罷了，趙大人若是真心要幫殿下，殿下倒是可以安排調度，讓你今年也繼續懲惡揚善。」

「真的？」趙飲馬一喜，起身抱拳：「多謝殿下！」

「我醜話說在前頭。」沈故淵微微皺眉看著他：「你要是放過任何一個貪汙的官差，那我會先拿你開刀。」

「卑職明白。」趙飲馬頷首：「不過……有些官職比卑職高的人，卑職無能為力。」

「你做好你該做的，我自然會做好我該做的。」沈故淵的神色總算是溫和了些，看著他道：「你且回家等著，晚些時候，我讓人送東西過去。」

「是！」趙飲馬行了軍禮，高高興興地就要告退，走到半路，又覺得今日的事情實在太神奇，忍不住把池魚拉到角落裡，一臉認真地問：「池魚，妳我可是金蘭了，妳不會坑我的，對不對？」

池魚哭笑不得地看著他：「我能怎麼坑你啊？既然義結金蘭，池魚定然會護大哥周全。」

「那可說好了！」吃了定心丸，趙飲馬一溜煙地就跑走了。

「這倒是個活潑的。」沈故淵睨著他的背影，搖了搖頭：「就是一根筋，沒什麼腦子。」

「您說話也偶爾好聽些啊，這叫耿直坦蕩。」回桌邊坐下，池魚無奈地道：「虧得他不記仇，不然被打一頓，斷然就不會幫忙了。」

「妳是嫌我多管閒事了？」沈故淵斜她一眼：「那好，以後妳遇見什麼，我可不出手了。」

她又不是倒楣鬼，哪能天天遇見事兒啊？池魚撇嘴，喝了口茶看看天色，道：「也不早了，咱們還去不去靜親王府了？」

「去。」沈故淵看她一眼，從袖子裡拿出個紅木盒：「髮髻重新綰一下，戴這套首飾。」

雕花的紅木盒，打開就是一套粉瑪瑙的髮簪髮釵和耳環，跟她身上的裙子恰好是一套。池魚忍不住挪過去抓起他的袖子往袖口裡看了看。

「妳幹什麼？」沈故淵很嫌棄地踹開她。

「總覺得師父的袖子裡什麼都有。」池魚靈活躲開，笑嘻嘻地坐在旁邊綰發：「跟神仙的衣袖似的。」

第15章　不識路但識人心

冷哼一聲，沈故淵薄唇一翻：「我也覺得妳腦袋裡什麼東西都裝得有，跟菜市場似的。趕緊打理打理妳這一頭花菜吧，好歹現在是我的徒弟，別總給我丟人！」

縮了縮脖子，池魚認命地拿起首飾重新梳妝，剛梳好髮髻，就見他又從袖子裡拿了兩盒胭脂水粉出來。

池魚：「……」

「妳敢再往我袖子裡看，我就把妳從窗戶扔下去。」沈故淵面無表情地看著她。

「知道了。」努力克制住這個衝動，池魚拿起那胭脂看了看，謔，顏色還分外上乘，比她以前在王府用的還好。

「那個……」

「神仙袖子裡變出來的，不知道哪兒買的，閉嘴！」沈故淵不耐煩了，劍眉倒豎：「妳再那麼多問題，我不介意縫上妳的嘴！」

怎麼連她想問什麼都知道啊？池魚哭笑不得，連忙雙手合十朝他作揖：「師父息怒。」

怪不得別人啊，沈故淵這個人，實在是神祕又強大，讓人很想摸摸底看看到底是何方神聖。

但……基於這位爺不太好的脾氣，池魚決定不作死了，老老實實打扮好，跟著他離開茶樓。

「對了。」快走到靜親王府，池魚才想起來，一臉茫然地問了一句：「我為什麼要打扮啊？」

前頭的沈故淵停下步子，回頭睨她：「沈知白人品上乘，用情專一，以後可以給妳成親用。」

這語氣，彷彿就像在說，這個菜攤的菜新鮮，賣得還不貴，妳可以留意著，明日來買。

池魚瞪大眼看著他，頭一次對自家師父露出了「你別是個傻子吧」的表情。

「怎麼？」沈故淵皺眉：「妳答應我的事情，忘記了？」

「沒有。」池魚搖頭：「徒兒記得大仇得報之後要成親來報答師父，但是師父，我隨便嫁個平民百姓都可以，靜親王家的侯爺，以我這樣的身分，高攀不起。」

「我沈故淵的徒兒，只有別人高攀的份。」輕哼一聲，他扭頭就往前走：「妳不打扮的確沒人想要，但認真打扮了，也還看得過去。」

這是，在誇她嗎？池魚歪了歪頭，突然提著裙子追上去，眼睛亮亮地問：「師父覺得我和余幼微，誰好看？」

「妳長得不好看。」沈故淵嫌棄地道：「但比起那張狐狸臉，倒是好多了。」

這好像是她想要的回答，但怎麼聽著就是讓人高興不起來？池魚低頭疑惑地想著，還沒想出個結果，就撞著了個人。

「抱歉。」知道是自己走路沒看路，池魚連忙先行禮。

旁邊的人一襲青白攏煙織錦袍，被她撞得微微一晃，站穩之後，倒是沒責難她，反而開口問了一句：「妳知道靜親王府怎麼走嗎？」

嗯？一聽這話，池魚猛地抬頭：「小侯爺？」

前頭不管不顧走了半晌的沈故淵，在聽見這三個字的時候，腳步一頓，回頭看了過來。

玉冠高束，墨髮如瀑，沈知白長了一張秀美的臉，窄腰繫玉，香囊垂帶，瞧著就是個翩翩貴公子，只是這臉上的表情總是一片冷淡，瞧著有點不近人情。

池魚失笑，下意識地就道：「您還是找不到路。」

一聽這話，沈知白皺眉仔細看了看她的臉，微微一驚：「池魚？」

「侯爺安好。」朝他行禮，寧池魚笑了笑：「久違了。」

神色凝重起來，沈知白抿唇，拉著她的手腕就往前走：「先跟我回王府再說。」

「侯爺……」

「全上京都以為妳死了，妳這樣貿然出現有危險，不管有什麼話，都先等等。」

話剛落音，就覺得有人拉著池魚一扯，連帶著扯著他不能再前行，沈知白微愣停步，就聽得人道：「她想說的是，你走錯方向了。」

修長的手拉著池魚另一隻手的手腕，沈故淵袖袍輕揚，臉上沒個表情：「王府在後面。」

看著他那一頭白髮，沈知白一驚，更加拽緊了池魚，皺眉戒備地看著他：「你是？」

池魚被這兩人扯得快成了一條繩子，艱難地開口道：「侯爺，先鬆開我。」

聞言，沈知白只往他們的方向走了兩步，神色嚴肅地道：「為什麼是我鬆？」

「難不成，要我鬆？」頭一次遇見敢跟自己嗆聲的，沈故淵冷笑一聲：「我是她師父，敢問閣下是？」

「我是她兄長。」沈知白皺眉，盯著這男人想了一會兒：「你是……三皇叔？」

倏地就長了一個輩分，池魚聽著，忍不住撲哧一聲。

狠狠掐了掐她的手腕，沈故淵不高興了：「我有那麼老？」

「這跟老沒關係啊師父。」池魚連忙掙扎：「這是輩分，輩分啊！」

冷哼一聲，沈故淵突然就看沈知白不順眼了：「靜親王和寧王爺可沒什麼血緣關係，你這個兄長哪裡來的？」

「長她一歲，自然是兄長。」沈知白也看他不太順眼：「倒是您與池魚，分明是叔姪，叫什麼師父？」

「這個說來話長。」瞧著都快掐起來了，池魚連忙拉著這倆一起往王府裡頭走：「找地方坐下慢慢說啊！」

終於看見了靜親王府大門，沈知白也不強了，先進去讓管家知會父親一聲，然後就領著他們往自己的院落走。

「半個月前悲憫王府就說，池魚被燒死了。」走在無人的小路上，沈知白忍不住先開口問：「既然沒死，沈棄淮怎麼就要娶別人了？」

池魚垂眸，忍著心裡重新泛上來的悲憤，用輕鬆的語氣道：「沒什麼，我沒用了，所以他想殺了我娶別人。」

回頭震驚地看著她，沈知白臉色都白了：「他想殺妳？」

這怎麼下得去手？且不說一起長大感情深厚，沈棄淮曾經為了池魚受過多少罰，池魚又為他受了多少罪啊，他還以為這兩人只有死別，沒有生離，怎麼竟然……

簡單地說了一下事情經過，池魚勉強笑道：「你是除了師父之外第一個知道真相的人，可一定要替我瞞好才是。」

「妳放心。」沈知白沉聲道：「我不識路，但我識人心。妳的心，比沈棄淮好千萬倍。」

有些感動地看他一眼，池魚正要開口，就聽得背後的沈故淵涼涼地道：「這並不是你帶錯路的藉口。」

啥？回過神，池魚往前頭一看，謔，竟然已經到王府後門了。

沈知白沉默地盯著那扇大門，許久之後才認真地開口：「我記得我的院子，上次是在這裡的。」

池魚：「……」

半個時辰之後，他們總算是坐在了沈知白的院子裡，沈知白給他們倒茶，低聲問池魚：「那妳今後打算怎麼辦？」

「這個先不論，今日來訪，是有事想請你幫忙。」收拾好心情，池魚笑道：「秋收大事，想必你一向有興趣。」

「是因為三皇叔立的軍令狀嗎?」沈知白挑眉,看了沈故淵一眼:「我聽父親說過了,三皇叔真是膽識過人。」

或者說,是不長腦子。剛管事就下這麼大賭注,贏了就會得罪一大片人,輸了自己就貶為平民,所以不管輸贏,日子都不會好過。

「別在心裡罵我,我很記仇。」沈故淵睨著他,冷聲開口:「你就說幫還是不幫。」

心裡一跳,沈知白皺眉看著他:「就算您是長輩,讓人做事的態度也不該是這般。」

「乳臭未乾的小子,能做什麼事?」沈故淵眼含譏誚地看著他:「要不是池魚舉薦,我今日不會來這一趟,你倒還端著架子了。」

「誰乳臭未乾?」沈知白微怒:「論輩分我不如你,但在朝中做事,我可是比你做得多!」

「有什麼用?」沈故淵慢條斯理地道:「朝廷庫收還是一年不如一年。」

「你……」

「好啦!」池魚頭都大了:「你們兩個都是一心想做好今年的秋收之事的,就不能心平氣和些嗎?」壯著膽子瞪了沈故淵一眼,池魚立馬轉頭溫柔地對沈知白道:「你別往心裡去,我師父說話向來不太中聽。」

沈知白冷靜了些,看著她道:「妳來開口,我定然是要幫的,只是我幫是幫妳,不是幫別人!」

「那就好。」池魚鬆了口氣:「我還以為你一氣之下要拒絕了。」

「怎會。」沈知白深深地看她一眼:「要不是妳,那日我怕是要在悲憫王府困上一整天。」

就這個理由？沈故淵聽著都覺得好笑。人就是這麼虛偽，不想幫的，給他十個理由他也能推脫。而心裡想幫的，找著藉口都要幫。

大概是他這聲笑太嘲諷了，池魚一腳就踩了上來。

瞇了瞇眼，沈故淵看向她：「妳活得不耐煩了？」

立馬一慫，池魚乾笑道：「不好意思，腳沒放對地方。」

「你那麼凶做什麼？」沈知白好看的眉頭又皺了起來：「就算對她有恩，也不該這般呼喝！」

「我沒事！」池魚立馬按住沈知白，連連搖頭。

跟沈故淵鬥，那不叫以卵擊石，叫簡單粗暴地送死。沈知白是個好少年啊，萬萬不可斷送在這裡。

瞧著面前這倆人相互維護的樣子，沈故淵嗤笑一聲，拎起池魚就走。

「哎哎？」池魚掙扎：「師父，還沒談完呢。」

第16章　風水輪流轉

「還談什麼談？」沈故淵睇眼：「他該幫的都會幫，那就不跟他廢話了。」

池魚目瞪口呆地跟著他走：「您怎麼知道他都會幫？」

「妳看不出來？」

看出來什麼？池魚滿頭問號，雙眼茫然。

沈故淵睨她一眼，嗤笑搖頭：「罷了，妳這呆子，以後再說吧。」

這都哪兒跟哪兒？池魚很是不解，看著這位大爺的臉色，也不敢多問，只能抽空回個頭，禮貌地朝後頭的小侯爺拱手行禮。

沈知白站在原地，看著那兩人的背影，眉心微皺。

天色漸沉，瞧著是要下雨了，沈棄淮從外頭回府，剛跨上大門的臺階，就聽得遠處有嘰嘰喳喳的聲音。

「我就是想問問嘛，你又不告訴我，那我肯定只能一直問啊。」

「閉嘴。」

「師父，你不能這樣啊，人都是有好奇心的，話不能總只說一半。」

「我讓妳閉嘴！」

白髮紅衣的公子走得大步流星，雪白的髮絲揚在空中，看起來仙氣十足。旁邊跟了個粉色裙子的姑娘，揪著他的袖子一蹦一跳的。

有那麼一瞬間，沈棄淮恍然覺得看見了很久以前的寧池魚和自己。寧池魚跟他在一起的時候也總是蹦蹦跳跳的，拉著他的袖子問這問那，一問就是七八年。直到有一年，他不耐煩地甩開了她，之後，池魚就再也不抓他袖子了。

心口莫名地就有點疼，沈棄淮閉眼，再睜開的時候，那兩人已經走到了臺階下頭。

「王爺。」看見他，池魚不蹦了，身子僵了僵就掛上了微笑：「您也剛回來？」

沈故淵頷了頷首，算是打招呼。

沈棄淮應了一聲，多看了她兩眼，笑道：「池魚姑娘這一身打扮真是好看。」

「王爺過獎。」池魚微微低頭，心想以前怎麼就沒聽得他這句話呢？等到她沒了，倒是會給別人說了。

「我先進去更衣。」沈故淵道：「池魚陪王爺說會兒話吧。」

嗯？池魚不明所以地看向他，這怎麼突然就把她和這畜生留這兒了？

然而，沈故淵說完就走了，頭都沒回一下，連一個默契的眼神都沒給她。

暗暗咬牙，池魚捏著拳頭擠出微笑對上沈棄淮：「王爺要是沒什麼事，那池魚也……」

「妳等等。」沈棄淮道：「有個地方，想帶姑娘去一下。」

光是壓心頭恨意就已經很花力氣了，還要跟他走？池魚深吸一口氣，努力讓自己忽略這人是誰，說服了自己良久，才笑著應道：「好。」

沈棄淮轉身就走，步子很快，池魚也習慣了，跟在他後頭，看著他的衣擺。

這個人從來不會回頭看她，每次她做完任務回來，他都站在悲憫閣門口等，她一來他就轉身往裡走，步子很快，壓根不管她身上是不是帶著傷。

彼時的自己多會自我安慰啊，就想著這個人還會等她回來，就一定是很愛她，只是不會表達。其餘的，她都可以忽略不計。

然而，真愛一個人，是會將她的安危放在第一位的，沈棄淮從來沒有過。

她十年的真心，換來的就是一場背叛罷了。

眼眶有點發紅，池魚自顧自地想著，也就沒注意前頭的人突然停了下來，一頭就撞了上去。

「呃。」連忙後退兩步，池魚斂了情緒，笑嘻嘻地道：「抱歉。」

沈棄淮回頭，眼睛看著她，又彷彿是透過她看向別處：「本王……許久沒被人從後頭撞到過了。」

「是池魚失禮。」

「不怪妳。」輕笑一聲，沈棄淮道：「這種感覺本王有點懷念。」

他以前最喜歡幹的事情就是走在寧池魚前頭，只要走快一點，她就會走神，然後猛地停下來，她保準會撞到他背上來，然後慌忙跟他道歉。他呢，還能板著臉反把她教訓一頓。

寧池魚傻啊，完全不會覺得是他突然停下來有問題，被他欺負得可憐巴巴的，都不會還嘴。

「王爺？」看著面前這人的表情，池魚皺眉：「您怎麼了？」

怎麼跟個弄死了耗子之後開始懷念耗子好玩的貓似的？看著就讓人作嘔！

回過神，沈棄淮笑道：「無礙，有些想念故人了。」

池魚頷首繼續跟他走，心裡冷笑連連。死了的故人都值得他懷念，而活著的，都得被他變著法兒弄死。悲憫王爺的慈悲和憐憫，從來都只給他自己一個人罷了。

「到了。」推開面前廂房的門，沈棄淮讓開了身子，示意她先進去。

池魚站在門口傻笑：「這是哪兒啊？」

瞧她不肯進去，沈棄淮低笑一聲，先跨進門：「池魚姑娘喜歡刀劍嗎？」

「不喜歡。」看了看沒什麼問題，池魚才跟著小心翼翼跨進去，戒備地道：「小女子一向只撫琴。」

「那就可惜了。」伸手拿下牆上掛著的佩劍，沈棄淮拔劍出鞘，寒光凜凜。

池魚立馬後退了三步。

「姑娘別慌。」沈棄淮看著她道：「這劍，是原來想贈與故人的，是把難得的好劍，削鐵如泥。」

定了定心神，池魚抬眼看過去，微微一頓。

「棄淮哥哥，我的劍壞了。」

「壞了就重新買一把。」

「可是，管家買回來的劍都好不禁用啊，你給我尋一把削鐵如泥的好劍，好不好？」

「我很忙，讓管家替你尋。」

她盼了很久的劍，到死也沒能拿到，而今，他卻說，這把劍是準備送給故人的。

「哈哈哈！」忍不住笑了出來，池魚捂著肚子，越笑越開心。

沈棄淮一愣，皺眉看著她：「姑娘笑什麼？」

「我笑……我笑王爺的故人何其不幸，王爺收了寶劍在此要贈，她卻沒福氣來拿。」

心裡一跳，沈棄淮收了劍就抓住了她的手腕，眼神灼灼：「妳怎麼知道她沒福氣來拿？」

「王爺忘記了？」池魚笑咪咪地道：「您上次同池魚說過的，那個跟池魚長得很像的愛人，不就是已經故去的、會武功的池魚郡主嗎？」

這麼多天跟在沈故淵身邊，知道寧池魚也不奇怪，沈棄淮凝視她片刻，鬆開了手：「是本王冒昧了。」

「王爺帶池魚來這兒，莫不是又懷念故人了？」池魚睨著他笑道：「余小姐還在府上呢，王爺這般舉動，怕是要傷了她的心。」

「本王也不知道是怎麼了。」沈棄淮苦笑：「這兩日，常常夢見她。」

做決定只要一瞬間，然而等反應過來，心疼悔恨起來，怕是需要好幾年。他不是對寧池魚半分感情沒有，只是那份感情，遠比不上他的大業。至少在他下決定的時候，是這麼認為的。

然而現在，他看著這滿屋子的東西，突然有點茫然。

「池魚問本王要過很多東西，糖葫蘆、寶劍、腰間的玉佩、悲憫閣外的小花……本王沒一次允她的。」伸手摸了摸放在花几上的花，沈棄淮語氣古怪地道：「可不知怎麼，這些東西，就都放在這間屋子裡了。」

再過半個月就是她的生辰，本可以讓她高興一次。誰曾想，已經物是人非。

池魚笑著聽他絮叨，拳頭死死捏著，指甲全掐進了肉裡。

她不能在這人面前暴露情緒，否則沈棄淮就會讓她再死一次。她知道的，他懷念的只是寧池魚這個人曾經對他的好，而不是真的想要她活過來。

這滿屋子的東西，的確都是她曾經最想要的，然而現在，她不需要了。

「王爺要是沒別的事，池魚就得先回去伺候師父了。」

「池魚。」吐出這兩個字，沈棄淮眼神裡痛意突然就鋪天蓋地，伸手拉住她，微微一用力，就將她擁進了懷裡：「妳別走了，好不好？」

心裡一疼，恨意壓不住地湧上來，池魚渾身發抖，幾乎是忍不住要一拳往他腹部猛揍。

然而，還不等她動作，廂房外頭突然就響起一聲冷嘲：「她不走，我走行了吧？」

沈棄淮一僵，抬眼看過去，就見余幼微滿臉惱恨：「有人眼巴巴在悲憫閣等著自己相公忙完回來，有人卻在這廂房裡勾搭別人的相公，真是漲潮的海水，浪得慌！」

如一桶冷水淋下，池魚瞬間清醒了過來，推開沈棄淮，連忙解釋：「不是妳看見的那樣……」

「那是怎樣？」跨進門，余幼微走到她面前，揚手就是一巴掌：「妳這個狐狸精！」

池魚想躲，然而突然覺得這場景有點眼熟，定了定身子看著她那落下來的巴掌，果然，半路就被沈棄淮給抓住了。

「幼微。」沈棄淮眉頭緊皺：「妳以前沒有這麼無理取鬧。」

可不是麼？以前的余幼微，分明是楚楚可憐，一把推開抱著她的沈棄淮，委屈地朝進門的她解釋：「池魚姐姐，不是妳看見的那樣。」

同樣的場景，同樣的對話，只是她們兩個的立場換了。池魚突然覺得很好笑，嘴角忍不住上揚。

「你看她，你看她！」余幼微激動地道：「她在嘲笑我，她分明就是寧池魚，來報復我們的！」

「幼微！」沈棄淮當真是怒了：「妳若是一直這樣下去，那我便讓管家送妳回丞相府冷靜幾日，如何？」

第17章　師徒的默契配合

身子一僵，余幼微不敢置信地看著他，眼裡漸漸有淚泛上來：「你當真為了她，要我走？」

「不是為了她。」沈棄淮有些惱：「是妳現在這模樣，跟潑婦沒什麼區別！」

女人是不是都會偽裝？在上位之前都是溫柔賢淑楚楚可憐，上位之後，就立馬撕了皮，露出了原本的模樣？

余幼微後退兩步，哽咽著道：「我沒有想到，當真沒有想到，有一天你也會這樣罵我！」

「是本王要罵妳，還是妳咎由自取？」

池魚淡定地看著這兩人爭吵，心裡忍不住鼓掌！

先前她還什麼都沒做呢，因為余幼微的小把戲，沈棄淮就罵她潑婦。現在好啦，輪到她來嘗嘗這誅心的滋味兒了。

余幼微委屈地哭著，扭頭看見她，眼裡恨意鋪天蓋地：「妳滿意了？高興了？」

「余小姐在說什麼，池魚聽得不是很懂。」微微一笑，她頷首：「不過既然是王府的家務事，池魚也不便在場，就先告退了。」

「站住！」余幼微咬牙，一把關上身後的門，眼神狠戾地看向她：「今天妳別想走！」

「怎麼？」池魚挑眉：「余小姐上次殺我不成，還想再來一次？」

沒理她的話，余幼微看向沈棄淮：「王爺，您聽我一句，這個人真的是寧池魚，女人的直覺是不會錯的！您要是放走她，以後會後悔的！」

看著面前那瘋了一樣的女人，沈棄淮忍不住冷笑一聲：「她真的是寧池魚，那倒還好，我迎她做個側妃。」

猛地一震，余幼微瞪大眼，彷彿是沒有聽懂，搖了搖頭，再問他一遍：「您說什麼？」

「我說，妳再為難我王府的客人，妳我的婚事，也就可以作罷了。」一手護著池魚，一手推開余幼微，沈棄淮強硬地打開了房門，讓池魚站了出去。

「抱歉。」他眼含憐惜地道：「本王的家務事，會自己處理好，姑娘先回去吧。」

池魚感動地看著他，咬唇點頭：「王爺小心。」

眼裡有光暗轉，沈棄淮輕笑：「本王知道的。」

兩人一對視，曖昧橫生，池魚含羞帶怯，沈棄淮深情款款。

然而，房門一關上，池魚就沒了表情。轉身往外走，背後的聲音透過房門傳了出來。

「你竟然要娶她？」

「本王想立側妃，也得妳允許？」

「那我呢？我呢！」

「妳是本王的正妃，若是不想當，妳可以走。」

「沈棄淮，你……」

余幼微的聲音都顫抖了，想必是氣得不輕，池魚勾唇，突然覺得心情很好。

機關算盡的女人啊，用身體留住男人，卻沒發現她等同是出賣了自己，一旦這個男人變心，失了身的她，壓根沒有選擇的餘地。不管沈棄淮怎麼欺負她，怎麼對別人好，她也沒有第二條路可以選，只能嫁給他。

這也算是余幼微的報應了。

「看戲看得很開心？」

剛跨進瑤池閣，就聽見沈故淵的問話，池魚挑眉，抬眼看向那躺在屋簷下太師椅上的人，忍不住輕笑，走過去將他四散垂落在地上的白髮抱起來。

「師父怎麼什麼都知道？」

「妳的情緒都寫臉上了，我又不是瞎子。」沈故淵冷哼一聲，任由她梳理自己的白髮，微微瞇了瞇眼。

池魚心情很好地拿篦子一下下順著他的頭髮，低聲問：「那師父知不知道發生了什麼事啊？」

「妳說。」

「沈棄淮說要娶我為側妃。」

意料之中的事情，但沈故淵還是皺了眉：「別答應。」

「嗯？」池魚有點意外：「不是說好，要誘敵深入嗎？」

「用別的誘敵都可以。」沈故淵道：「妳的姻緣不行。」

有些感動地看著他，池魚拿臉蹭了蹭他的白髮：「還是師父心疼我。」

「心疼妳？」沈故淵用難以言喻的表情看她一眼：「這麼想妳能開心的話，那且這麼想吧。」

臉一垮，池魚撇嘴：「您就不能說點好聽的？」

「好聽的話沒用。」沈故淵閉上眼：「天下姻緣之中，多少姑娘是光顧著聽好聽的，錯付了一生。」

池魚鼓嘴，氣憤地替他綰髮。

下雨了，一層秋雨一層涼，沈故淵覺得冷了，睜眼打算進屋，卻發現頭有點重。

「池魚？」他喊了一聲，旁邊的人卻已經不見了。摸了摸頭上，沈故淵覺得不太對勁，起身進屋子照了照。

片刻之後，一聲咆哮穿透整個悲憫王府。這聲音凶狠帶殺氣，嚇得外頭盯梢的暗影腿一軟，就連已經跑到前庭附近的池魚也是背後一寒。

太可怕了太可怕了，幸好她跑得快！

「主子。」

悲憫閣裡，雲煙皺眉在沈棄淮耳邊低聲道：「瑤池閣不知道發生了什麼，那位發了很大的火，池魚姑娘逃出來了，看起來正要往府外跑。」

本還正在想要怎麼安撫余幼微，一聽這話，沈棄淮立馬站起來，拿了傘就往外走。

「池魚！」喊著這名字，沈棄淮自己都有些恍惚，遠遠看見雨幕裡那小跑著的人，連忙追上去抓住她的手腕：「妳要去哪裡？」

渾身都溼透了，池魚凍得嘴唇都青了，抱著胳膊顫顫巍巍地道：「王府容不下我了……我得走。」

「怎麼會容不下？」沈棄淮皺眉：「妳師父怎麼了？」

沒法解釋，池魚咬唇，不管三七二十一，學余幼微的，先哭為敬！

「王爺別問了……讓我走吧。」

沈棄淮就喜歡女人楚楚可憐朝他哭的樣子，替她撐著傘，拉著她就往悲憫閣走：「有什麼話都給本王說，本王替妳做主！」

身子軟得很，被他一拽就拉著走了。池魚盯著他拉著自己的手，嘲諷地勾了勾唇。

悲憫閣裡暖和得很，沈棄淮讓人替她更衣，池魚推脫了，自己抱著衣裳去換了，然後出來朝他行禮：「多謝王爺，但……能不能再給池魚一把傘？不然出去，還是要溼透的。」

「本王說了，有本王在，這王府就是妳的家。」沈棄淮神色凝重地看著她：「妳師父為什麼要趕你走？」

「因為……」看他一眼，又垂眸，池魚苦笑：「師父不喜歡我與王爺親近，但池魚……喜歡和王爺說話，所以師父不高興了。」

微微一頓，沈棄淮深深地看她一眼：「巧了，本王也喜歡和妳說話。」

「真的嗎？」雀躍之意上了眉梢，池魚高興又害羞地看著他：「我以為……王爺會討厭我呢，畢竟我身分低微，什麼也不是……」

「身分不身分的，有什麼關係？」沈棄淮認真地道：「本王有身分就夠了，能護妳一世周全。」

好個一世周全啊，池魚笑著捏緊了拳頭：「那……那我可以留在這裡？」

「有什麼事，本王都替妳擔著。」沈棄淮笑了笑：「只要妳陪在本王身邊，多和本王說說話。」

「多謝王爺！」池魚感激涕零。

「別叫我王爺。」沈棄淮抿唇：「能不能……叫我一聲棄淮哥哥？」

此話一出，池魚心如針扎一般地疼，無數情緒翻湧上來，差點就要繃不住。

是誰曾冷硬地說：叫我王爺，我不是你哥哥。

是誰曾親手推開她，說：別拉著我的衣袖，懂點規矩。

是誰曾護在別人面前，說：寧池魚，我真後悔認識妳！

而如今，他竟然露出一副懷念的表情，讓她這樣喊他。

他的心，到底是什麼東西做的？

深吸一口氣，池魚硬生生將所有思緒壓住，調整了一下表情，乖巧地朝他笑，聽話地改口：「棄淮哥哥。」

「池魚……」沈棄淮又用這種眼神看她了，像是在看她，又像是越過她看向了別處。

心裡冷笑不止，池魚任由他看，情緒漸漸平穩，不再起波瀾。

晚上，沈棄淮讓她在悲憫閣的廂房住下了，池魚躺在軟和的大床上，無法入睡，眼睜睜地等到了天亮。

雨停了，沈棄淮起身一打開門，就看見了沈故淵。

「把我的人交出來。」沈故淵看起來心情很不好：「不然別怪我拆了你這王府！」

微微一笑，沈棄淮道：「殿下息怒，池魚只是換個地方住，依舊在王府，您著急什麼？」

「我不想說第二遍。」沈故淵皺眉。

沈棄淮跨出房門，不緊不慢地道：「殿下不忙著秋收了麼？今日是各地第一收的日子，若是不去看好，怕是要出問題。」

沈故淵一僵，彷彿剛剛才想起這件事，不甘心地看他一眼，轉頭就走。

看著他的背影，沈棄淮若有所思，扭頭就去敲了池魚的房門。

「棄淮哥哥。」池魚已經收拾妥當，打開門看見他，微微頷首：「師父……不，沈故淵來過了？」

聽見這句話，沈棄淮跨進了房門，一邊點頭一邊找椅子坐下：「他來問我要人。」

「我就知道，祕密是帶不走的。」池魚苦笑：「我跟在他身邊這麼久，他的事情，別人不知道，我卻都知道。正因為如此，他怕我背叛他，所以哪怕是殺了我，也不能讓我離開他。」

沈棄淮認真地聽著，不覺得有哪裡不對，試探性地問：「他有什麼祕密？」

第18章　能幫你，我很高興

「他……」池魚欲言又止，看了看他，略帶戒備地笑了笑：「也沒什麼好說的，到底是照拂過我的人。」

沈棄淮點頭，眼裡暗光流轉，再抬頭臉上便滿是憐愛：「那從今日開始，便由本王來照拂妳。」

「這……棄淮哥哥。」池魚苦笑：「您身邊的余小姐可不是好說話的人，以前尚且有師父護著我，而現在，若池魚再留在您這裡，怕是性命難保。」

這話聽著有埋怨的意思，畢竟上一次余幼微朝她射箭的時候，他沒站出來救。沈棄淮知道，女人都是小氣和敏感的，要哄，就得很認真地下功夫。

「妳放心。」他拉起她的手，溫柔地道：「從今日起，妳與本王同進同出，不離開本王半步。這樣一來，任憑是誰，也無法在本王的眼皮子底下傷了妳。」

上回也是在你的眼皮子底下啊！寧池魚心裡白眼直翻，男人說起大話來，真是不怕臉疼的！不過，人家誠意都這麼足了，她扭捏兩下，還是應下來：「小女子無依無靠，眼下，就只能聽王爺吩咐了。」

「王爺？」沈棄淮挑眉。

「啊不，棄淮哥哥。」池魚害羞地低頭。

沈棄淮總算滿意地笑了，帶著她出門，去往書房。

不得不說，此人心機深沉，若非寧池魚，旁人斷斷分辨不出他是真心還是假意。因為他在想取得一個人的信任和真心的時候，總是拚盡全力。

比如現在，他就在她面前，毫不避諱地翻閱各種公文。

「池魚識字嗎？」沈棄淮笑道：「要是識字，可以替我唸唸這些摺子，我一個人，看不過來呢。」

池魚惶恐地搖頭：「小女子雖沒見過什麼世面，但也知道這些東西不是尋常人能看的。」

「本王說妳能，妳就能。」伸手塞給她一本奏摺，沈棄淮道：「唸吧，本王可以一邊聽一邊批閱其他的，省事許多。」

這是想告訴她，他對她是完全信任的，池魚配合地露出受寵若驚欣喜若狂的表情，幫他一本本地唸。

沈棄淮看著，很是滿意，唸完摺子就帶她進宮議事。議完事晚上就在他臥房的隔壁廂房歇息。如他所說，當真是同進同出。

兩天下來，池魚在王府中的地位直線上升，連雲煙看見她都會頷首作禮。

感覺池魚已經對自己感激涕零了，沈棄淮覺得時機已到，就在書房裡再次開口道：「三皇子不知用了什麼法子，請得眾多人為他做事，秋收被他弄得亂七八糟，本王甚是擔心啊。」

「王爺有什麼好擔心的？」池魚輕笑，胸有成竹地道：「三皇子立下的軍令狀，是完不成的。」

「哦？」沈棄淮挑眉：「何出此言？本王看他很是用心呢。」

「都是假象罷了。」池魚瞇眼：「他壓根沒打算完成自己定的目標，只是想捲錢跑路罷了。」

微微一驚，沈棄淮皺眉看著她：「此話怎講？」

「沈故淵壓根不是皇族中人，他那一頭白髮，是特意用藥水浸泡七七四十九天而成。然後買通孝親王的人，假裝是皇子，就為了等這一場秋收斂財。」池魚道：「王爺若是不信，大可以讓人去仔細看看他的頭髮，那白色，遇水就掉。」

心猛地一跳，沈棄淮激動又帶著顧慮地問：「那本王該如何是好？如今四大親王分外信任他，若沒有實打實的證據，他們斷然不會站在本王這邊。」

「這些小女子哪裡知道啊？」池魚皺眉：「我也只是知道他這個祕密而已，所以我一離開他，他就想殺了我。幸虧王爺這般護著，不然小女子早不知死了多少次。」

看著她這單純的臉，沈棄淮下意識地就選擇了相信，這個人不會騙他的，就好像寧池魚從來不會對他撒謊一樣。長得相似的人，性格定也有相通之處。

只是，為了穩妥起見，他還是招來暗影，吩咐了幾句。

於是，沈故淵在太師椅上躺得好好的時候，突然就有一桶水從天而降！

「嘩——」

暗影潛伏了半個時辰才尋到這一個潑水的機會，本以為是萬無一失的，誰知道水潑下去，椅子上的人沒了。

微微愣了愣，他左右看了看，正覺得奇怪呢，冷不防就聽得有人在背後道：「你找死？」

涼意從腳底板升到天靈蓋，暗影不敢回頭，立馬一個飛身想走。然而，腳還沒離地，人就被抓住了。

「三皇子饒命！」暗影連忙求饒：「卑職只是奉命行事啊！」

沈故淵心情很不好，一張臉臭著，渾身都是殺氣，壓根不聽人說話，拎著他就去了瑤池閣裡的水池邊，一把將暗影的腦袋按進水裡。

「唔！」

「喜歡水？」沈故淵拎他起來，又重新按下去：「那你自己洗個夠！」

「三……唔！」

半個時辰之後，暗影被抬到了悲憫閣。

「主子，嗝。」滿肚子是水，暗影委屈極了：「三皇子最近心情很不好，卑職……卑職失敗了，被他罰了一頓。」

沈棄淮皺眉看著他：「連你都會失敗，那誰能來完成這個任務？」

「小女子有一法子。」旁邊的池魚低聲開口：「棄淮哥哥可願一聽？」

「哦？」眼睛一亮，沈棄淮連忙看著她道：「你說。」

下午的天色有點陰暗，一看就不太吉利，沈故淵微微瞇眼，起身就想出府。

然而，剛跨出瑤池閣的門，就看見了寧池魚。

「師父。」池魚害怕地看著他：「您當真不要我了嗎？」

微微挑眉，沈故淵餘光掃了掃暗處，走近她兩步：「是妳自己在找死，我能不成全妳嗎？」

「可我……」池魚很委屈：「我罪不至死啊！」

都敢趁他睡著給他綰個女人的髮髻了，還罪不至死呢？沈故淵很生氣：「我一定要殺了妳！」

「別啊。」伸手捧起他的頭髮，池魚一下下地摸著：「師父不怕徒兒洩露祕密嗎？」

祕密？沈故淵挑眉，正在努力想是什麼祕密，就覺得背後一陣風帶著水氣而來。下意識想躲，頭髮卻是一緊，沈故淵低頭，就看見池魚微微搖了搖頭。

別動。

沈故淵止住了步子，疑惑地等著。

然而，下一瞬，一桶水從猛地後頭潑了過來！冰冷的井水從他頭頂淋到衣裳上，激得他飛身就跳去了旁邊的牆簷上。

「你幹什麼！」看見後頭拿著水桶的沈棄淮，沈故淵大怒。

地上一灘水，裡頭混了不少化掉的白色水漿，沈棄淮欣喜地看著，再抬頭看向沈故淵：「抱歉啊皇叔，不是故意的，您別生氣。」

沈故淵瞇眼，側頭看了看旁邊假裝看風景的寧池魚，氣得直磨牙。

她是不是就跟自己的頭髮過不去了？幹什麼都拿他頭髮開刀！

池魚望望天，再看看地，就是不敢看他。

有了那一灘白漿，沈棄淮心裡就踏實多了，開始計畫要如何收網。

「沈故淵精心布局，絕對不會輕易收手。」池魚道：「所以他會捲最多的錢，才肯跑路。之前跟我說是在秋收之後動手，然而現在，因為我在你這裡，他定會提前打算。」

「想提前收網？」沈棄淮輕笑：「那本王就留住他。」

留住一個想撈錢的人，要用什麼手段呢？

很簡單，讓他覺得有更多的錢可以撈，就不會那麼快走。

沈棄淮下達了命令，各處開始配合秋收之事，剝削減少，入庫的稅收增多。同時，沈棄淮一一去四大親王府上遊說，讓他們答應去觀秋收入庫。

他把握的度很好，一來，暗中控制各地繳納的糧食，沈故淵絕不可能達到他軍令狀裡承諾的秋收數量，二來，他在最後入庫的時候，能捲走的錢非常的多。沈棄淮篤定，如此一來，沈故淵定然會在最後一天動手。

「此番功成，妳便是本王的側妃。」看著池魚，沈棄淮深情款款地道：「沒有妳，本王便破不了他的局。」

池魚害羞地看著他：「能為棄淮哥哥做事，池魚很高興。」

微微一愣，沈棄淮有點恍惚，彷彿回到了遺珠閣走水的那一天。

燭光盈盈，他坐在寧池魚的對面，看著她滿臉喜悅，溫柔地哄她：「此番妳立了大功，再過兩日，妳就是本王的正妃了。」

「能幫到棄淮哥哥，池魚很高興。」寧池魚臉上滿是小女兒的嬌羞，眼裡的欣喜藏不住地飛出來，一點也沒防備地端起他倒的酒：「棄淮哥哥，這杯酒池魚敬你。」

「妳我之間，談何敬字？」他是知道這頓飯之後是要發生什麼的，所以，拉過她的手腕，與自己交杯：「這樣喝才最舒坦。」

寧池魚感動地看著他，眼波盈盈，毫不猶豫地把杯裡的酒一飲而盡。之後，便昏迷了過去。

把她手腳捆上的時候，沈棄淮覺得自己的心裡是一片輕鬆的，畢竟這個女人知道自己太多的祕密，又背叛了他。若是繼續留下，他壓根睡不安穩。

除去了好，除去了更穩妥。

只是，現在再想起來，心怎麼就隱隱作痛呢？

「棄淮哥哥？」有人喊他：「你又怎麼了？」

眼前的東西清晰起來，沈棄淮看著面前這張臉，忍不住低聲呢喃：「對不起。」

第19章　沈故淵的弱點

池魚微微一頓，繼而笑得人畜無害：「棄淮哥哥有什麼對不起池魚的？」

三魂七魄漸漸歸位，沈棄淮擰了擰眉心，低笑一聲：「抱歉，本王失態了。」

哪裡失態啊？這場「失去愛人後悔不已」的表演，不是很生動形象嗎？看得她差點要以為，他是真的愛過自己了。

心裡冷笑，池魚道：「王爺真是個重情重義的好人呢。」

不知為何，聽著這句話，沈棄淮覺得心裡發毛，忍不住皺眉抬頭。

滿臉真誠，池魚正眼含仰慕地看著他，彷彿他是天底下最好的男人。

是他多想了吧？沈棄淮搖頭，指節抵了抵自己的額角，恢復了正常：「池魚，妳知道三皇子喜歡吃什麼嗎？」

喜歡吃的東西？池魚想了想：「民間的糖葫蘆，他似乎挺有興趣的。」

前幾天出門，沈故淵就站在人家糖葫蘆攤面前不肯走，皺眉盯著人家小販直勾勾地看，嚇得人家戰戰兢兢地捧了一串呈到他面前。

池魚現在還記得沈故淵吃第一口糖葫蘆時候的表情，美目微微睜大，眼裡波光流轉，彷彿是吃到了什麼山珍海味，一頭白髮都微微揚了起來。

她曾經徹夜思考過沈故淵這種強大到無敵的人會有什麼弱點，本以為會是女人，沒想到卻是糖葫蘆，真是又好氣又好笑。

「這樣嗎？」沈棄淮眼裡暗光一閃。

秋高氣爽，沈故淵披了紅衣，散著白髮就往三司府衙走。王府裡的丫鬟成堆地擠在他必經的道路兩邊，就連小廝也忍不住來偷看。

「這世上怎會有這般俊美的人啊？」畫嫱雙手捧心，「我要是能在他身邊伺候，不給我月錢都行啊！」

「妳想得美！」旁邊的丫鬟擠了擠她，看著沈故淵的背影，感嘆地道，「倒貼月錢，人家都不願意收。」

瑤池閣是她們最想進去的地方，可惜了，三皇子不要任何人伺候，那個池魚走了之後，院子裡一直就他一個人。瞧瞧，那一頭美麗的白髮，都沒人給束好。

不過，不束的時候，看著更好看了呢。

感受到背後的春意，沈故淵一寒，趕緊大步跨出王府。

這些女人真可怕，什麼都不了解，光靠皮相就能愛上一個人，顯然是虧吃少了。姻緣裡，皮相從來不是最重要的東西。只一眼就忍不住淪陷的話，那這感情也持續不了多久。

正想著，眼角不經意一掃，沈故淵停下了步子。

妙曼的曲線、誘人的色澤，在離他五步遠的地方，沈故淵看見了這凡塵間最讓他心動的東西，心口都忍不住「嘭嘭」多跳了兩下。

「賣糖葫蘆嘞——這位公子，要來一串嗎？」扛著糖葫蘆山的小販笑著問他。

池魚站在暗處和沈棄淮一起看著，心想就算他喜歡吃，也不至於不長腦子吧？這可是悲憫王府門口，正常賣糖葫蘆的人，誰能在這裡做生意？

然而，那頭的沈故淵，毫不猶豫地掏了銀子，在小販傻了眼的注視之下，接過人家的糖葫蘆山，扛在了自己肩上！

池魚：「……」

沈棄淮輕輕笑了一聲：「還是妳了解他。」

「棄淮哥哥。」池魚忍不住問了一句，「您此舉又是為何？不是做好打算了嗎？」

「讓他死，一直是本王最願意做的事情。」側頭看她一眼，沈棄淮道，「先前不管下毒還是暗殺都失敗了，所以本王才打算正面較量。不過，若是能有法子讓他死，本王自然願意省了這個力氣。」

心裡一涼，池魚微微有些驚慌地看向外頭。

沈故淵一手扛著糖葫蘆山，一手摘了一串下來，薄唇輕啟，緩緩咬下。

「五石散不是毒藥，他察覺不了，但食用多了，就會日漸消瘦，五臟六腑受損，不出一月便身亡。」沈棄淮微笑，「這是不是個極好的法子？」

壓住心裡的慌亂和想出去阻止的衝動，池魚勉強笑道：「王爺真是狠心啊，不管怎麼說，您也該喚他一聲皇叔的。」

「三皇子就是三皇子，哪來的皇叔？」沈棄淮嗤笑，眼神陰暗，「我與他，可沒什麼血緣關係。」

沈棄淮是先王爺撿回來的養子，的確與皇室沒什麼血緣。當時老王妃不待見他，給他起名「棄淮」，說是讓他記住，自己是被人棄之於淮河的，莫忘了身分。因此，沈棄淮對皇室中人，是有恨的。

池魚知道沈棄淮是以一種什麼樣的心情笑著長大，也能理解他後來為什麼報復老王妃。只是，當他殺了王府原來的小世子的時候，池魚就發現了，這個人，心狠無比。

現在，她該怎麼做？

眼睜睜看著沈故淵走遠，池魚低頭：「我身子有些不舒服，棄淮哥哥，今日可以在院子裡休息嗎？」

「好。」沈棄淮道：「我讓雲煙陪著妳，本王得進宮一趟。」

「是。」不動聲色地回了王府，池魚看著自己身邊跟著的雲煙，眼珠子轉了轉。

「好無聊啊，雲煙，來玩個好玩的吧？」手托著下巴，池魚一臉苦惱：「這院子裡除了你和棄淮哥哥，都沒人跟我說話的。」

雲煙眼神複雜地看著她，僵硬了一會兒，問：「您想玩什麼？」

「八卦陣吧。」池魚笑道：「我在花園裡給你布一個，你要是半個時辰之內能走出來，我就答應你一件事。」

天真貪玩的小姑娘，眼裡滿是勝負欲。雲煙瞧著，心想王府的守衛也不薄弱，這姑娘手無縛雞之力，應該不會有什麼大問題，於是點了點頭。

半柱香之後，池魚悄無聲息地離開了王府，直奔三司府衙。

「師父！」猛地推開房門，池魚跑得氣喘不已，抬頭一看，沈故淵正坐在書桌後頭看東西，旁邊一座糖葫蘆山全空，滿地都是竹籤。

又氣又擔心，池魚忍不住怒喝：「你是個豬嗎？豬都沒你這麼能吃的！」

被罵得懵了一下，沈故淵迷茫了一會兒才反應過來，俊臉頓沉：「妳說什麼？」

關上門，池魚著急地圍著他團團轉：「這糖葫蘆山擺明了是陷阱你也跳！沈棄淮給你下五石散，你吃多了，一個月之內就會暴斃！」

「你有那麼能吃嗎？正常人每天吃兩串就膩了啊，你的舌頭還有味覺嗎？」

「那麼聰明的人，怎麼就會在王府門口買糖葫蘆，誰有那個本事去那兒賣啊？你真是……」

繞來繞去，繞得人頭暈，沈故淵沒好氣地抓住她的手腕，往自己懷裡一拽。

「有話好好說。」伸手禁錮住她，沈故淵瞇眼：「我不喜歡無頭蒼蠅。」

倏地就被他抱住了，這人身上的氣息瞬間讓她鎮定下來。池魚臉一紅，又想起現在哪裡是臉紅的時候？連忙道：「你聽懂我的話沒？趕緊想法子逼毒！」

懶洋洋地看她一眼，沈故淵道：「我沒中毒。」

「你沒……」池魚一頓，瞪眼：「你沒中毒？!」

「雕蟲小技，想害我，還早得很。」睨了旁邊的糖葫蘆靶子一眼，沈故淵舔了舔嘴唇：「他有多少糖葫蘆，儘管送來，一個月之內我要是死了，算我輸。」

眨眨眼，池魚有點不解：「你糖葫蘆都吃了，怎麼會沒中毒的？」

「這個妳別管。」沈故淵道：「妳繼續去做妳想做的事情。」

聽著這話，池魚吊著的一顆心總算放了下來。

然後才發現自己還被這人抱在懷裡。

沈故淵身上有種冷淡的香味兒，像雪埋著的梅花，讓人忍不住想仔細聞聞，可她不好意思聞啊，只能動動身子尷尬地喊：「師父……」

手一鬆，沈故淵放開了她，彷彿什麼也沒發生過似的，道：「入庫的時候來看熱鬧就好。」

「……是。」

沈故淵壓根沒把她當女人啊！這個認知讓池魚很輕鬆，起碼以後不會發生什麼不必要的牽扯。不過，想想也挺挫敗的，她真那麼差勁嗎？都讓人坐懷不亂了。

一路胡思亂想，池魚返回了王府。原路回去悲憫閣，一進門，她就覺得哪裡不對勁，下意識地就想離開。

「池魚姑娘。」雲煙的聲音在她身後響起：「您去哪裡了？」

這麼快就出來了？池魚抿唇，調整了一下情緒，仰頭滿臉無辜地道：「我迷路了啊，本想躲你，誰知道躲著躲著，身邊的護衛也不見了。」

「哦？」雲煙似笑非笑地道：「我以為池魚小姐對王府的路很熟悉呢，不然也不會徑直就往無人看守的地方走。」

一陣涼意從心底泛上來，池魚不敢露出心虛的表情，只能強自鎮定：「你在說什麼，我不太懂，我只是隨意走走。」

「余小姐一直說，您就是寧池魚。」雲煙看著她，道：「王爺不信，卑職卻是有點懷疑呢。」

「哦？」池魚笑了笑：「雲煙大人和余小姐的關係真是好啊，她說什麼您都聽，晚上還待一個屋子聊天。」

一聽這話，雲煙驚了，左右看了看，怒斥她：「妳胡說什麼？」

「不是嗎？」池魚聳肩：「前些時候我也迷路過，恰巧走到西苑的客房，就聽見大人和余小姐的聲音，這事兒，我還沒同王爺說呢。」

第20章　你是本王的人

讓一個人閉嘴的最好辦法，就是手裡有他更不能說的把柄。先前雲煙為什麼會去瑤池閣，沈故淵說過原因，池魚本來是當笑話聽的，沒想到這時候能派上用場。

雲煙的表情只慌了一瞬便穩住了，皺眉看著她道：「空口無憑，妳以為王爺會信妳還是信我？」

「那咱們試試咯。」池魚一副無所謂的流氓樣：「反正你說我出去了，我能說我去了哪兒，棄淮哥哥不會怪我。但你麼……有先前的刺殺事件在，棄淮哥哥又不傻，定然知道我說的是真是假。」

說罷，朝他眨了眨眼，一蹦三跳地往自己的房間走。

「寧池魚。」看著她的背影，雲煙沉聲開口：「他遲早會認出妳，到時候，妳一定會再死一次。」

死？池魚回頭，給了他一個輕蔑的微笑，然後「啪」地一聲扣上了房門。

她本就是已經死過一次的人，還有什麼好怕的。反倒是還活著的人，不知該什麼時候死？

雲煙惶恐不安，等到沈棄淮回來，立馬去他跟前告了一狀。

「哦？」沈棄淮面無表情地看著他：「你也覺得她是寧池魚？」

「是，而且來王爺身邊，實在居心叵測。」雲煙皺眉道：「她本該恨透了王爺，現在卻這般偽裝地陪在您身邊，必定有妖。而且……」

「雲煙。」打斷他的話，沈棄淮微微皺眉：「你怎麼總說和幼微一樣的話？」

身子一僵，雲煙半跪下來：「主子此言何意？」

「她也常跟本王說，池魚就是寧池魚，讓本王離她遠些。」深深地看他一眼，沈棄淮道：「你們是都以為本王傻嗎？」

「主子明察。」雲煙抿唇：「卑職與余小姐都是對寧池魚甚為熟悉之人，既然都有這樣的感覺，那就還請主子重視！」

「就你們對她熟悉，本王不熟悉？」拂袖起身，沈棄淮冷笑道：「寧池魚已經死了，屍體是仵作驗過的，身上的玉佩也確認無誤，所以你別再跟著幼微提這些謬論了。」

「可……就算如此。」雲煙低聲道：「現在這個池魚也畢竟是個外人，您不該放任她進出書房。」

「本王做事，什麼時候輪到你來教了？」沉了臉色，沈棄淮不高興了：「這王位，要不要給你來坐？」

「主子息怒！」雲煙咬牙：「卑職只是擔心主子！」

奴才就是奴才，能懂個什麼東西？沈棄淮冷笑，他算計的東西，自然不必同下人交代。不過麼……側頭看了看窗外，沈棄淮舔了舔嘴唇，起身打開了房門。

夜色低沉，池魚坐在客房的軟榻上雙手抱膝。

窗外的月亮很大很圓，院子裡很安靜，然而，她白天壓住的情緒，在這種時候，就容易統統翻湧上來，激得她眼淚直流。

從她「被燒死」那天算起，已經過了一個月了，可她身上的燒傷還是沒有痊癒，時不時就隱隱作痛，提醒她自己都經歷過些什麼。

這月亮分明都是同一個月亮，可被月光照著的人，變化怎麼就那麼大呢？

正苦笑，冷不防的，有人敲了敲她的門。

微微一驚，池魚斂神警惕起來：「誰？」

「是我。」沈棄淮的聲音在外頭響起：「妳睡了麼？」

大半夜的，他過來做什麼？池魚眉頭緊皺，猶豫了片刻，下床去將門拉開一條縫。

沈棄淮一身素衣，眉頭輕鎖，看起來像是有什麼煩心事。瞧見她，勉強笑了笑：「本王有話想問妳。」

「這麼晚了，王爺不睏嗎？」池魚沒有鬆開門：「有話，明日再說不好？」

「不問完，本王睡不著。」伸手抵著門，沈棄淮俯視她，眼裡情緒不明：「妳抵觸本王？」

手僵硬地放下，池魚側身讓到一邊，淡笑道：「沒有，只是這孤男寡女的……」

「妳早晚是本王的人。」嗔怪地看她一眼，沈棄淮道：「忘記了？本王說過，秋收之後便迎妳為側妃。」

說完，毫不避諱地跨進她的房間，關上了房門。

池魚渾身汗毛都豎起來了，站在門口不敢動，看著他走到桌邊，親手點上了蠟燭。

屋子裡亮了起來，沈棄淮回頭看她，有些疑惑：「妳怎麼了？」

打從被他下過一次迷藥之後，池魚對那若有若無的迷藥氣味特別敏感，輕輕嗅了嗅，覺得四周沒什麼問題，才放鬆了身子，笑著朝他走了兩步：「有些受寵若驚罷了。」

「本王來只是想問問，妳最近是不是得罪雲煙了？」沈棄淮伸手給自己倒了杯茶。

心裡微微一跳，池魚皺眉：「他當真告我狀了？」

「嗯？」沈棄淮輕笑：「聽這話，似乎還有什麼隱情？」

「自然是有的。」池魚聳肩：「今日我戲耍了雲煙大人，讓他沒看住我，他有些惱，就說我是什麼寧池魚，還說要告訴王爺，讓我吃不了兜著走。」

「哈哈，原來如此。」沈棄淮抿了口茶，眼梢帶笑地看著她：「妳怎麼會是寧池魚呢？」

寧池魚是活潑且痴情的，而面前這個女人，倒是如謎一般，看起來乖順，卻讓人摸不透底細。

不怪雲煙和幼微會擔憂，就算是他，也沒有十足的把握將這女人握在手裡，除非……

眼波流轉，沈棄淮突然開口道：「本王尋了一段上好的安神香，妳既然這麼晚了也沒有睡著，不如試試？」

警惕心頓起，池魚想也不想就搖頭：「不必了，我很快就能入睡的。」

在同一個坑裡摔兩次，那就當真是她蠢了！

然而，沈棄淮竟然也沒強求，掃了一眼桌上燃得差不多的蠟燭，伸手捏住了她的手腕。

「王爺？」池魚嚇了一跳，稱呼都變了。

「別緊張。」沈棄淮將她拉入懷中，額頭抵著她的背，低聲呢喃：「本王只是很喜歡妳罷了。」

噁心的感覺從心裡溢出來蔓延到四肢百骸，池魚忍不住背對著他乾嘔，強自冷靜地問：「您想做什麼？」

「這個時候問這種話，不是很煞風景嗎？」沈棄淮嗔怪一聲，伸手將她攔腰抱起，徑直往床上走。

池魚瞪大了眼，終於是掙扎起來：「你……」

「妳難道不喜歡本王？」將她壓進床榻，沈棄淮微微皺眉，眼神深沉地盯著她：「不喜歡本王，怎麼就背叛了妳師父，來本王這裡了？」

「那是因為……」

「本王是以為，妳心悅於我，所以才對妳諸多信任。」有些受傷地看著她，沈棄淮抿唇：「是本王誤會了？」

這狡猾的人！池魚拳頭捏得發白，渾身緊繃，腿都微微發抖。

她要怎麼辦？拒絕他嗎？那必定會引他生疑。可不拒絕的話……她就完了。

她曾經多想與他結為夫婦，同床共枕啊。如今當真被他壓在身下，怎麼就覺得跟吞了蒼蠅一樣噁心呢？渾身上下，每一根汗毛都充滿抵觸，恨不得抽出枕頭下的匕首，送他歸西！

然而，好像有哪裡不對勁。

「臉紅了？」望著身下這人嬌羞的容顏，沈棄淮喉結動了動，啞了聲音道：「池魚，本王可從來沒見過妳這副表情。」

瞳孔微縮，池魚感受著自己身體裡升上來的燥熱，驚恐不已。

難不成她還喜歡這個人嗎？不可能啊，現在他要是沒有武功，她一定能一刀捅進他的心窩，不會有半點猶豫！

那身體裡這股子令人羞愧的感覺是怎麼來的？

不等她想清楚，沈棄淮已經壓住她的雙手，將她禁錮。

「啊！」池魚猛地掙扎：「你放開我！」

「不放。」伸手摸了摸她的臉頰，沈棄淮眼裡欲色甚濃：「不管妳是誰，也都將是本王的人。」

清涼的觸感，激得她渾身一顫，忍不住連連乾嘔。

然而，沈棄淮彷彿絲毫不在意，扯了腰帶將她的手捆在床頭的雕花木欄上，粗暴地就扯了她的外裳。

池魚雙眼充血，拚命踢他，然而雙腿也很快被他壓了個死緊。身體難受，心裡也難受，她忍不住眼淚直流。

血和淚混著溼了枕頭和床單，看得沈棄淮更加興奮，剛要扯開她裡衣的帶子，卻聽得她悶哼一聲。

血順著嘴角流下來，池魚目光凶狠地看著他，口齒不清地道：「你再逼我，我就死在你面前！」

沈棄淮愣了愣，繼而嗤笑：「死？妳中的是合歡香，若是沒有我，也是會死的，不如死前快活快活？」

「不……」咬牙擠出這一個字，池魚用盡所有的力氣掙斷了手上的束縛，往外一滾就要跌下床。

沈棄淮臉色一沉，伸手就抓住了她的腳踝，將她整個人扯了回來，粗暴地壓著。

「想跑嗎？」他冷笑，從背後摟住她的腰，俯身在她耳邊低聲道：「妳跑不掉的。」

眼睛瞪得充血，池魚的恨意排山倒海，恨不得將面前的男人挫骨揚灰，焚燒殆盡！

第21章　你害羞了？

然而，她現在壓根無法抵抗，只能眼睜睜地看著他伸手過來，扯開她裡衣的衣襟。

完了，一切都完了！池魚絕望地閉上眼。她的身上，有舊疤和燒傷，只要落在沈棄淮的眼裡，那就再也沒有辯駁的餘地。

她是真的，會再死一次！

心裡悲恨難抑，池魚嗚咽出聲，她的復仇之路竟然就這樣斷在了這裡，叫人如何甘心！

衣襟滑下了肩頭，傷疤在這昏暗的床榻間也一定是清晰可見的。池魚顫抖著身子等待著死亡的再度降臨，等了一會兒，卻感覺身上猛地一沉，屋子裡不知為何就安靜了下來。

怎麼回事？池魚愣了愣，立馬睜開了眼。

沈棄淮倒在她身上，雙眼緊閉，好像是昏了過去，方才分明粗暴有力的一雙手，現在軟綿綿地垂在了床弦上。

桌上燃著的蠟燭跳了跳火星，發出「啪」地一聲，池魚猛然側頭，就見一人從外室緩緩而來。

「說妳沒用，妳還當真沒用給我看。」沈故淵面無表情地撩起隔斷處的紗簾，美目睨著她，充滿輕蔑：「這點把戲都能上當。」

不知為何，看見他，池魚覺得很委屈，扁著嘴跌下床來，可憐巴巴地喊了一聲：「師父。」

「吃虧了吧?」沈故淵居高臨下地看著她:「妳真以為沈棄淮是那麼好對付的,憑妳三言兩語就會完全信任妳?」

「我……」池魚鼻子一酸:「我是沒有料到他會來這一招,先前分明對我,沒有任何欲望的……」

嗤笑一聲,沈故淵將床上的沈棄淮拎起來,往他嘴裡塞了一丸藥就扔回了床上,轉身朝地上的小可憐勾勾手:「過來。」

池魚點頭,想站起來,但腿卻軟得厲害,剛起身就又跌了回去,眼淚忍不住就又湧上來了。

「嘖。」不耐煩地走過去,沈故淵脫了外袍將她整個人罩住,然後一把抱起來,撇嘴道:「就知道哭。」

「我……」池魚伸手捏著他的衣襟,哽咽道:「我有點難受。」

「下回長點腦子就好了,也沒什麼好難受的。」沈故淵白她一眼。

「不是……」抓緊了他,池魚舔了舔嘴唇,臉色嫣紅:「我是說……我身體有點難受。」

嗯?沈故淵茫然地看她一眼,又看了看那燃著的蠟燭,微微皺眉:「合歡香。」

「您聞著沒事嗎?」池魚神智都有些不清楚了,伸手抓著他的手就在自個兒臉上蹭:「好涼快啊。」

嘴角抽了抽,沈故淵抱起她就往外走。

「去……去哪兒?」

「妳中的這東西,我沒辦法解。」沈故淵神色凝重:「那只能找人交歡,不然天亮妳就得死。」

池魚皺眉:「我不想……」

「死和活著，妳選哪個？」

「自然是……活著。」

「那就閉嘴！」

好凶啊，池魚扁扁嘴，趁著神志不清，終於可以使勁聞聞他身上清冷的香味兒了。

「喂！」脖子上癢癢的，沈故淵渾身一個激靈，掐了她一把：「妳清醒點！」

「嗯……」抱著他，池魚迷迷糊糊地道：「我覺得自己挺走運的，每次我出事，你都會來救我。」

沈故淵冷笑：「妳偶爾也反省一下，為什麼總給我惹麻煩吧？」

「對……對不起。」池魚抱緊了他：「從來沒有人替我擋這些東西的，遇見你……真好。」

身子滾燙，燙得他心口都被熨熱了，沈故淵皺眉停下了步子，摸了摸她的額頭，低咒一聲，轉身換了個方向走。

永福街的客棧還亮著燈，小二打著呵欠站在門口等著夜宿的客人，正覺得睏乏呢，冷不防的就感覺一陣清風拂面，吹來了個仙子一般的男人。

「還有空房嗎？」那人冷聲問。

呆呆地看了他兩眼，小二回過神，連忙跳起來躬身：「有有！客官樓上請，天字一號房還空著。」

那人頷首，跟著他上樓，找到房間就給了銀子，並且一把將他關在了門外。

雪白的頭髮和錦紅的袍子沒了，小二恍惚了許久才拍了拍腦袋，小聲嘀咕道：「嘿，真好看。」

池魚渾身已經成了淡紅色，沈故淵頭疼地看著，想了許久，還是褪了衣裳，抱著她上了床。

這種毒，她隨便找個人交合就能解，實在用不著他耗費功力。可……罷了，他這個人心軟，就當積功德，幫她一把好了。

池魚迷迷糊糊的，以為自己晚上一定會做噩夢，然而意外的是，竟然一夜好眠，醒來的時候，鼻息間彷彿還聞見了清冷的梅花香。

嗯？等等，好像是真的聞見了！

「唰」地睜開眼，池魚看見的就是一張離她很近的臉，長長的睫毛幾乎都要掃到她額頭了。

猛地坐起來，池魚發現自己身上穿了件新的裡衣，手腕上勒出來的傷口已經上過藥，舌頭有些疼，但好像也沒流血了。

更恐怖的是，她旁邊躺著的沈故淵，上身竟然不著寸縷，完美的身體線條半掩在白髮之下，一張臉熟睡的臉人畜無害，傾國傾城，看得她鼻下一熱。

「唔。」

被她的動靜吵醒，沈故淵半睜開眼，眉頭皺了起來：「大清早的，妳扯我被子幹什麼？」

雙手捂著鼻子，池魚朝他笑了笑：「我不是故意的。」

眼梢微挑，沈故淵坐起身看著她，哼笑道：「別對我有非分之想。」

「誰……誰有非分之想了？」池魚瞪眼：「我只是……」

「只是看我太好看了，所以流鼻血了？」沈故淵輕嗤一聲，嘲弄地抹了抹她捂著鼻子的手，手指嫣紅。

血已經順著指縫流出去了？池魚尷尬地笑了笑，乾脆放開了手。

滿臉都是血，沈故淵搖頭，拿了帕子給她擦，道：「合歡香的毒解了，妳這是內火太旺，吃兩天下火的東西就沒事了。」

哦，毒解了！池魚呆呆地點頭：「多謝師父。」

謝完覺得哪裡不太對勁，池魚歪著腦袋想了一會兒，臉色突然爆紅：「你幫我解的毒？」

「不然呢？」打了個呵欠，沈故淵斜眼看她：「要不是我，妳就死定了。」

說是這麼說吧，可是！池魚低頭看看自己，又看看他，心情很複雜。

沈故淵是她救命恩人，按理來說以身相許也沒什麼毛病，可她滿心仇恨，壓根沒想過其他的事情，驟然失身，怎麼都有點彆扭。

但人家也是為了救她性命，並且看起來對此事完全沒有在意，應該……可以當做沒發生吧？

糾結地抓了抓自己的頭髮，池魚在心裡咆哮，怎麼可能當做沒發生啊！女兒家的名節何其重要，就算是解毒，也不能就這麼沒了啊！

沈故淵冷眼旁觀，就看這人跟個瘋子似的抓耳撓腮。本想告訴她他只是運功逼毒，但突然覺得，寧池魚這模樣挺好玩的。

那就不告訴她了，讓她自己折騰去。

心情很好地下床穿衣，沈故淵繫著繫帶，不鹹不淡地道：「沈棄淮我幫妳處理好了，他今日睡醒，只會當自己已經與妳圓房。」

嗯？一聽這話，池魚回過神來，瞪眼看他：「這是怎麼做到的？」

「用迷藥唄。」沈故淵別開眼：「只許他下藥，不許我下藥不成？」

「什麼迷藥能這麼厲害啊？」池魚眨眼：「我從來都沒聽說過。」

「大千世界，無奇不有，妳沒聽說過的東西多了去了。」瞥她一眼，沈故淵不耐煩地道：「吵醒了我，妳還想繼續睡呢？趕緊起床收拾，回王府去。」

「哦！」立馬跳下床，池魚梳洗一番，換上旁邊屏風上掛著的新衣裳，然後先往王府走。

進門之前，池魚還有點忐忑，畢竟昨晚的經歷算是恐怖，她擔心沈棄淮都記得。

然而，進門之後，她發現自己多慮了。

「妳去哪裡了？」沈棄淮站在前庭的大魚池邊回頭看她，眉目甚為溫柔：「一起身就不見妳人，本王很是擔心呢。」

嘴角抽了抽，池魚覺得自己對著這張噁心的臉完全笑不出來，只能低頭，聲音盡量平穩地道：「花園裡的菊花開了，我起身就想著去看看。」

「是害羞了吧？」沈棄淮輕笑，伸手想拉她，卻見她驚呼一聲躲開了他：「哇，這條魚好大啊。」

微微一頓，他收回手，順著她的目光看過去，笑道：「是啊，這是府裡年齡最大的錦鯉了，是很多年前，有個人來府上的時候，鎮南王爺特地讓人高價買回來的。」

「哦？」池魚挑眉：「誰有這等榮幸啊？讓老王爺這般費心。」
「還能有誰。」沈棄淮笑了笑：「自然是故去的池魚郡主。相傳寧王妃生郡主之前，夢見了池塘裡的大魚。池魚，池魚之殃也。司命說是個不詳的兆頭，於是寧王爺給郡主取名池魚，希望以名剋命，消災免厄。她要來王府之前，鎮南王怕她壞了府上風水，所以也特地弄了這麼一條大魚回來。」
身子僵了僵，池魚有點茫然。
十年前，沈棄淮不是這麼說的，他說她名「池魚」，為了讓她不孤單，老王爺弄了大魚回來陪她。所以她常常來看這大魚，也對老王爺感念於心。
結果……竟然是騙她的？
她到底是傻了多少年，才會覺得身邊的人都是對她抱有善意的？這些人……要麼背後提防她，要麼苦心算計她、利用她。在他們心裡，自己到底是個什麼？
「池魚。」沈棄淮好奇地看著她：「妳怎麼了？」
「有些累了。」她回過神，沒有抬頭：「我可以再回去睡會兒嗎？」
「好。」沈棄淮很是好說話：「去休息吧，本王要進宮一趟。」
池魚頷首行禮，轉身就走。
雲煙從暗處出來，站在沈棄淮身後沉默。
「你還有什麼不放心的嗎？」沈棄淮微笑：「她都已經是本王的人了。」
「還是要請王爺當心。」雲煙道：「她之前，畢竟也是三皇子的人。」

屋子裡那麼大的動靜，暗影每次都聽著呢。

突然有點不高興，沈棄淮回頭看他一眼，微微皺眉：「你是不是被幼微下了什麼迷藥了？」

雲煙一驚：「王爺何出此言？」

輕哼一聲，沈棄淮也沒多言，拂袖就走，留雲煙一人站在原地，冷汗涔涔。

三司府衙。

沈知白站在沈故淵面前，額角青筋繃著，卻還是一字字清晰地道：「淮南持節使是丞相家的遠親，被我當眾拆穿貪汙，面上過不去，已經進京。淮南一帶比往年多了十萬石的稅收，並未加苛於民，都是從官員私庫裡來的，另外……」

說不下去了，沈知白惱恨地看著沈故淵：「我能先揍您一頓嗎？」

「嗯？」沈故淵一臉「你有病吧」的表情：「揍我幹什麼？我又沒惹你。」

沈知白忍不住了，一巴掌拍在他的書桌上，怒道：「從我進來開始您就一直在笑，我越說您笑得越歡，有那麼好笑嗎！」

簡直太過分了啊！稅收這麼嚴肅的事情，他竟然能聽笑，是在嘲諷他哪裡做錯了嗎！

「我在笑？」沈故淵摸了摸自己的臉，很無辜地道：「沒有啊，有什麼好笑的？」

他只是想起今早上寧池魚那慌亂糾結的表情，覺得好玩罷了。該再多嚇她一會兒的，她定然會瞪大眼，一臉驚慌失措地跟他說：「師父，怎麼辦？」

「噗嗤。」想起那樣子，他沒忍住，當真笑出了聲。

沈知白臉都黑了，不復以往的溫柔鎮定，撩起袖子就要踩上他的書桌。

「小侯爺！」旁邊的趙飲馬連忙將他制住，拽了出去。

「趙將軍。」沈知白很不高興：「他欠揍，你還護著他！」

趙飲馬心有餘悸地搔頭：「小侯爺，我是在護著你啊。」

「嗯？」沈知白皺眉：「我會武！」

「我也會啊。」趙飲馬乾笑：「可是昨日想跟殿下過招，兩招還沒到就……小侯爺保重。」

微微一驚，沈知白有點意外：「他武功那麼高？你可是朝中公認的第一武士。」

「慚愧。」趙飲馬抓了抓後腦勺：「多年前我就曾在五十招的時候敗給過悲憫王爺，本以為幾年勤奮能有所長進，沒想到在殿下這兒，兩招都過不了。」

看了看自己的拳頭，沈知白摸摸地揣回了袖子裡，但還是怒氣難平：「武功高就可以肆無忌憚？我好歹是來幫忙的，這麼盡心盡力，他也不知道態度好些！」

「息怒息怒。」趙飲馬哈哈笑著打圓場：「不過咱們最近也挺痛快的啊，今兒我還把一群想糊弄事欺壓百姓的狗官揍了一頓，那滋味兒，別提多爽了！」

這倒是的，先前沈棄淮掌管秋收之時，他們也曾經效過力，但遇見貪汙腐敗，稟告上去，往往都是不了了之。追問一二，沈棄淮都敷衍說是最近太忙，等秋收結束之後再論。

秋收結束，該吃飽的蛀蟲都吃飽了，還論什麼論？沈知白先前就是這樣撂挑子不幹的。

然而現在，來了個天不怕的不怕的沈故淵，准他們先斬後奏，甚至給他們請了兩個皇令，讓他們做起事來腰桿都挺得很直。

本是看在池魚的面子上來幫忙的，但幫到現在，沈知白不得不佩服沈故淵兩分。這樣想想，氣也就消了，他輕哼一聲，看了看手裡的帳本：「還差點，再加把勁吧。」

「嗯。」趙飲馬頷首：「我一定會盡全力的。」只是，按照如今帳目上的稅款來說，就算他們都盡全力，怕是也……有些困難啊。

夜幕降臨，沈棄淮還沒有從宮裡回來，池魚悄無聲息地從書房離開，將帶出來的東西塞進了瑤池閣。

「這就要走了？」沈故淵點燃了燈，睨了一眼那躡手躡腳的人。身子一僵，池魚有點尷尬地道：「此地我不能久留。」

「怕什麼，暗影都已經睡著了，沒人能發現妳。」沈故淵抽了雕花凳出來拍了拍：「坐下。」

池魚硬著頭皮轉身，也不敢看他，乖乖地坐下來，盯著桌上她放的那一疊東西。

「妳想好了嗎？」沈故淵慢條斯理地問她：「這些東西只要給了我，他到時候就會發現妳是奸細，妳就不能在他身邊待著了。」

「誰想在他身邊待著？」池魚磨牙：「我只想讓他去黃泉路上待著！」

「那好。」沈故淵點頭：「交給我吧。」

「你知道這些怎麼用嗎？」池魚連忙拽住那疊東西，認真地挨個解釋：「這些東西除了他，只有我能看懂，上頭有黑話有密語，我給你寫了個破解的冊子，你對照著看。另外，可以重新寫個名冊，到時候一目了然。」

一說起這些來，她就滔滔不絕了。沈故淵撐著下巴看著她，好笑地道：「不害羞了？」

池魚一愣，立馬又慫了，埋著頭道：「誰……誰害羞了？」

「妳難道不是對昨晚的事情耿耿於懷，不敢正眼看我？」沈故淵挑眉。

池魚：「……」

這換做是誰都會耿耿於懷好嗎？她雖然不是什麼小氣的人，但是……現在看著他，心裡總覺得怪怪的。

見她這表情，沈故淵忍不住就又笑開了：「哈哈哈——」

惱羞成怒，池魚壯著膽子就踩了他一腳，踩完拔腿就跑！

「妳站住！」背後傳來低喝，她裝作沒聽見，一溜煙地就跑回了悲憫閣客房。

關上門，心還砰砰直跳。

按了按心口，池魚沉默半晌，將自己捂進了被子裡。

不能亂想不能亂想，那是她師父，按照原本的身分來說，她也得叫一聲皇叔，就算發生了點什麼，那也是情急之下不得已的，斷不可牽動心緒。男人的虧，吃一次就夠了。

默念了幾遍金剛經，她冷靜下來，想上床，但看了看那床榻，心裡的噁心感又泛了上來，乾脆扭頭抱了新被子鋪去軟榻上。

秋收接近尾聲，各地納的糧都已經入庫，明細統呈上表。

三司府衙裡，沈知白皺眉看著眼前的男人，半晌才問了一句：「當真沒問題？」

「你該做的都做了，就沒什麼問題。」沈故淵隨手將摺子一放，側眼看他：「擔心我？」

「不。」沈知白搖頭：「池魚讓我幫你，我只是擔心你完不成承諾，她也會被殃及。」

倒是個情種啊？沈故淵眼珠子轉了轉，朝他勾手。

「做什麼？」沈知白戒備地看著他，但還是下意識地靠過去兩步。

「這回你幫了我大忙，甚至不惜得罪丞相家，我欠你人情。」沈故淵一本正經地道：「為了還這個人情，我把池魚嫁給你，如何？」

微微一驚，沈知白瞪眼：「你……」

「別跟我拿虛架子。」沈故淵挑眉：「你本也就喜歡她。」

這些日子沈知白替他督察淮南淮北的收稅情況，每天早出晚歸，還好幾次在外頭迷路了回不了家，得罪的人也不少。要不是喜歡，哪能為寧池魚一句話就這般赴湯蹈火。

十七八歲的少年，正是情竇初開的時候，喜歡上什麼人都不奇怪，但沈故淵覺得奇怪的是，這位心思縝密、頗有能力的小侯爺，怎麼就眼瞎看上池魚了？

姑且算寧池魚運氣好吧，既然運氣都上門了，他也得幫她一把才行。

「知白喜歡的人，自己會娶。」定定地看了他許久，沈知白退後半步：「不勞三皇叔操心了。」

這麼有脾氣？沈故淵挑眉：「可你若沒我相幫，想和她成姻緣，很難啊。」

給了他一個很有自信的眼神，沈知白揮袖就跨出了門。

旁邊的趙飲馬看著，一臉擔憂地道：「小侯爺這一出去，又不知道什麼時候才能回王府了，來個人去送送他吧。」

「不必。」沈故淵瞇了瞇眼：「這人性子倔，哪怕知道自己做不到，也一定會去做。」

認路是這樣，想和寧池魚在一起也是這樣。

趙飲馬嘆息，伸手把算出來的帳目遞給他：「王爺先看看這個吧。」

他們都已經盡力了，遇見的阻礙不小，而且不少，一時半會要全部解決根本不可能。秋收已近結尾，入庫的糧食離沈故淵承諾的，還少很多。

「卑職讓人算過了，至少還要五百萬石糧食。」趙飲馬道：「幾乎是不可能完成了。」

「你急什麼？」沈故淵撐著下巴睨了那帳目一眼：「就差這麼點了。」

這還叫「這麼點」？趙飲馬擔憂地看他一眼，不知道該說什麼好了。

這段時間相處下來，他覺得沈故淵是個好人，雖然說話凶巴巴的，但做起事來一點也不含糊，武功也是極高，閒暇的時候，還會指點他兩招。要是就這麼被貶了，還真的是很可惜。

在外頭不分方向走著的沈知白也是這樣覺得的，朝中渾濁不堪，獨獨一個沈故淵與眾不同。雖然不喜歡他對池魚的態度，但這樣的人，是朝廷需要的，也是他想看見的。

然而後天之後，怕是……要永別了。

「他每天都吃一個糖葫蘆山。」

悲憫閣裡，沈棄淮撐著額角輕笑：「怕是要死得很快。」

池魚站在他身側，臉上毫無波瀾。

「四下的防守都已經準備妥當。」雲煙拱手道：「這兩日，任何人都不可能強衝守衛離開上京，晚上也一樣。」

「好。」沈棄淮眼眸亮了亮：「咱們且來看看這位皇叔，還有什麼退路可走！」

「明日就是秋日會了，沈故淵並沒有完成承諾，今晚一定會逃。」池魚認真地道：「王爺千萬小心。」

沈棄淮胸有成竹：「本王知道他武功很高，但上京全部的守衛都已經準備就緒，就連官宅裡的護衛都被本王調來不少。他武功再高，也不可能走得掉。」

「那池魚就提前祝王爺，得償所願。」池魚頷首。

「哈哈哈！」沈棄淮心情極好，伸手拉過她，目光深邃：「多虧有妳，池魚。」

「王爺過獎。」池魚看著他微笑：「只要能讓該死之人遭到應有的報應，要我做什麼都可以。」

沈棄淮一愣，覺得說這句話的時候，她眼裡好像有恨意。可再仔細看看，又好像是他眼花了。池魚看著他的眼神，分明是充滿愛慕的。

疑惑了一瞬，他也不去多想了。今晚，可是個關鍵的時候。

夜幕籠罩下的悲憫王府安靜得很，然而，子時剛到，一陣兵器碰撞之聲就從瑤池閣響起。

「果然不出王爺所料。」看著面前的沈故淵，雲煙冷笑：「三殿下這大半夜的，帶著這麼多東西，是要去哪兒啊？」

沈故淵一頭白髮被夜風吹得翻飛，衣袍烈烈，背著包袱朝他嗤了一聲：「我出去走走，也輪得到你來管？」

「王爺吩咐，讓吾等誓死保護殿下周全。」雲煙拱手：「外頭險惡，王爺還是留在瑤池閣吧。」

「我想走，你以為你們留得住？」勾了勾唇，沈故淵飛身就越出了院牆。

「攔住他！」雲煙沉了臉色：「要活的！」

「是！」

悲憫王府瞬間就熱鬧了起來，沈棄淮披著外衣聽著，勾唇一笑，倒了杯熱茶自顧自地喝。

上京大亂，睡的迷迷糊糊的百姓壓根不知道發生了什麼，就只感覺官兵來來往往，整個上京雞犬不寧。到天亮的時候，一切彷彿才終於平息。

天大亮之後，便是秋日會。

國庫重地，幼主坐玉階龍椅之上，沈棄淮立於他身側，四大親王都分坐兩邊，朝中重臣也來了不少。

本是不該有這麼大的陣仗的，但沈棄淮說，今日是剛回來的三皇子立的頭一功，自然越多人在場越好，便於他樹立威信。於是所有人都被請了來。四大親王稍微知道點情況的，都明白今日沈故淵在劫難逃，故而本也有不想來的。不料沈棄淮竟然挨個親自去接，叫他們想躲都不行。

孝親王滿眼擔憂，拽著身邊的官員就開始說：「今年雨水不算很好，收成怕是不太好啊。」

「親王此言差矣。」沈棄淮笑了笑：「今年風調雨順，收成定然能如三皇子所願。」

「朕的聖旨已經寫好了。」龍椅上的幼主奶聲奶氣地道：「棄淮皇兄也該改口了，他是王爺，封號仁善。」

「陛下的聖旨，還是等今日驗收結束再說吧。」看了一眼國庫大門的方向，沈棄淮嗤笑：「都已經快午時了，人還沒來呢。」

他這一說，四周的官員才都紛紛想起來：「對啊，這麼晚了，三殿下人呢？」

「不是一早就該到國庫了嗎？」

「莫不是知道沒達成承諾，所以畏縮了？」

「各位放心。」沈棄淮一副很相信他的樣子：「三殿下一言既出駟馬難追，大家耐心等等便是。」

說是這麼說，他心裡卻清楚得很，沈故淵今日是不會來了。

昨夜一場激戰，沈故淵跑遍整個上京，惹得四處雞飛狗跳，他損兵過百也沒能把他抓住。雖然不悅，但也無妨，沈故淵中了五石散，再也不可能回來，他照樣是得償所願。等一切塵埃落定，秋收大權就會落回他手裡，並且那四個礙事的老頭子，也再無立場多言。

這筆買賣不虧。

沙漏又漏了一袋，半個時辰過去了，眾人私語的聲音也越來越大，夾雜著質疑和擔憂。沈棄淮嘴角上揚，正想扭頭跟幼主說什麼，倏地就聽見個聲音在前頭響起——

「人倒是來得挺多。」

清冷如霜的聲音，瞬間止住了這鋪天蓋地的嘈雜。眾人循聲看去，就見遠處一人衣袂烈烈而來。一頭白髮揚在身後，滿身紅袍花紋精細，沈故淵眉目俊朗如初，唇角也依舊帶著一抹似嘲非嘲的笑，人未至，聲先達：「我正愁一件事怎麼才能讓朝中人都知道，眼下看來，不用我費心了。」

看見他出現，四大親王紛紛鬆了口氣，沈棄淮卻是臉色大變，驚疑不已地往前走了兩步：「你……」

沈故淵沒逃？而且，還活著？

這怎麼可能呢？他已經甩開了追捕，應該立馬離開上京才是，哪還有調頭回來送死的道理？

「王爺怎麼是這副表情？」迎面對上他，沈故淵勾唇一笑：「不是篤定我會來嗎？我來了，你怎麼倒是意外了？」

額上出了冷汗，沈棄淮強自鎮定下來，語氣不太友善地道：「本王意外的是殿下來得太晚了而已。」

「抱歉。」沈故淵勾唇：「昨晚就打算進宮，沒想到遇見了麻煩，若不是武功還過得去，今日怕是當真來不了了。」

不及皇叔貌美

孝親王一愣，連忙問：「怎麼回事？」

「也沒怎麼，就是遇見了暗殺，還都是王府裡的護衛。」沈故淵笑著看沈棄淮一眼：「人我活捉了三十個，都已經替王爺捆好扔在大牢了。府裡出了這麼多的奸細，要挑撥我與王爺的關係，一定要讓廷尉好生審查才是。」

一個護衛，可以說是別人派來的臥底，意圖誣陷沈棄淮。那要是三十個王府護衛都去刺殺三皇子，這就不是巧合了，只能是沈棄淮主使。

眾人心下門兒清，忍不住都看向了沈棄淮。下頭的徐宗正略帶責備地道：「王爺，皇室血脈相融，您怎能……」

「與本王無關。」沈棄淮硬著頭皮道：「三殿下怕是沒完成軍令狀，心虛，才編這麼一齣來汙衊本王。」

「哦？」沈故淵挑眉，站在玉階下頭，抬眼定定地看向他：「那我要是完成了軍令狀，就不是在汙衊你了？」

眾人都是一驚，紛紛交頭接耳起來。沈棄淮看他一眼，冷哼一聲負手而立：「據本王所知，三殿下怕是還差點。」

「這是帳目。」沈故淵伸手遞給大太監帳本：「請陛下過目。」

大太監恭敬地雙手接過，捧去了幼主面前。

然而，小皇帝還沒伸手，沈棄淮一把就搶了過去，翻到最後，冷笑一聲道：「三殿下莫要欺陛下年幼不懂帳目，這上頭，分明還差了五百萬石糧食！」

「敢問王爺。」沈故淵不急不慢地開口問：「一石糧食價值幾何？」

沈棄淮頓了頓，旁邊有文官幫著回答了一句：「按照上京糧價，一石糧食五十兩銀子。」

「那就對了。」沈故淵眼角一挑，伸手遞上另一卷東西：「這是三千萬兩銀子，等於六百萬石的糧食，請陛下過目。」

幾位親王都是一愣，孝親王連忙起身，先去接了那東西，四大親王圍成一團，一起看。

沈棄淮看著，冷笑連連：「這一卷紙，值三千萬兩銀子？是本王沒睡醒，還是三殿下在做夢？」

沈故淵笑而不語，秋風吹過，雪白的髮絲拂過他的眉眼，看得旁邊的宮女一時失神。

「陛下！」四大親王看過那東西之後，齊齊跪了下來：「請陛下速回玉清殿，召集群臣，共議此事！」

幼主嚇了一跳，差點從龍椅上站起來：「怎麼回事？」

沈棄淮也沉了眼神，三步走下玉階，拿過孝親王手裡的長卷就展開。

竟然是貪汙摺子！

「最大的一筆，應該是在悲憫王府的庫房裡，足足有五百萬兩白銀。」沈故淵雲淡風輕地看著他道：「昨晚我去看過了，都封得好好的，還埋了土。土是新的，想必就是今年剛送上來的賑銀。」

「你胡說什麼！」一把將那長卷撕了，沈棄淮暴怒：「沈故淵，你督促秋收不利，就來汙衊本王和朝廷重臣？」

那長卷上，寫滿了官員的名字和貪汙的數目，甚至連藏匿贓銀的地方都有。不用細看，光看第一個名字，沈棄淮就知道，沈故淵是當真查到了。

然而，他不會認，也不可能認。

「是不是汙衊，不是一查就知嗎？」沈故淵嗤笑，抬眼睨著他：「還是說王爺心虛，壓根不敢讓人查？」

沈棄淮惱恨地看著他：「你！」

天色瞬間陰沉下來，龍椅上的幼主瑟瑟發抖，不安地抓住了大太監的袖子，百官也都屏息不敢出聲，畏懼地看著玉階上怒氣高漲的沈棄淮。

悲憫王一直是一張笑臉，好久不曾看他這樣生氣了。這張臉扭曲起來，當真是好可怕。

良久，徐宗正才站出來，小心翼翼地打了個圓場：「這些事情，當交由廷尉府立案審查，牽扯人過多，一時半會兒恐怕……」

「有道理有道理。」楊廷尉也跟著出來道：「先交由下官立案吧，今日本是要驗收三殿下督促秋收的成果的，這可扯遠了。」

「這怎麼就算扯遠了？」沈知白站了出來，一身正氣地道：「收糧是收，收繳貪汙的銀子，就不是收了嗎？都是百姓耕作而來的東西，也都該歸國庫。難道不該算在一起？」

「是啊。」孝親王也點頭：「這的確是同一件事，只是這卷宗關係重大，牽連甚廣，要核查起來，恐怕麻煩些。」

「即便如此，也該算三殿下完成了承諾。」靜親王幫著道：「這兩樣東西算在一起，的的確確是去年稅收的兩倍。」

「可這樣算的話，不就等於把這些官員貪汙的事情坐實了嗎？」薛太傅皺眉：「畢竟這一張紙，沒個證據，實在單薄。」

尤其是悲憫王這五百萬兩，當真坐實，可就是件大事情了。

沈故淵看向沈棄淮，後者目光狠戾，如劍一般刺向他。

微微一笑，沈故淵拂了拂衣袍，開口道：「朝中大事，向來是四大親王商議，悲憫王爺做主，聖上再下旨傳意。今日這事也該如此，就請親王們和悲憫王爺辛苦些了。」

此話一出，眾人都有點意外。他告的人裡，可也是有悲憫王的啊，竟然還讓悲憫王來做主？

然而沈棄淮的臉色卻更難看了些，手裡捏著的碎紙都已經揉得不成模樣。

這麼多年了，沈氏皇族，頭一次出現一個讓他覺得頭疼的對手。

好，好得很！

「本王問心無愧，既然被人無端指責，總要給個交代。」扔了碎紙，沈棄淮冷笑：「三殿下此番秋收，功勞定然是有的，只是承諾未達，算不得贏，也算不得輸。為了公正，就請三殿下督察廷尉府，將你所認為存在的贓款，全部收繳入國庫。一旦數目達成，便算三殿下贏了。」

「但，若這上頭寫的，有一筆是冤枉了別人，便算殿下輸了，如何？」

第22章　妳是寧池魚

孝親王在一旁聽得皺眉。呈上那樣一份單子，已經算是得罪了朝中半數重臣。再讓他一個剛回來的人插手廷尉審判之事，怕是……要被人孤立。

朝廷有朝廷的章法，不是對的事情就一定能得到別人的支持的。曲高和寡，正直的人，反而易早夭。更何況，這麼多案子，不可能全部都順順利利辦下來。

然而，沈故淵彷彿半點也沒有考慮這些，開口就一個字：「好。」

眾親王都為他捏了一把冷汗，孝親王開口想勸，看了看他的神色，最終還是把話咽了下去。

這孩子，雖然接觸不多，但似乎跟太祖皇帝一個性子。說一不二，誰勸都沒有用。

也不知道是幸事還是不幸。

天色陰暗，沒一會兒就飄起了小雨。國庫前聚集的眾人連忙借著躲雨的由頭四散。重臣和四大親王連著沈故淵沈棄淮一起，去了清和殿詳細商議。

出宮門的時候，雲煙替沈棄淮撐起了傘，沈棄淮一腳踏進雨幕，又回過頭來看了看沈故淵。

「這一回，是本王輸了。」他道：「輸在哪裡，本王自己清楚，皇叔好手段。」

「過獎。」看了看天上的雨，沈故淵嘲弄地勾唇：「不過你不是皇室血脈，這一聲皇叔我就不承了。」

真是會逮著人的痛腳踩！沈棄淮沉了臉色，憤恨地扭頭想走，卻抬眼就迎上個人。

水紋的流仙裙，繡錦鯉的鞋，一面梅花絹傘微微抬起，就露一張溫和柔美的臉。

「王爺。」

沈棄淮停了步子，眼裡殺意翻湧：「池魚。」

「王爺怎麼了，怎麼這樣凶？」微微一笑，池魚踏水而來，行過之處漣漪層層，如凌波仙子，姿態曼妙。

然而，這絲毫沒有讓沈棄淮息怒，反而是紅了眼：「本王那樣信任妳，妳敢背叛本王！」

是她，要不是她，沈故淵不可能知道那些人貪汙的事情，更不可能中了五石散還沒死，一定是她出賣了他！

「王爺在說什麼呢？」抬袖掩唇，池魚笑得溫柔：「我怎麼一句也聽不懂？」

「別裝蒜！」戾氣滿身，沈棄淮推開撐傘的雲煙就大步朝她衝過去：「妳根本不是一心一意要來幫我，妳分明是要來害我！」

最後一個字帶著雨水灑了池魚一臉，沈棄淮的手也伸上來，立馬要掐住她的脖子。

然而，池魚早有防備，輕輕往後一躍，靈巧地躲開了他，濺起的雨水帶著泥，還了他滿臉滿身。

看著她這動作，沈棄淮一愣：「妳……」

會武？

「鷂子翻身可是基本功啊，有人曾經教我的時候說，練好了，下雨的時候翻，也不會濺起半點雨水。」落地絹傘往肩上一搭，池魚笑得嫵媚，摸了摸沾溼了秀髮：「可惜我資質愚鈍，總是練不好，不好意思啊王爺。」

心猛地跳了一下，沈棄淮整個人都僵硬在了雨幕裡，呆愣地看著她，嘴唇漸漸變得慘白。

鷂子翻身……

「池魚，這一招常用，叫鷂子翻身，是基本功，妳得學好了。」

「呃，棄淮哥哥，這樣可以嗎？」

「太笨拙了，等妳練好了，下雨的時候翻，也不會濺起半點雨水。」

這是他曾經對寧池魚說過的話，面前這個人，怎麼會……

難道說?!沈棄淮睜大了眼，喉結上下滾動好幾回，捏緊拳頭不敢置信地看著她。

眼前這張溫柔乖順的臉，和當初那張活潑痴情的臉漸漸融在了一起，變成了一個撐傘微笑的人，她輕撫著自己的側臉，眼波流轉地看著他勾唇：「你怎麼了啊，棄淮哥哥？」

棄淮哥哥……棄淮哥哥……

心口彷彿被一隻手凶狠地掐著，沈棄淮的表情驟然變得扭曲，雙眼充血，呼吸都困難起來：「妳……」

「怎麼了？」兩眼無辜地看著他，池魚眨眼：「您看起來好痛苦哦。」

「寧……寧池魚！」捂著心口，沈棄淮艱難地吐出了這個名字。

池魚「咯咯咯」地笑起來，眼神裡滿是不屑：「又把我當你的池魚郡主了？」

「難道……不是嗎？」沈棄淮血紅著眼看著她：「除了妳，誰會知道那些話！」

「現在的男人，可真是好騙。」輕蔑地看他一眼，池魚撐著傘就走到了沈故淵面前，俏皮一笑：「師父，咱們回去吧？」

「好。」沈故淵頷首，走進她的傘下，隨她一起前行。

「站住！」沈棄淮低喝：「今日不說清楚，妳別想走！」

停下步子，池魚回頭，面無表情地看著他：「王爺糾纏得過分了吧？寧池魚是您親手燒死的，她是死是活，您最為清楚。現在抓著我一個外人不放，有什麼意思？」

「妳撒謊！」沈棄淮嗓子都啞了：「妳分明就是寧池魚！」

「嗤。」白他一眼，池魚扭頭，伸手將旁邊的人拉下來些，踮腳就吻了上去。

清冽的雨水混著少女的清香，瞬間盈滿了沈故淵的鼻息。他身子一僵，皺眉看著她。

池魚的眼裡有乞求的神色，看著他，彷彿在說：幫我！

沉寂許久的心臟，不知怎麼就跳動了一下，沈故淵不耐煩地皺眉，卻還是伸手攬住了她的腰，低頭加深了這個吻。

眼睛微微睜大，池魚感覺自己的唇齒被撬開，清冷的梅香充斥進來，瞬間將她腦子裡其他的想法全部沖散。

她就是想蹭個唇而已……怎麼就……

沈棄淮愣在了原地，雨水已經將他滿身溼透。至高無上的悲憫王，頭一次看起來有些狼狽。

面前的兩個人深吻良久，那張他最近經常夢見的臉，才轉過來對他淡淡地道：「喜歡你的寧池魚，早就已經死了，我是池魚，是沈故淵的徒弟，王爺切莫再認錯了人。」

說罷，挽起沈故淵的手，轉身就走。

「妳以為這樣能刺痛他？」沈故淵看著前頭的雨幕，不屑地問了一句。

「不。」池魚深吸一口氣，紅了眼眶，咬牙道：「我只是想讓自己顯得得瀟灑些。」

傻子。

側頭看著她滿臉的淚，沈故淵輕輕嘆息，低聲說了一句：「抱歉。」

「您有什麼好道歉的。」池魚抹著淚笑了笑：「您幫了我很多，是我的恩人。」

沈故淵沉默不語，眼裡第一次帶了點愧疚的神色。

「王爺。」雲煙撐著傘上來，有些惱怒地道：「卑職早就說過，這女人心思不純，果然……」

沈棄淮垂著頭，打溼的頭髮擋住了表情，看不清情緒。

「咱們先回去吧，您得趕緊更衣。」見主子沒反應，雲煙也不好再說，伸手扶了他一把就想往外走。

然而，手剛一碰到他打溼的衣袖，沈棄淮整個人，突然毫無預兆地半跪在了雨水裡。

「王爺！」雲煙驚呼。

以手撐地，沈棄淮低笑出聲，埋著頭道：「她還活著。」

雲煙震驚，不太懂自家主子此時的情緒，慌張地道：「卑職的確是看著她被燒死的，不知為何會變成這樣……」

古怪地笑了幾聲，沈棄淮壓根沒理會雲煙，慢慢撐地站起身，看向遠處雨幕裡已經消失不見的身影。

寧池魚還活著啊，真是……

太好了。

眼神陰暗，沈棄淮抹了一把臉上的雨水，周身的氣息都變了。

「王……王爺？」雲煙有些愕然地瞪大眼。

這樣的主子，他只見過兩次，上一次這樣，還是他七歲被老王妃冤枉、打了個半死的時候。那時候的主子，眼神也是這樣陰暗，之後再行事，就彷彿變了一個人。

寧池魚對主子，原來這麼重要嗎？

雲煙突然覺得背後發涼，舉著傘的手都微微顫抖起來。

池魚什麼都不知道，跟著沈故淵，進了一處清雅非常的府邸。

「這是哪兒？」疑惑地四處打量，池魚好奇地問：「不回悲憫王府了嗎？」

「我一早就跟妳說過，那些東西交到我手裡，妳就回不去悲憫王府了。」沈故淵走在前頭，推開了主院的門：「這裡是皇上賜的仁善王府，三進三出，七院三十六屋。往後，我們就住在這裡。」

池魚一頓，笑了笑：「也是，您該有自己單獨的地方了。」

睨她一眼，沈故淵走過來，伸手戳了戳她的眉心：「想哭就哭，硬擠著一張笑臉真是難看死了。」

「我哭什麼？」池魚茫然地看著他。

「我管妳哭什麼呢。」沈故淵不耐煩地捏著她的臉：「哭！」

被他一凶，池魚的眼淚當真跟斷了線的珠子似的一滴滴往下落，扁扁嘴，鼻尖都紅了：「你吼我幹什麼……」

「想哭就哭不行嗎？我又不會笑話妳。」沈故淵哼聲道：「妳這十幾年本也就夠艱難的了，心裡的情緒還一直壓著不能表達，難不難受？」

「難受。」池魚哽咽著點頭，淚水全落在了他手背上：「可是沈棄淮說，我哭起來很醜。」

斜她一眼，沈故淵坐在了軟榻上，任由她趴在自己腿上，難得地摸了摸她的頭髮：「醜怎麼了？自己痛快就行。」

心裡堵著的石頭瞬間被粉碎，池魚趴在他身上，終於是放聲大哭。

沈故淵安靜地聽著，眼神溫柔。

窗臺上躲雨的鳥兒，不知怎麼就「啪嘰」掉下去幾隻。

雨漸漸停了，池魚也哭夠了，長長吐出一口氣，腫著眼睛朝沈故淵笑了笑：「謝謝你。」

眼裡的嫌棄又重新捲了回來，沈故淵起身就去更衣：「難看死了，妳先去洗把臉！」

池魚一呆，繼而好笑地道：「你說過你不會笑話我的！」

「我可沒說我瞎了。」屏風後的人一邊更衣一邊道：「妳哭起來真的很醜！」

這個人！池魚又好氣又好笑：「不是你說的我痛快就行嗎？」

「妳是痛快了，但醜到我了。」沈故淵嫌棄地從屏風後頭伸出個腦袋，皺眉道：「趕緊去收拾，等會還要和府裡的下人見個面，妳這樣子，人家定然以為見了鬼了。」

抹了把鼻涕，池魚站起來，磨牙道：「你給我等著！」

沈故淵哼笑，穿好衣裳，看了看換下來的袍子上那一大片的淚痕。

這丫頭，心裡的怨氣還真是不少，怪不得紅線都沒地方牽。

新修葺好的王府裡下人極多，但晚膳時分，沈故淵放進院子裡的就三個人。

「這是負責掌勺的郝廚子，這是負責主院起居的鄭嬤嬤，這是修理主院花草的小廝蘇銘。」沈故淵一本正經地介紹了一下，然後看著她道：「都是可以信任的人。」

哈？池魚有點意外，這才剛剛住進來，他怎麼好像跟這三個人很熟似的？

心裡疑惑，她還是禮貌地朝這三人頷首致意。

胖胖的廚子，和善的嬤嬤，一臉天真的小廝，看起來沒什麼特別之處，行了禮就下去了。

池魚疑惑地看著他們的背影，努嘴問身邊這人：「你招來的人？」

「內院的人，自然要我親自挑選。」沈故淵抿了口茶，淡淡地道：「從今日起，這裡就是妳的家，只要回到這個院子，妳什麼都不用想。」

心口微微一熱，池魚有些感動，正想說點什麼，就聽得他接著道：「反正妳就算想也想不出什麼花來。」

池魚：「……」

有這樣一個師父，到底是該生氣，還是該高興呢？

秋日會引發的軒然大波第二天就波及到了仁善王府，池魚睡得正香，冷不防就被一聲怒喝嚇醒。

「你以為那是什麼輕鬆的事情嗎！」

沈知白惱怒地朝沈故淵吼：「昨晚上京多少官邸的燈徹夜未熄？今早參你的奏摺更是把大太監的脖子都壓歪了，你還當什麼都沒發生？」

挖了挖耳朵，沈故淵不耐煩地看著他：「那又怎麼樣？我該搬的銀子，一兩也不會少。」

「名頭呢？凡事都講個名正言順！」沈知白皺眉：「你以為你搬一大堆銀子去國庫，他們就會讓你放進去？銀子從哪兒來的，你不得解釋？」

「我憑什麼要解釋？」沈故淵翻了個白眼：「一千萬兩銀子堆在國庫門口，三天無人認領，那就繳納入庫，有什麼問題嗎？」

揉了揉眼睛，池魚披上衣裳下了床，打開門看了一眼。

沈知白梗著脖子正要再吼，乍一見她，眉目立馬就溫和了下來，有些尷尬地問：「我吵醒妳了？」

沈故淵回頭，就見池魚一臉傻笑地道：「沒有……」

「這麼大嗓門都沒吵醒，妳是豬嗎？」嫌棄地看她一眼，沈故淵道：「正好，我懶得跟他說了，妳來說。」

言罷，轉身就回了屋。

池魚乾笑兩聲，抱歉地對沈知白道：「我家師父一直這樣，小侯爺別往心裡去。」

「我也習慣了。」沈知白無奈地道：「倒是妳一個姑娘家，天天被他這麼吼……」擔心她？池魚很是感激地看他一眼，跨出門去招呼：「您先去花廳坐著，我讓人泡茶。」

「好。」沈知白抬步欲走，又停下來看著她，眼裡含了些笑意：「妳先去洗漱吧，我坐會兒。」

剛起床，還沒洗漱頂著一頭亂髮就出來了。意識到這個問題，池魚臉一紅，連忙跳回屋子關上了門。

瞧著她這亂七八糟的樣子，屋子裡的沈故淵嫌棄地撇撇嘴：「妳這樣的人，能有好姻緣才真是見了鬼了。」

「什麼姻緣不姻緣的？」池魚皺眉：「小侯爺人很好，你能不能別總扯姻緣。」

「女人覺得男人好，不扯姻緣，難不成扯兄妹？」白她一眼，沈故淵道：「妳可洗把臉清醒清醒吧。」

憤恨地把水倒進臉盆，池魚一邊搓臉一邊道：「男女之間，又不止姻緣這一種關係，是師父您看得太簡單。」

「得了吧。」沈故淵道：「妳和他之間只會是姻緣這一種關係，別的都沒有。」

「您還會算命哪?」池魚坐下來,一邊梳妝一邊翻白眼:「那可先給您自己算算吧,封王的聖旨都拿到了,不久就得被那幾位親王逼婚了。」

逼婚?沈故淵嗤笑。

從來只有他插手別人的姻緣,這天底下,還沒有人能插手他的姻緣的人。

收拾妥當,池魚抬腳就要繼續出去,然而步子還沒邁開,就被人扯了回來。

「這樣就夠了?」沈故淵一臉不敢置信地看著她:「妳還是個女兒家嗎?」

怎麼了?池魚不解地照了照鏡子,簡單大方的髮髻,清雅的首飾,眉毛也用螺黛畫過了,不是很好嗎?

「坐好!」不耐煩地伸手,沈故淵拿過了她手裡的螺黛,捏著她的下巴,將她的眉毛重新畫過。

池魚的眉毛長得挺好看,就是不常修飾,顯得雜亂。沈故淵伸手就將她長雜了的幾根眉毛拔掉,唇上也重新塗了胭脂。

「起碼這樣才有個人樣吧?」

池魚看傻了,都忘記覺得疼,有點呆愣地看著他的臉道:「師父,你一個男人,怎麼會對女人的妝容這麼瞭若指掌的?」

「沒吃過豬肉,還沒見過豬跑了?」不屑地看她一眼,沈故淵道:「為師見過的美人,比妳吃過的飯都多,聽我的就沒錯。」

美人?池魚一頓,意外地睜大眼,感覺心裡好像被什麼東西輕輕刺了一下。

第23章　沒見過世面的沈故淵

她以為沈故淵這樣謫仙一般的人物，是不近女色的，畢竟他脾氣差又對人不耐煩，能把哪個姑娘看在眼裡？

結果……身邊竟然很多美人嗎？

歪了歪腦袋，池魚怎麼也想不出來沈故淵跟別的姑娘在一起是個什麼模樣，會不會把人給嚇哭？但話說回來，這跟她又有什麼關係呢？

恍惚地想著，眼前突然就有手晃了晃：「池魚？」

回過神來，寧池魚才發現自己不知何時已經走到了花廳，面前站著的沈知白一臉擔憂地看著她：「妳最近是不是沒有休息好？」

「……還好。」暗中掐了自己一把，池魚恢復了正常，笑咪咪地道：「倒是侯爺，這幾日定然很辛苦。聽師父說，您還被靜親王教訓了。」

沈知白是憑著先前出使友國的功勞才封的侯，但說白了也還是個少年郎，少不得被靜親王當孩子一樣管著。這回幫沈故淵做事，得罪的人不在少，聽說秋日會回去就被靜親王關在祠堂裡了。

「父親是擔憂我罷了。」沈知白很清楚：「他知我所為是正道，所以不攔著。但這一路披荊斬棘，少不得被劃破點皮肉，他斥責兩句，也只是心疼我。」

池魚有點羡慕：「靜王爺是個好父親。」

「是啊。」沈知白看她一眼，微微有些吞吐地道：「妳……要不要去看看他？」

「嗯？」池魚有點茫然：「看誰？靜王爺嗎？」

她與靜王爺一向沒什麼來往，突然去拜訪，未免唐突吧？

自個兒也感覺這個藉口很爛，沈知白雙頰微微一紅，別開頭輕咳兩聲道：「我是說……最近靜王府秋花開得不錯，妳要是想去看，我……我可以帶妳去。」

他帶她去？池魚失笑，搖頭道：「侯爺，您忘記了？先前您也說要帶我去看花，我跟著您在上京裡繞了三個來回，最後走到了郊外。」

臉色更紅，沈知白抿唇：「我記的方向是沒錯的，但不知怎麼……」

「您想看花，這王府裡也可以看啊。」池魚笑道：「師父得的王府裡別的不多，花草極盛呢。」

沈知白垂眸，微微有點沮喪：「那……也好吧。」

池魚完全沒察覺到人家的情緒，高興地就轉身往外走：「主院裡修剪花草的人可厲害了，您來看，漂亮極了！」

跟在她身後出門，沈知白一雙眼略帶無奈又有些寵溺地看著她，壓根沒看其他地方一眼。

旁邊拐角處靠著的沈故淵斜眼睨著他們，指間捏著一朵秋花，轉了幾個圈兒才嗤笑一聲，起身走過去。

池魚猶自興奮地道：「您看這個秋菊，是不是比外頭的開得都好？」

沈知白點頭，心裡卻有點悶。旁邊的小廝來來往往，他壓根沒法說什麼話。

正努力想法子呢，突然就聽得背後有人道：「今日天氣不錯，不下雨了。」

兩人都是一愣，齊齊回頭，就見沈故淵揣著手站在後頭，半闔著眼看著他們道：「外頭的糖葫蘆攤兒一定都擺起來了，你們去幫我買點回來。」

池魚嘴角抽了抽：「師父，您還沒吃膩呢？」

「怎麼可能吃得膩？」沈故淵莫名其妙地看她一眼：「糖葫蘆這種東西，會膩嗎？」

不會嗎?!池魚滿臉不可思議：「是個人都會膩的吧！」

「少廢話。」沈故淵沉了臉：「讓妳買妳就買，師父的話都不聽了？」

雙手一舉表示投降，池魚轉身就往外走。

沈知白眼眸微亮，深深地看了沈故淵一眼，然後立馬跟了上去：「我陪妳去。」

正直清朗的少年，配上乖順活潑的少女，怎麼看都是一段完美的姻緣。沈故淵眯眼瞧著他們的背影，若有所思。

「我家師父是不是脾氣很差，很不講道理？」走在路上，池魚還氣鼓鼓地道：「一言不合就凶人，別看長得好看，凶起來可嚇人了。」

「三皇叔倒是沒有什麼壞心。」與她並肩走著，沈知白心情好了起來，連帶著對沈故淵的評價都高了：「除開脾氣不論，至少辦什麼事都讓人很放心。」

這倒也是，池魚抿唇，她感覺這世間就沒有沈故淵做不到的事情。

「妳跟著他，過得還好嗎？」沈知白側頭問了一句。

池魚點頭，想起昨日的事情，忍不住笑了笑：「我讓沈棄淮跌了個大跟頭，他認出了我，並且很狠狽呢。」

微微一頓，沈知白停下了步子：「他認出妳了？」

「別擔心。」池魚無所謂地聳肩：「現在我可不是他想殺就能殺的人了。」

有沈故淵護著的寧池魚，已經躍出了悲憫王府的池塘，不再任他宰割。

糖葫蘆攤到了，池魚認真地看了許久，挑出了一串最小的。

沈知白正想笑，冷不防就聽得旁邊有人道：「不是找到新的男人可以靠了嗎？怎麼還這副窮酸樣。」

眉心一沉，沈知白回頭看去，就見余家大小姐余幼微掀開轎簾看向這邊，眼裡譏諷之意甚濃。

池魚聽見聲音就知道是她，也沒回頭，掏出銀子遞給賣糖葫蘆的人。

小販驚了驚：「姑娘，這一串糖葫蘆，用不了這麼多銀子啊。」

「除了這串，其餘的我都要。」池魚笑了笑，接過他肩上的糖葫蘆山，把那一串最小的還給了他：「家師嘴刁，喜歡吃酸甜合適的，這串小了，定然很酸。」

小販大喜，靶子都不要了，連連作揖：「多謝姑娘！」

朝他笑了笑，池魚轉身，終於看向了余幼微。

悲憫王府的轎子，沒過門的媳婦兒坐得臉不紅心不跳，還一副高高在上的樣子，斜睨著她。

「喲，這是被我一句話激著了，買這麼多？」余幼微捏著帕子嬌笑：「誰吃得完吶？」

「吃不吃得完，是我師父的事情，與余小姐有何干係？」池魚笑了笑：「倒是余小姐，這大庭廣眾的，梳著未出閣的髮髻，坐著男人的轎子，怕是不合適。」

眼裡陡然生了些恨，余幼微抿唇看她，聲音都沉了：「妳別太得意，就算婚事不成，我也是悲憫王府公認的王妃！」

「也是。」池魚勾唇，學著沈故淵的樣子笑，嘲諷之意鋪天蓋地：「全上京都知道妳余幼微嫁在了悲憫王府門口。」

甚至，時至今日，煙花柳巷都還流傳著關於她的葷段子呢。堂堂王妃，眾目睽睽之下露了身子，也只有她還覺得沈棄淮一定會娶她。

「妳……」余幼微想下轎子，可一看旁邊圍觀的人漸漸多了起來，就有些難堪，只能抓著轎簾咬牙道：「妳別太得意了！就妳這樣的姿色，嫁去誰家門口都沒人要！」

池魚冷笑，正想還嘴，眼前就擋了個人。

淡色青紗攏著的繡竹錦衣被風吹得袖袍輕揚，沈知白背脊挺得很直，面無表情地看著余幼微，問：「我與余小姐素無恩仇，余小姐為何一上來就罵人？」

瞧見他，余幼微頓了頓，神色柔和了些：「怎麼侯爺也在這裡？方才倒是小女眼拙了。小女與這惡婦有口舌罷了，哪敢罵侯爺。」

「沒罵？」沈知白瞇眼：「余小姐自己剛吐出來的話，就要不認帳了？」

她吐什麼話了？余幼微很茫然：「我方才分明是說……這寧池魚嫁去誰家門口都沒人要。」

「這話難道不是罵我？」沈知白一本正經地抬手指了指自己：「我不是人？」

「……」

秋風拂過，整條街彷彿都安靜了下來。池魚睜大眼，有點不敢置信地抬頭看向他飄揚的墨髮。

余幼微也傻了半晌，等反應過來這句話是什麼意思的時候，方才臉上的柔和就一掃而空，譏誚地道：「寧池魚別的本事沒有，勾搭男人倒是厲害，以前怎麼就沒發現呢？」

說罷，急忙忙地就放下了轎簾，讓轎夫起轎。

池魚扛著糖葫蘆山，漠然地看著那轎子消失，扭頭打算回府。

「她怎麼好意思那麼理直氣壯的？」沈知白跟上來，皺眉道：「要是我沒記錯，她先前與妳還甚為親近。如今搶了妳的夫君，怎麼還反過來像是妳搶了她的一般？」

「臉皮厚需要理由嗎？」池魚歪頭問。

沈知白認真地想了想，道：「這也委實太厚了些，畢竟是丞相家的嫡小姐，大家閨秀，怎麼做的事情跟勾欄裡的女子沒兩樣。」

「余幼微自幼喪母，被她爹寵壞了，覺得全天下的好東西都該是她的，要不是，那就搶。」池魚聳肩：「以前跟別家小姐爭搶珠寶首飾的時候，我還只覺得她是小女兒心性。」

如今看來，她的本性暴露得很早，只是她一直沒發現。

沈知白點頭，走著走著，餘光掃池魚兩眼，輕咳兩聲道：「方才情急，我說的話要是有冒犯的地方，妳見諒。」

「侯爺言重了。」池魚笑道：「我知道您是想替我解圍，又怎麼會覺得冒犯。」

就只是……當做解圍而已？沈知白張了張嘴，卻不知該怎麼說。看著她的側臉，眼裡滿是嘆息。

池魚全然未覺，心情很好地扛著糖葫蘆山回去交差，沈知白坐了一會兒，也就告辭了。

沈故淵咬著糖葫蘆，斜眼看著她問：「出去一趟，有沒有什麼收穫？」

「有啊有啊！」池魚跪坐在軟榻邊，雙手搭在他腿上，很乖巧地道：「遇見余幼微了！還嗆了她幾句！」

「誰問妳這個？」白她一眼，沈故淵道：「我問的是其他方面。」

其他方面？池魚茫然地看著他：「其他方面是什麼方面？」

「我給妳改個名好不好啊？」沈故淵額角冒出了青筋：「別叫池魚了，叫木魚吧！」

怎麼又突然罵她了？池魚很委屈，眨巴著眼道：「師父問話，就不能問明白些嗎？」

「我突然不想問了！」狠狠咬下一顆糖葫蘆，沈故淵鼓著腮幫子憤怒地道：「妳給我去側堂泡澡！」

「泡澡？」池魚眨眼：「我昨日才沐浴過。」

「讓妳去妳就去，哪兒來這麼多廢話！」沈故淵忍無可忍了，一把拎起她，直接從窗口扔了出去。

一個鷂子翻身落地，池魚扁扁嘴，小聲嘀咕：「這樣的人能有美人喜歡才是見了鬼了，憐香惜玉都不會……」

「姑娘。」慈祥的聲音在背後響起，池魚一驚，往旁邊小跳兩步回頭，就見鄭嬤嬤笑咪咪地看著她。

「啊，有事嗎？」

「主子讓老身伺候姑娘泡澡。」

這麼麻煩的?池魚有點不好意思:「我自己……」

話沒落音,手腕就被這鄭嬤嬤拽住了,沒扯疼她,但力氣極大,壓根沒給她反抗的機會,徑直將她拽進了側堂。

好高的內力!池魚驚了驚,有些意外地看著這個鄭嬤嬤:「您……」

「姑娘放心,老身精通藥理,定然能將姑娘這一身傷疤撫平。」伸手脫了她的衣裳,鄭嬤嬤一把將她按進浴桶裡,完全不給她說話的空隙:「這些藥材都是老身尋了許久的,姑娘千萬珍惜,別浪費了。」

藥香撲鼻,池魚愣了愣,低頭看看才想起自己這渾身的傷。

「先前師父給我用過藥,已經好了很多了。」她笑了笑:「至於傷疤,要全消除,怕是不可能了。」

女兒家身上留疤怎麼都不是好事,更何況是像她這樣大片大片的傷疤,看著都讓人心驚。所以她之前就問過沈故淵,有沒有法子能去掉。

然而沈故淵說:「這都是妳傻不愣登被人當槍使的懲罰,去掉妳就該忘記自己曾經有多傻了。再說,妳以為傷疤當真是那麼好祛除的?」

他都這樣說了,池魚也就不抱什麼希望,只要傷口不疼了就行。

「妳師父給妳用的藥,是玉骨草。」鄭嬤嬤依舊笑咪咪的,拿竹筒舀了藥水往她肩上淋:「那東西也很珍貴,能讓傷口加快癒合,但不能生肌。嬤嬤給妳用的,是專門調製的生肌湯,用上一段時間妳就知道了。」

微微瞪眼，池魚驚訝地側頭看她：「當真？」

「嬤嬤不騙人。」拆開她的髮髻，鄭嬤嬤替她淋著藥水，溫柔地洗著。

她的手掌很軟很暖和，像極了母妃。池魚有點恍惚，下意識地就想往她手裡蹭。

鄭嬤嬤失笑，低聲道：「怨不得那兩隻貓有靈性，妳就跟隻貓似的。」

貓？池魚一凜，連忙問：「嬤嬤見過那兩隻貓？」

「落白流花，名字很好聽。」鄭嬤嬤笑道：「一個月前主子就寄養在了我那兒，明日蘇銘就會帶牠們過來。」

一個月前？池魚看著面前這嬤嬤：「您……與師父早就認識？」

「認識很久了。」鄭嬤嬤拿篦子順著她的頭髮道：「我住在很遠的地方，平日裡也就養養雞鴨種種菜，要不是主子傳召，我是斷然不會來這裡的。」

池魚想起來了，先前沈故淵就說兩隻貓暫時不能帶，所以寄養去別人家。這個別人，原來就是鄭嬤嬤。

怪不得一上來就讓她信任這幾個人，竟然都是老朋友。

「那……」池魚忍不住問：「嬤嬤很了解師父嗎？」

眼珠微微一動，鄭嬤嬤壓低了聲音，一邊替她澆水一邊道：「是啊，可了解了，他可是我看著長大的。」

終於找到了沈故淵和這凡塵之間的一絲關聯，池魚興奮起來，眨著眼問她：「能給我講講嗎？」

「姑娘沉下去一些，好好泡著，嬤嬤就給妳講。」憐愛地摸了摸她的頭，鄭嬤嬤小聲道：「主子的事情，要講的可多了去了。」

立馬往水裡一沉，池魚只露了兩隻眼睛，認真地看著她。

鄭嬤嬤失笑，一邊舀著藥水一邊開口：「他是無父無母的孩子，初到我們的地方，脾氣很差，得罪了不少人。我的主子看他沒人照顧，就好心帶他回家，教他本事。」

「他得罪的都是男人，但很討姑娘喜歡，每天都有許多貌美如花的姑娘圍在我家門口，就為了給他送東西。那小子脾氣可差了，人家送什麼他扔什麼。有個大膽的姑娘趁他不注意抱了他一下，他把人家扔進了瑤池，咯咯咯。」

鄭嬤嬤笑起來很好看，瞧著就能想像到她年輕的時候是怎般貌美。池魚眨著眼，問：「瑤池是什麼地方？上京好像只一處瑤池閣，沒聽聞別處有這個地名。」

「是很遠很遠的小山村，妳不必在意。」鄭嬤嬤眼裡露出點狡黠：「妳師父是山裡來的，沒見過世面，妳不必太怕他。他要是生氣了，妳拿些民間的小玩意兒去哄，保管馬上就好。」

這樣的嗎？池魚恍然大悟：「怪不得他像是沒吃過糖葫蘆似的。」

「他喜歡吃甜的，不喜歡吃苦的，喜歡人順著他，不喜歡人忤逆他。」鄭嬤嬤笑得眼睛彎成一條線：「天生的霸道性子，扭不過來了。不過啊，這樣性子的人很好哄，跟他說兩句軟話，他再大的氣都能消。」

這不就是吃軟不吃硬麼？池魚摸著下巴想，原來得把他當貓養啊，落白和流花也這樣，只能順毛摸，敢逆著捋，一定會被咬一口。

洗完出來，池魚別的都沒顧，換上衣服就蹭蹭蹭地跑了出去。

鄭嬤嬤站在她身後，笑著嘆息了一聲。

書房裡。

沈故淵正咬著糖葫蘆看文書呢，眼前冷不防地就出現個搖晃著的物什，「咚咚咚」直響。

嚇得一個激靈，沈故淵連著椅子一起後退了半步，白髮都微微揚起：「什麼東西！」

「哈哈哈！」池魚笑得開懷，眼裡滿是壞事得逞的狡黠：「師父，這是撥浪鼓，我特地去買回來給您的！」

紅色的木柄，皮鼓兩面畫著「后羿射日」和「嫦娥奔月」，兩顆圓潤的石子兒用紅繩繫在兩側，一搖晃就會敲在鼓面上。

沈故淵瞪她一眼，接過她遞來的撥浪鼓，試探性地搓了搓木柄。

「咚咚！」

清脆的聲音，聽得沈故淵眼睛微微睜大，想了想，慢慢搓兩下，又驟然搓快。

「咚——咚——咚咚咚！」

勾唇正想笑，餘光卻瞥見旁邊一臉揶揄的池魚，沈故淵立馬板了臉，放下了撥浪鼓嫌棄地道：「這有什麼好玩的？小孩子玩意兒！妳快出去，我忙著看公文呢。」

「哦……」池魚掃一眼他手邊的撥浪鼓，點點頭，轉身出去帶上了門。

然而，剛往前走沒兩步，後頭一連串「咚咚咚」的聲音就透過書房的門，傳遍了整個主院。

沒忍住，池魚「撲哧」一聲笑了出來。

她的師父，真是個很有趣的人啊。

仁善王府裡一片祥和，無風無擾，要不是這天趙飲馬來了，池魚差點就要覺得他們已經隱居。

「大事不好了！」喘著粗氣，趙飲馬衝進來就道：「侯爺被關進廷尉大牢了！」

微微一驚，池魚站起了身：「怎麼回事？」

沈故淵放下書看了他一眼：「撿重點說。」

「淮南持節使家裡被搜出三萬兩贓銀，小侯爺上書於帝，奈何摺子直接被扣在了丞相那裡，余丞相說那筆銀子是今年要發放去淮南的軍餉，現在反告小王爺汙衊，要立案審查此事！」一口氣說完，趙飲馬道：「棄淮王爺已經去調停了，奈何沒什麼用，靜親王現在也已經在去廷尉衙門的路上。」

「糟了！」池魚皺眉看向沈故淵：「先前小侯爺得罪的人不少，怕是要被落井下石。」

沈棄淮哪裡是去調停的，分明也是去踩一腳的。他什麼性子，她最清楚，這回定然是準備周全，要誣陷沈知白。

飛快地披了外裳，沈故淵起身就往外走：「跟我來。」

池魚和趙飲馬都連忙跟上，三人共乘，一齊往廷尉衙門走。

廷尉衙門裡。

徐廷尉愁眉不解，頭疼地看著堂下這些大人物。

靜親王很是生氣，怒視丞相，大聲道：「犬子雖無多大才能，但是也是奉皇令辦事，丞相大人好本事啊，說關就關。這朝中還要什麼廷尉，只大人一人不就夠了？」

「王爺何必如此憤怒？」余丞相揣著袖子道：「令公子若是冤枉的，審查之後也就放出來了。老夫此舉，也不過是為了公正。」

「要說公正，可以啊。」靜親王道：「先把你家三姨娘的弟弟也關進來，被告貪汙的人是他，憑什麼還沒立案，知白先被關？」

余丞相一時語塞，但看一眼旁邊站著的沈棄淮，頓時有了底氣，冷笑一聲，竟就這樣不搭理靜親王了。

靜親王氣得夠嗆，正要發怒，卻聽得堂外有人道：「王爺何必為這點小事動氣？」

眾人一愣，紛紛回頭，就見沈故淵半披著紅袍，手裡拎著個人，大步跨了進來。

「不就是要立案麼？人我帶來了，請廷尉大人關進大牢，一併待審吧。」唇角帶著一抹譏諷，他伸手就將那淮南持節使扔在了堂下。

落地滾了兩下，焦三彷彿剛經歷過什麼恐怖的事情，腿都還在發抖。看見余丞相，立馬哀嚎起來：「姐夫！」

「放肆！」臉上有些掛不住，余丞相伸手拂開他，皺眉道：「你以為這是什麼地方，容得你亂喊？」

戰戰兢兢地看了看四周的人，焦三立馬跪坐好，咽了咽口水，眼珠子亂轉，卻不再出聲。

「三王爺這是什麼意思？」余丞相看向沈故淵，神色凝重地道：「也未言語一聲，就抓了持節使？」

「我剛回來，不知道規矩。」沈故淵皮笑肉不笑：「但丞相是知道規矩的，所以效仿丞相的做法，一定沒有錯。」

余丞相也是未言語一聲就關了靜親王府的侯爺，池魚站在後頭聽著，忍不住在心裡暗暗鼓掌。

這一巴掌打得余丞相臉疼，並且，他還不了手！

「你……」余丞相有些羞惱，卻無法反駁，正舉著袖子僵硬呢，就聽得旁邊的沈棄淮道：「三王爺做得沒錯啊。」

聽見他的聲音，池魚頓了頓，眼神複雜地看過去。

一張臉波瀾不驚，沈棄淮站了出來，平靜地看著沈故淵道：「本王也正想讓人去請持節使，三王爺倒是讓本王省了不少麻煩。」

沈故淵掃他一眼，眼裡嘲諷之意更深：「是嗎？」

「此事本王已經全然了解。」沈棄淮笑了笑：「就交給本王來處置吧，各位都有自己的事情要忙，想必……」

「要是沒記錯，律法裡有這麼一條。」打斷他的話，沈故淵斜眼道：「身有案之官員，案結之前，不得插手朝中事務。王爺自己身上還有貪汙案未結，哪來的精力管這些事？」

律法？沈棄淮聽得很想笑。從他掌權開始，律法已經形同擺設，沒有多少人是按律法辦事的，他卻跑出來跟他說律法。

「三王爺當真是對朝中之事不太熟悉。」他道：「靜王爺有空可以好生教教您，您也先回去吧，這兒有本王呢。」

這是要強權來壓？沈故淵嗤笑，一撩袍子就在公堂旁邊的師爺椅上坐下了，大有「老子不走，有本事你把老子搬走」的意味。

場面有點僵硬，靜親王卻是很感激地看了沈故淵一眼。肯這麼幫忙，也算知白沒有信錯人。

「王爺。」袖子被人輕輕拉了拉，靜親王疑惑地側頭，就見池魚小聲道：「您去把徐宗正和孝親王請來，此局可解。」

對啊！眼睛一亮，靜親王立馬拿了信物遞給旁邊的隨從，吩咐了兩句。

他是急糊塗了，這點事情都沒想到。沈棄淮不按律法辦事，但徐宗正和孝親王一向以法度為重，並且說話有分量，他們一來，沈棄淮難以自圓其說，只能退讓。

這才想起看旁邊這小姑娘一眼，靜親王有點意外。她怎麼知道請那兩個人就有用的？

池魚雙眼盯著沈故淵，沒有再看旁邊。

自家師父認真起來的時候當真是很懾人，跟那個被撥浪鼓嚇著的完全不是同一個人。怪不得沈棄淮一開始就對他充滿警惕，任憑是誰站在他的對立面，心裡都難免沒個底。

「池魚。」沈故淵喚了她一聲。

回過神，池魚兩步走到他身邊，低頭湊近他：「師父？」

「今日的沈棄淮，看起來有點棘手。」沈故淵一本正經地道：「妳去氣氣他。」

這怎麼氣？池魚乾笑，很慫地小聲道：「師父，不瞞您說，我光是看見他就渾身僵硬，更別說做其他的了。」

「傻犢子。」沈故淵輕嗤，抬眼看向那頭盯著這邊的沈棄淮，略微思忖片刻，看向池魚的目光頓時溫柔起來。

像是無邊的春色突然在眼前炸開，池魚傻了眼，呆愣愣地看著自家師父的眼睛，彷彿掉進了花海，半天都沒能爬出來。

沈故淵真是個妖孽啊，蠱惑起人來半點也不手軟。就這一雙滿含柔情的眼，池魚覺得自己可能是要化在了這裡，變成一灘春泥。

這樣充滿愛戀的眼神，任是誰看了都知道意思。沈棄淮冷冷地睨著那兩人，暗自嗤笑。

寧池魚真是找了個好姘頭啊，都會在大庭廣眾之下眉來眼去了，好，好得很！

他不生氣，他有什麼好生氣的，那是他不要了的女人，別人撿著當個寶，那是別人眼瞎！余幼微比她好千萬倍，寧池魚算個什麼東西？

「王爺……」

「又怎麼了！」沈棄淮滿臉戾氣地扭頭。

雲煙被嚇了一跳，連忙拱手道：「孝親王和徐宗正往這邊趕來了。」

怎麼會？沈棄淮皺眉：「他們一個時辰前不是還在城北祠堂嗎？」

「應該是聽見了風聲，都在過來的路上了。」

這沈故淵是跟他強上了，什麼都要同他搶？

沈棄淮捏拳，回頭看向沈故淵，思忖片刻，突然開口道：「既然三王爺也想管這件事，本王也想管，那咱們不如各退一步？」

「你想怎麼退？」沈故淵撩了撩眼皮，不甚在意地看著他。

「好說，王爺定然是覺得小侯爺冤枉，本王也覺得這淮南持節使冤枉。既然都不肯讓，那不如各為其狀師，打一場官司，如何？」沈棄淮道：「公堂之上唯論證據，我有淮南持節使被汙蠛的證據，就請三王爺替小侯爺好生找找證據開脫吧。」

沈故淵沉默地看著他，沒吭聲。

「怎麼，害怕了？」沈棄淮輕笑：「三王爺不是很厲害嗎？」

沒理會他的嘲諷，沈故淵扭頭看向池魚：「狀師是什麼？」

池魚硬著頭皮解釋道：「陳列證據為原告或者被告說話的人。」

「那可以。」沈故淵起身：「我來替知白，你替地上這個人說話，公斷就交給聖上，如何？」

聖上？沈棄淮下意識地就搖頭：「聖上年方五歲，怎能……」

話說一半，反應過來不妥，他連忙住口。

就算皇帝只有五歲，那也是皇帝，他明面上一切事都是交由皇帝處置的，現在不能自打嘴巴。

「……就按三王爺說的辦吧。」

靜親王和丞相都鬆了口氣，地上跪坐著的持節使也抹了把汗，起身就想走。

「你去哪兒啊？」沈故淵眼皮都沒抬：「大牢在後頭。」

身子一僵，焦三又跪了回來，拱手作禮：「下官身子一向羸弱，哪裡禁得起關牢房？」

「照你這麼說，你是比小侯爺還嬌貴了？」沈故淵挑眉：「好奇怪啊，這麼羸弱的身子，是怎麼當上持節使的？瞧著肚子裡也沒什麼墨水。」

余丞相一驚，連忙上前拱手道：「為公正起見，應當將此人關押，老夫這就讓人送他進去。」

「哪裡用得著丞相的人。」旁邊的靜親王冷笑一聲：「老夫親自送他去。」

「……」余丞相抿唇，眼裡有憤恨，但礙於局面，也沒多說什麼。

於是，半柱香之後，焦三被粗暴地推進了骯髒的牢房，鎖鏈一上，叫天天不應叫地地不靈。

十步之外的另一間牢房裡，沈知白錯愕地看著忙裡忙外的池魚：「這……」

「您受委屈了。」將牢房打掃乾淨，又給石床上鋪了厚實的褥子，抱了錦被放上去，池魚一邊忙碌一邊道：「可能得在這裡待上幾日了。」

沈故淵和靜親王坐在已經收拾好的木桌旁邊，各自沉默，整個牢房裡就池魚一人喋喋不休。

「晚上會有點冷，我抱來的是最厚的被子，新做的，很舒服。換洗衣裳就在這邊的架子上掛著，您每日梳洗了交給獄卒就是，我打點好了。還有……」

聽得滿心溫熱，沈知白笑道：「多謝妳。」

「說什麼謝。」池魚很愧疚：「要不是我，你也不會有這牢獄之災。」

「怎麼就同妳扯上關係了？」沈知白失笑：「就算我不聽妳的話幫三皇叔，以我的性子，也遲早有這麼一天。」

「知白說得對。」靜親王開口道：「此事怪不得誰，只怪當世邪多勝正。」

沈氏一族血脈凋零，皇權外落，奸臣當道。要改變這樣的現狀，可不是一朝一夕的事情。在完全改變之前，註定會有人犧牲。

只是……有些心疼地看了看知白，靜親王嘆息。這孩子還未及弱冠，命運就這般坎坷，是他沒有照顧好。

「別擔心了。」沈故淵冷聲開口：「我答應了保他，就一定會保住他。」

牢房裡的人都是一頓，齊刷刷地看向他，目光有疑惑的，有期盼的，也有擔憂的。

「你有什麼需要，儘管開口。」靜王爺擔憂地道：「本王能幫上忙的，一定全力相幫。」

想了想，沈故淵道：「王爺與掌管國庫的幾位大人，是不是頗有交情？」

「是。」靜親王點頭：「都是本王的故交。」

「那就好。」沈故淵勾了勾唇。

回去王府的時候，池魚一路頭頂都在冒問號，她有些不懂沈故淵最後那一句話是什麼意思，畢竟國庫那邊跟沈知白這件事壓根沒什麼關聯。

想著想著，一頭就撞上了前頭的人。

「呆子。」沈故淵回頭，斜睨著她道：「妳對外頭的風景不熟悉，對這上京裡的官邸，是不是熟悉得很？」

池魚捂著腦門點頭：「嗯。」

她的任務全是在官邸裡的，閉著眼睛都能把朝中三公九卿的府邸圖給畫出來。

「那好。」沈故淵笑了笑：「咱們去當賊吧。」

望著他這張笑得傾國傾城的臉，池魚覺得自己可能是耳鳴聽錯了，他說的一定是去春遊吧？

然而，天黑之後，池魚嘴角抽搐地趴在了太尉府的房頂上。

「師父。」她忍不住道：「做別的都可以，偷銀子就過分了啊，再說，那麼多銀子，咱們兩個怎麼可能搬得動？」

「這個妳放心好了。」沈故淵嘴角噙著自信的笑：「妳以為那一千萬兩銀子，為師是怎麼弄出來的？」

微微瞪大眼，池魚不敢置信地道：「都是偷的？」

「怎麼說話呢？」白她一眼，沈故淵道：「這叫先拿贓，後問罪，從心靈上打擊敵人，從而打到事半功倍的效果。」

秋日會前一天晚上，沈棄淮調派了眾多官邸裡的護衛去堵截沈故淵，然而他永遠不會想到的是，這是調虎離山之計。

鬆懈了守衛的官邸，都被趙副將派出的人潛入，將藏贓銀的地方摸了個清楚，是以才能完成那一本令沈棄淮都忍不住撕了的貪汙摺子。

貪汙的人、贓銀數目、藏銀地點都有，備份在三司衙門，就等沈棄淮惱羞成怒，答應讓他來查辦。一等拿到了可以查辦的聖旨，沈故淵不由分說，直接讓趙副將帶人把名單上三公之下的貪汙官員的銀庫全搬空了，並且都是在半夜搬的。

一千萬兩銀子，一夜之間就堆在了國庫門口，沈知白不得不去善後，挨個理清來路，並且將貪汙的官員一一定案候審，差點累了個半死。

故而那天早晨，沈知白咆哮得很大聲。

池魚聽得又氣又笑：「還有這樣野蠻的辦案法子的？」

「法不責眾，這個道理我也懂。」沈故淵撇嘴：「最後這一卷貪汙的罪名一定會不了了之。但只要銀子的數目對了。沈棄淮就不會有話說。」

「那你為什麼不果斷點，讓趙將軍把三公家的銀庫也搬了？」池魚好奇地道：「他們家應該數目最大吧。」

「就因為數目肯定最大，所以最難搬。」沈故淵皺起了眉頭：「別的官邸都是些簡單的機關，這三家，機關重重，故布迷陣，連我都找不到地方。」

這樣啊？池魚來了精神，眼睛都亮了：「師父終於有求於我了？」

第24章　帶著徒兒當賊的師父

撇撇嘴斜她一眼，沈故淵哼聲道：「有求於妳怎麼了？」

「有求於我就應該……」嘿嘿笑了兩聲，池魚滿臉期待地看著他：「跟我說點好聽的，讓我心甘情願幫忙！」

眉頭一皺，沈故淵想了想，問：「好聽的話怎麼說？我不會。」

「您看好啊。」池魚立馬做示範，雙手合十，躬著身子，可憐巴巴地朝他作揖：「你是全天下最好的人啦，幫幫我吧？」

深深地看她一眼，沈故淵十分動容地點頭：「好，我答應妳。」

「多謝師父！」池魚高興地拍了拍手。

嗯？好像有哪裡不對啊？池魚頓了頓，反應過來之後簡直是哭笑不得：「是您求我，不是我求您！」

「都一樣。」掃了一眼下頭，沈故淵扯了她就動身。

池魚很不甘心，好不容易這麼個能幫上他忙的機會，她就想聽這人說句軟的，怎麼就這麼難呢？

然而，沒空給她多想了，正好是巡衛換崗的時候，池魚斂了神就反手抓著沈故淵鑽了空隙往內院走。

由於先前的重傷，她的身體羸弱得很，但這幾日不知怎麼的，好像恢復了不少，至少輕功能用了，在這熟悉的太尉府邸裡遊走，還是沒什麼大問題的。

「別動。」看著前頭空蕩蕩的院子，池魚一把拉住了想過去的沈故淵。

「東西就在裡頭。」沈故淵挑眉：「到門口了還不能動？」

「你傻啊？」難得輪到她吐出這句話，池魚心裡暗爽，臉上卻是一本正經地道：「最厲害的機關，往往都是面上看不見的。」

看她這一副很了解的樣子，沈故淵暫時忍了想罵回去的衝動，瞇眼問：「那怎麼辨？」

「您看好啊。」池魚活動了一下手腳，瞄準方向，如獵鷹一般衝了出去。

黑夜無月，那道影子幾乎與夜色一體，肉眼難辨。但沈故淵卻能很清楚地看見，這時候的池魚，跟平時很不一樣。

一張小臉繃得死緊，雙眼裡迸發出來的光令人心驚。她步履輕盈，只在院子裡著了一步便越出五丈，輕輕落在了水井旁邊。衣袂翻飛，乾淨俐落，沒發出半點聲音。

微微挑了挑眉，沈故淵看了一會兒才跟著飛身過去，低聲問：「不是要去找贓銀麼？庫房門在那頭。」

「這您就不懂了吧？」池魚哼笑兩聲，眼裡有點得意：「太尉府的贓銀，絕對不在庫房裡。」

「妳怎知道？」

池魚抬了抬下巴，驕傲地道：「以前來這裡做任務的時候，不小心撞見過這座府邸的祕密。」

那是半年前了，沈棄淮要他來殺了太尉府上一個礙事的門客，她趁夜而來，恰好就瞧見一群人背著一簍簍的銀子，挨個下這古井。

當時她的任務與這古井無關，就也沒多看。不過這種行為很獨特，所以她始終記得。現在想來，太尉要是貪了銀兩，那贓銀一定就是藏在井下的。

眼裡暗光一轉，沈故淵輕笑：「他倒是聰明。」

遠處巡邏的人又往這邊來了，沈故淵想也沒想，抱起池魚就跳下了古井。

驟然而來的失重感讓她險些叫出聲，沈故淵像是一早料到，飛快地伸手就捂住了她的嘴。

這麼深的古井，掉下來還有命在嗎？池魚瞪大眼，很是驚慌地看著他。然而後者一臉鎮定，彷彿不是在往深井裡掉，而是走在平穩的路上。

啊啊啊——心裡慘叫，池魚不管三七二十一，直接把這人抱了個死緊，要死也是他先落地！

然而，片刻之後，兩人安全無虞地落在了井底。

「還真是有問題。」看著比井口寬闊了十倍不止的井底，沈故淵嗤笑一聲，斜眼睨著身上的人：「下來。」

池魚睜開一隻眼瞅了瞅，發現沒問題，才鬆了口氣跳到地上來：「師父好輕功！」

「少廢話。」往四周看了看，沈故淵看見了暗中藏著的門，抬步就走了過去。

「師父？」鬆開他，池魚一驚。這井底黑得伸手不見五指，她身上沒帶火摺子啊。

「過來。」沈故淵的聲音在某個方位響起。

池魚連忙一步步往那個方向蹭，伸手摸了半晌才摸到他的衣裳，連忙抓穩：「師父，我看不見東西。」

沈故淵回頭，很想嘲諷兩句，只是黑了點而已，怎麼就看不見東西了？

但轉念一想，不是誰都像他這麼有本事啊，對人要寬容些。於是撇嘴道：「看不見也無妨，妳拉著我就行了。」

說罷，伸手就扯開了那道關著的門。

池魚亦步亦趨地跟著他走，什麼都看不見，沒什麼安全感，忍不住就喋喋不休：「您怎麼看得見東西的？」

「我眼力好。」

「再好也看不見啊，這裡一絲光都沒有。」

「妳很吵。」沒走兩步就看見了亂堆著的金銀，沈故淵嘖嘖搖頭，忍不住感慨了一句：「這才是金山銀山呢。」

「哪兒？」池魚也想看，但眨巴了許久的眼也沒能看見什麼東西。

沈故淵正有些不耐煩想給她指呢，冷不防就聽得井口上頭道：「我就聽見有聲音，應該沒錯。」

微微一凜，他立馬捂了池魚的嘴就往旁邊拽。

池魚也聽見了，屏息不敢作聲，被沈故淵一拉，直接與他一起倒在了個什麼地方。

有人拿著火把下了井，然而池魚還是沒瞧見光亮，想必是被拉在了什麼隱蔽的地方了。微微動了動，四周都軟軟的。

「別亂動！」沈故淵黑了臉，咬著牙小聲道：「老實點！」

被他一斥，她嚇了一跳，下意識地抬頭，就感覺嘴唇撞到了個軟軟的東西上頭，只一瞬就沒了。

什麼東西？舔了一下嘴，池魚覺得有點甜，忍不住就左右嗅了嗅，找到那香軟的地方，用嘴蹭了蹭。

下井來檢查的護衛舉著火把看了看關得上好的門，疑惑地把井底檢查了一遍，嘟嘟囔囔地就上去了。

聲音完全消失，池魚正想鬆口氣呢，突然就被掀翻在地，「咚」地一聲響，屁股生疼。

悶哼一聲，池魚委委屈屈地伸手往黑暗裡摸：「師父？」

沈故淵不知怎麼的就凶起來：「東西找到了，先回去。」

「啊？」池魚有點迷茫：「不是要偷嗎？」

「這麼兩座山，只妳我兩人就能搬出去不成？」沈故淵嗤笑：「妳腦子裡想的都是什麼東西？」

方才明明是他說……池魚扁扁嘴，善良地不與他爭辯，站起來四處摸摸，摸到他的衣袖，又抓穩了：「那我們走吧。」

沒好氣地翻了兩個白眼，沈故淵帶著她離開古井，踏上旁邊的青瓦。

「師父？」總算是看清了他，池魚鬆了口氣，卻像是發現了什麼，好奇地問：「您耳根子怎麼這麼紅？」

沈故淵一張臉繃著，嘴角嘲諷之意比以往都濃：「妳還有心思看我？以往沒被人逮住，算是妳命大。」

微微一愣，池魚輕笑：「我就是愛走神，常常被人逮住呢。上回來這裡，就受了很重的傷，養了兩個月才好。」

「那也是妳活該。」沈故淵哼了一聲，縱身越了兩個院子，選了一處屋頂站好，不慌不忙地從懷裡拿出一塊兒黑緞，將自個兒的白髮包了個嚴實。

「您這是？」池魚疑惑地看著他。

沈故淵懶得解釋，給自己戴上面巾，又抽出一張面巾，給她戴上。

池魚摸了摸自己的臉，正覺得古怪呢，就見面前這人深吸一口氣，然後狠狠一腳，踩在了屋頂上。

「嘩啦——」結實的屋頂被他這一腳踩出個窟窿，屋子裡瞬間傳來女人的尖叫：「啊！」

池魚嚇得一個激靈，瞪眼看向旁邊的沈故淵，還沒來得及問他發什麼瘋，四周的護院就已經圍了過來。

為首的人低喝：「什麼人！」

汗毛都立起來了，池魚想起上回受的那一身傷，下意識地拉起沈故淵就跑。

「給我抓住賊人！」屋子裡傳來個男人的暴喝，四周護衛齊應，瞬間追了上來。

太尉府裡的護衛極多，呼喝聲在一處響起，十步之外的守衛也會跟著喊，整個太尉府頓時呼喝聲此起彼伏，所有巡邏的護衛都統統奔往了西院。

古井所在的院子還是有人看守的，然而也就剩了兩個人，被幾個黑影衝上來就是一個手刀，登時沒了聲息。

廷尉府熱鬧了起來，火把帶著的光從四周而來，圍住了西院裡最高的繡樓。

兩道黑影立於繡樓頂上，一人站得筆直，一人的影子卻像是吊在他身上似的。

「師父，快逃哇！」池魚拚命拽著他的胳膊：「再不逃就來不及了！」

沈故淵巋然不動，輕蔑地掃她一眼：「妳慌什麼？」

這能不慌嗎！池魚嘴唇都抖了，顫顫巍巍地伸手指著下頭的人群：「您能打得過這麼多人？」

「有點難。」

「那還不慌?!」

輕嘖一聲，沈故淵按住她的頭頂，半闔著眼道：「事情未成，等著。」

還有什麼事未成啊?他們今日來，難道不就是為了打探贓銀下落的嗎?池魚很不理解，卻也沒什麼辦法，只能陪他站在這屋頂，裝成雌雄雙煞的模樣，迎風而立。

「大膽賊寇，竟然敢夜闖太尉府！」

太尉楊延玉顯然是剛剛才起身，衣衫不整，髮髻也亂，頭上滿是被瓦片砸出來的血，身邊跟著個攏著披風的小娘子，顯然是春宵被打斷，惱羞成怒。

池魚咽了口唾沫，低聲道：「師父，您可真會挑屋簷踩。」

好死不死的，怎麼就踩著太尉的屋頂了?要是別的都還好說，這個楊延玉是出了名的好面子。在自己女人面前被瓦片砸了，說什麼都不會讓他們活著離開這太尉府！

沈故淵偏生一副天不怕地不怕的樣子，捏了嗓子嘲諷道：「都說太尉府守衛森嚴，今日一看也不過如此。」

楊延玉瞇眼，冷笑一聲，揮手退後半步，身後舉著弓箭的護衛就齊刷刷地把箭頭對準了他們。

「這繡樓有五丈高，箭怕是射不到。」沈故淵嗤笑：「虛張聲勢有什麼意思？」

「你別太得意！」楊延玉咬牙：「這就叫你嘗嘗厲害！」

朝廷新製的羽箭，箭頭鋒利且尾輕，自然是比尋常的箭射的遠。那頭一聲令下，這些羽箭就統統凌空而上。

池魚抽出袖裡的匕首，勉強擋了幾支射準了的，心裡有點擔憂，想回頭關懷一下自家師父。

然而，沈故淵站得筆直，修長的手指伸出來，蜻蜓點水般地落在朝他射來的箭頭上。那些看似凶猛的箭，被他一點，立馬轉了方向，紛紛插在了屋頂的青瓦間。

「一支、兩支、三支……」數得打了個呵欠，沈故淵問：「還有別的嗎？」

有些意外地看著那上頭的光景，楊延玉反倒是冷靜了下來，低聲跟人吩咐兩句，然後抬頭繼續看向他：「閣下功夫倒是不弱。」

「敢來你太尉府偷寶貝，自然是要有點本事。」沈故淵看了遠處一眼，道：「大人要是沒別的招數，在下可要動手了。」

太尉府的寶貝？楊延玉皺眉，想了想這西院的寶貝，連忙又吩咐人去看看藏寶樓。

「太尉府上寶貝真是不少，大人也緊張得很啊。」池魚冷靜了下來，有自家師父撐腰，膽兒也肥了，捏著嗓子陰陽怪氣地道：「不知道搜刮了多少民脂民膏。」

「哼。」盯著他們身後，楊延玉沒有多言，眼裡有一絲詭異的笑一閃而過。

就是這個笑容，她上回也是這麼中的陰招！

池魚反應極快，立馬往後就是一個掃堂腿！

「砰——」

不掃不知道，一掃嚇一跳，竟然有四五個人偷偷爬了上來。幸好她反應快，這些人剛冒頭，就被她一腳狠狠踢了下去。

悶哼之聲四起，楊延玉急了，怒道：「都給我上！」

「是！」

偷襲不成，那就來人海戰術，十幾個人一起往那樓頂上爬，看你何處可躲？

沈故淵饒有興味地看著，伸手摟了池魚的腰：「抓穩。」

興奮地抓著他胸前的衣裳，池魚大喝：「起飛！」

本是要縱身躍去別處的，被她這兩個字說得一個趔趄，差點跌下去。

沈故淵哭笑不得：「這生死關頭的，妳能不能別搞得跟開玩笑一般？」

池魚抱歉地捏住了自己的嘴，笑著眨了眨眼。

白她一眼，沈故淵索性直接躍去了院子裡。

十幾個護衛都去爬繡樓了，楊延玉身邊只剩幾個人，看見他猛然衝來，嚇得退後幾步，拔出了自己手裡的劍。

好歹是太尉，戰場上退下來的人，怎麼也是有點本事的，就算賊人武功高，應該也能過上兩招。

然而，一陣風刮過，楊延玉發現自己絲毫無損，面前的人也不見了。

「老爺救我——」尖叫從後頭傳來，楊延玉震驚地回頭，就見那兩個賊人架起他最愛的姨娘，跑得飛快。

「站住！」勃然大怒，楊延玉帶人就追。

「大人，這兩人武藝高強，我們這些人怕是都拿不住啊。」旁邊突然有人說了一句。

楊延玉頭也沒回，大喝一聲：「所有人都跟我來，務必救回倩兒！」

「是！」

守衛森嚴的太尉府，精銳悉數出動，只留下些武功不高的人，看管重要的宅院。

於是，楊延玉帶人浩浩蕩蕩地追出去之後，一陣濃煙席捲了整個太尉府，剩下的守衛接二連三地睡了過去，真正的賊人正式出動。

池魚一邊跑一邊喘氣，哭笑不得地道：「咱們不是偷東西的嗎？怎麼變成偷人了？」

沈故淵一本正經地道：「山中有虎，正面難敵，不如調而偷山。」

靈光一閃，池魚彷彿明白了什麼，看一眼扶著的這個嚇暈過去的姨娘，讚嘆道：「師父好手段！」

「太尉府裡的銀子裡，有真正要撥去淮南的賑災銀。」認真了神色，沈故淵道：「這些人，真的吞了不少人命。」

淮南從夏季開始就水災為患，不少百姓染病亦或是餓死，朝廷撥的賑災銀兩，一兩也沒有到他該到的地方，還沒出上京，就散在了各家高官的銀庫裡。

池魚皺眉：「世道如此，不貪不為官。」

「所以像知白和趙將軍那樣的人才顯得珍貴。」沈故淵道：「沈知白馬上就能出來了。」

馬上？找了個地方藏匿，池魚有點意外：「師父這麼有自信嗎？」

對手可是沈棄淮，堂堂悲憫王，手握大權，多少文書是可以修改的？他只要在公文上做手腳，一口咬定焦三家的銀子就是賑災銀，任憑沈故淵找再多的證據都沒用啊。

池魚想的沒錯，沈棄淮能做的事情比沈故淵多得多，這件案子，他也是有十足的把握，才會與沈故淵較勁的。

「書信都已經修改好，文庫裡的存檔摺子也已經改好。」雲煙躬身站在沈棄淮身後道：「沒有留下任何痕跡，不管誰查都沒用。」

「很好。」沈棄淮合了摺子，抵在下巴上微微笑了笑：「那麼咱們就等等看，看仁善王爺會有什麼法子吧。」

雲煙頷首，目光掃了一眼門的方向，又有些為難地道：「主子，余小姐在外頭等了您許久了。」

眉目間染了些不耐，沈棄淮嘆了口氣：「罷了，讓她進來吧。」

余幼微這段日子一直被冷落，但看起來似乎沒什麼不滿的意思，笑著進來，屈膝行禮：「王爺。」

「有什麼事嗎？」

「幼微今日來，是想問問王爺，想怎麼對付寧池魚。」眼神深深地看著他，余幼微道：「您既然知道了那是她，就沒道理還讓她活著。」

「妳以為本王不懂這個道理嗎？」沈棄淮冷笑：「現在沈故淵將她護得滴水不漏，本王又不能在明面上跟人說她是寧池魚，妳說，本王要怎麼讓她死？」

眼珠子轉了轉，余幼微靠近他些，卻沒像往常一般坐在他懷裡，只站在旁邊道：「寧池魚學會迷惑男人了，身邊有了不少幫手。但我知道，她還是敵不過我的。」

「哦？」沈棄淮看她一眼：「妳想怎麼做？」

「有件事得王爺搭把手才行。」余幼微笑得甜美：「我自有辦法。」

天色破曉，楊延玉帶人追了一宿也沒能把賊人追到，正發火呢，就聽得人來稟告：「大人，二夫人回府了。」

回去了？微微一驚，楊延玉立馬往回趕，剛走到門口就見自己那親親寶貝撲了過來，抱著他就哭：「老爺！」

「妳沒事吧？」

「奴家沒事。」姨娘心有餘悸，卻也很慶幸：「好在他們也不壞，沒傷著奴家，醒來就在府裡了。」

沒傷著？楊延玉愣了愣，仔細想了想，突然臉色大變：「不好！」

推開姨娘就衝進了後院，他睜大眼，就見那口古井所在的院子已經無人看守，推門進去，古井四周滿是腳印。

渾身顫抖起來，楊延玉怒喝：「看守的人都死了嗎！」

「稟大人。」隨從戰戰兢兢地道：「剛剛發現看守的人全部昏迷，被人扔在了廂房裡。」

「混帳！」楊延玉氣紅了眼：「封閉上京，給我派人去搜！」

「是！」

大清早的上京就有了動靜，池魚咬著糕點，眼睛忍不住往外張望。

「主子。」院子裡的小廝蘇銘進來，笑著道：「太尉府上遭了賊，楊太尉封閉了上京，出入都要嚴查。」

「這麼大的動靜，沒人問？」池魚挑眉。

蘇銘看著她笑：「回姑娘，自然是有人問的，稍微理事一些的官邸都派了人出來詢問情況，悲憫王爺更是一早就往太尉府去了。」

沈棄淮與楊延玉交好，雖然不是太好的關係，但某些利益上有交集，去問也不奇怪。池魚點頭，幸災樂禍得很。

楊延玉註定要吃個啞巴虧，丟的是大筆金銀，可不能放在明面上來講。不過這件事，要怎麼才能讓朝廷裡的人知道呢？

「快吃。」沈故淵嫌棄地看她一眼：「東張西望個什麼？吃完隨我出門。」

「去哪兒？」池魚豎起了耳朵。

「城門口。」

這個關頭，不是太尉府最熱鬧麼？去城門口有什麼好看的？池魚不解，但想著跟著這位爺總沒錯，於是連忙吃了早膳，又給流花落白餵了食，然後就提著裙子跟他走。

九月初九，登高遠望之節，也是內閣大學士李祉霄亡父祭日，每逢這天，李大學士都會讓人運兩車的祭祀物品，出城上山。

然而今日，剛過城門，前頭的車隊就被攔住了。

「上頭有令，運載大量物品出京，必須接受檢查！」

聽見這聲音，李大學士莫名其妙地掀開車簾：「這是什麼時候下的令？老夫為何全然不知？」

看見他，有眼力勁的統領連忙迎上來，拱手道：「大人，卑職們也是奉命行事。」

要是車上是別的東西，李大學士可能也就作罷了，但偏生都是祭品，生人碰了不吉利。看那頭有護衛要動手，他沉了臉便下轎：「放肆！」

幾個小卒被嚇了一跳，統領也很為難，硬著頭皮道：「太尉大人親自下的令，大人就莫要為難我們這些辦事的吧。」

「他憑什麼要查老夫的東西？」李祉霄低斥：「同朝為官，老夫莫不是低他一等？」

內閣的大學士與外閣的太尉，自然是平起平坐，統領擦了擦額頭上的汗水，尷尬地道：「太尉大人也不是針對您，只是昨晚太尉府失竊，丟了很貴重的東西，所以……」

「好個太尉！」李祉霄冷笑：「他家丟了私物，動用官權來找？」

被這句話嗆得無言以對，那統領心想要不就放行吧，也免得惹出更大的麻煩。

結果，還不等他開口，旁邊突然「嘩啦」一聲。

折好要燒的銀元寶和紙錢紙人不知道被誰從車上扯了下來，散落了一地，沾了灰不說，紙人還被戳破了幾個洞。

李大學士驟然大怒，伸手就抓住面前的統領，怒喝道：「你們真是反了天了！」

「大人……這……」統領慌忙看向旁邊的幾個小卒：「誰幹的?!」

「管你誰幹的！」李大學士扯著他就道：「走！隨老夫去見楊延玉，老夫要問他討個說法！」

真不愧是所有文臣裡脾氣最暴躁的，池魚磕著瓜子看得津津有味。剛剛還愁誰來把事情鬧大呢，這竟然就解決了。

李祉霄在朝為官十二載，誰都知道他至情至孝，其父死後，他逢年過節必然祭拜，誰欺辱他都可以，敢惹上其父半分，他必不相饒。

「師父早料到他會出城？」池魚驚嘆地看向旁邊的人。

沈故淵翹著腿咬著糖葫蘆，冷哼兩聲道：「年年都會發生的事情，哪裡還用料。」

這麼一想的話，那他多半就是故意選在重陽節前一天的，一舉多得，都不用操什麼心。

文臣與武將向來容易起衝突，李大學士本只打算去要個說法，誰知道楊延玉竟然不服軟，兩人扯著脖子就吵了起來。一個覺得搜查沒錯，一個覺得你憑什麼查我。

吵得煩了，楊延玉直接動手，把李大學士推出了太尉府。

這下李大學士不幹了，一狀就告進了宮。

池魚邁著小碎步立馬跟在自家師父後頭進宮看熱鬧。

玉清殿下，李大學士臉色發青，眼神執拗地朝主位上的幼帝拱手：「官者，為帝行事、為民請命、為國盡忠者也！今官權私用，不把同為官者看在眼裡，甚至羞辱同僚。太尉之罪狀，實在令臣難忍！」

楊延玉有些心虛，但也有話說，抿唇道：「是李大學士不依不饒在先，臣只是懶得與書生計較！」

「呵！聖上面前都敢辱稱老夫，太尉大人真是威風得很那！」李大學士冷笑。

龍椅上的幼主什麼也不懂，一雙水汪汪的眼睛左看右看，瞧見了旁邊看熱鬧的沈故淵，連忙扁著嘴喊：「皇叔……」

沈棄淮不在，他不知道該讓誰來做主了。

嫌這熱鬧不太好看，沈故淵也沒推辭，立馬站到了龍椅旁邊去，問了一個關鍵的問題：「太尉大人到底是為什麼嚴查上京出入之人？」

微微一僵，楊延玉垂眸：「府裡遭竊。」

「這上京裡每日遭竊的府邸可不少啊。」李大學士瞪他一眼：「到底是丟了什麼不得了的東西，值得嚴查整個上京？」

「這……」楊延玉聲音小了：「是個貴重的寶貝。」

「哦？」李大學士側身看著他：「據我所知，貴府可沒有什麼先皇的賞賜，大人一向自詡清廉，想必也不會有什麼價值連城的收藏吧？」

眼珠子轉了轉，楊延玉立馬朝龍椅半跪：「此事的確是卑職處理不當，冒犯了李大學士，還鬧到聖上面前了，卑職知錯！」

這麼果斷就認錯了？李大學士有點意外，倒是更加好奇了：「是什麼東西寧願讓大人跪地求饒，也不願意說啊？」
沈故淵也問：「是何物？」
背後生涼，楊延玉咬牙就道：「是……府中姨娘，昨日被人擄走。」
「那可真是個貴重的寶貝了。」李大學士不齒地看著他：「該查啊，要不要再讓人查查老夫那兩輛車，看看塞沒塞你的姨娘？」
被譏諷得生氣，但也無法反駁，楊延玉硬生生忍了，道：「我也道歉了，大人可別得理不饒人。」
話都說到了這個份上，的確是沒法再爭了，李大學士憤憤作罷，正打算行禮告退，就聽得外頭大太監進來稟告：「聖上，國庫那邊又出事了！」
殿裡的人都是一驚，幼帝奶聲奶氣地問：「怎麼啦？」
金公公捏著蘭花指，焦急地道：「您快去看看吧。」
這話是對著幼帝說的，但明顯是說給沈故淵聽的，沈故淵卻是不急，慢條斯理地整了整紅袍，才將幼帝抱起來，往外頭的龍輦上走。
頭一次被人當孩子似的抱，幼帝瞪圓了一雙眼，抬眼就看見後頭跟著的笑咪咪的池魚，不解地歪了歪腦袋。
這兩個人，怎麼跟棄淮皇兄給他的感覺，完全不一樣呢？
來不及多想，那龍輦跑得飛快，蹭蹭蹭地就將他抬到了國庫。
「陛下。」沈棄淮早就在這裡了，皺眉拱手行禮，然後讓開身子，讓幼帝看見了那頭的情景。

嘴巴張成了圓形，幼帝驚訝地看著那頭的金山銀山：「這麼多？」
高三丈的金銀山，幾乎要把國庫大門給堵住。
「這不算多。」旁邊的沈故淵淡淡開口：「全部算成銀子，也就八百多萬兩。」
也就？沈棄淮皺眉看向他，沉聲道：「三王爺好像對這筆金銀很是了解。」
「是啊。」沈故淵點頭：「我放這兒的，怎麼了？」
這輕鬆的語氣，聽得幼帝覺得一定是件小事，跟著奶聲奶氣地點頭學：「怎麼了？」
在場的人全部沉默了，沈棄淮目光幽深，輕笑道：「王爺覺得不該有個解釋？」
「我解釋，你信嗎？」沈故淵唇角的嘲諷又掛了上來：「我要是說，這是我昨晚從太尉府搬出來的，你們信不信？」
後頭站著的楊延玉臉色由青到紫，已經說不出話來了，一雙眼盯著沈故淵，震驚又懷疑。是他嗎？怎麼可能是他呢？就算昨晚府裡來的賊人是他，但他也不可能一個人搬走那麼多銀子啊。而且，他怎麼知道銀子的藏匿地點的？
瞧見太尉不說話，沈棄淮抿唇：「凡事要有個證據，王爺何以證明這些銀子是太尉府搬出來的？」
「沒證據。」沈故淵聳肩，美目半闔，下巴微抬：「愛信不信。」
「你……」沈棄淮皺眉：「如此行徑，實在上不得檯面，也算不得您交上來的銀子。」
「還有這樣的？」沈故淵嗤笑：「銀子是我讓趙將軍運進國庫的，出入紀錄裡皆有，若是不算我交上來的銀子，那我可就帶回去了。」

開什麼玩笑，這麼大筆銀子，讓他帶走？沈棄淮上前就擋住他，沉聲道：「王爺，凡事都得按規矩來。」

眉梢動了動，沈故淵目光在他臉上掃了掃，驟然失笑：「規矩？」

竟然從他沈棄淮嘴裡聽見了規矩兩個字，真是不得了了。

然而，壞事做多了的人臉皮都厚，沈棄淮完全不在意他的嘲諷，一張臉波瀾不興：「這麼大筆銀子，王爺不交代清楚來處，恐怕就得往大牢裡走一趟了。」

「來處我交代了，找證據是廷尉的事情。」斜他一眼，沈故淵嗤笑：「有了這堆銀子，再反過去找證據，相信也是簡單得很。」

楊延玉終於回過了神，怒斥道：「空口白話汙衊朝廷重臣，這就是三王爺的作風？」

聞言，沈故淵轉頭看向他的方向，往前走了兩步。

不知為何，楊延玉下意識後退半步，有些緊張地看著面前這張絕美的臉。

「我不僅會汙衊朝廷重臣，還會夜闖官邸、踩塌太尉的屋頂、把太尉額頭砸出血呢。」居高臨下地看著他，沈故淵眼神冷冽如冰：「您說是不是？」

對上這雙眼睛，楊延玉突然啞口無言，張了張嘴，嘴皮直抖，下意識地摸了摸額頭上未癒合的傷疤。

這動作看在沈棄淮眼裡，基本就知道了是怎麼回事，微微皺眉，他有些厭惡地別開頭。

成事不足敗事有餘的人，膽子不大，胃口不小，這叫人一棍子打得全吐了，還不知道收斂。

「行了。」沈棄淮開口道：「銀子先入庫吧，畢竟是國之根本。其餘的，之後再論。」

「可別之後論。」從袖子裡掏出幾頁紙來，沈故淵道：「我懶得很，有件事還是現在說清楚吧。」

眾人都是一愣，沈棄皺眉看向他：「三王爺還有何事？」

「這堆銀子裡，有二十萬兩是今年新銀，刻了官印，來自國庫。」沈故淵展開手裡的紙：「這是太尉府的流水帳本，我撕了這兩頁最重要的，能解釋清楚這二十萬兩銀子的來歷。」

楊延玉回過神，一聽這話就有些慌神，連忙道：「隨意拿兩頁紙就說是太尉府的帳本？這有何說服力？」

「誰要說服你了？」嫌棄地看他一眼，沈故淵喊了一聲：「池魚。」

旁邊看熱鬧的小姑娘立馬跳出來，接過帳目，又掏出幾疊東西，一併放進旁邊楊廷尉的手裡：「大人收好，人證已經在廷尉衙門裡了，這是口供和帳目。」

楊清袖咽了口唾沫，乾笑：「又交給微臣？」

「你是廷尉，不給你給誰？」沈故淵負手而立，白髮微起：「還望大人秉公辦理。」

八百多萬兩銀子，為何獨獨要先說這二十萬？沈棄淮有些疑惑，想伸手去拿廷尉手裡的東西，卻被沈故淵給擋住了。

「說起來，今日有空，是不是該升堂審理小侯爺和持節使的案子了？」沈故淵睨著他道：「兩個狀師恰好都在。」

「好。」沈棄淮想也不想就點頭：「三王爺請。」

「王爺請。」

一看沈棄淮就是很有自信的樣子，池魚蹭去沈故淵身邊，皺了皺鼻子：「師父，以我對他的了解，他該做的一定都做了，您去也討不著好。」

「不去看看怎麼知道呢？」沈故淵瞇眼：「他厲害，你師父也不是酒囊飯袋。」

是嗎？池魚難免還是擔心。

李大學士在一旁看得若有所思，算算時辰還早，乾脆一併跟著去了廷尉衙門。

廷尉衙門裡從沒有辦過這麼大的案子，兩個王爺來打官司，幼帝坐在公堂上頭，四大親王齊齊到場，氣氛劍拔弩張。

「靜親王府小侯爺沈知白，汙衊持節使焦三貪汙銀兩三萬。」沈棄淮先開口，命人抬了文書上來：「本王實查，先前朝廷撥款五十萬兩，由三司使親提，持節使接手，悉數運到了淮南賑災。」

孝親王接過他遞來的文書看了看，點點頭，又遞給旁邊的親王。

「這些都是有記錄在案的，持節使負責賑災，府中有剩餘的三萬兩白銀。恰好遇見淮南招兵需要糧草，所以，聖上下旨，將這些剩餘的銀兩留在淮南不動，充當軍餉。」

伸手把聖旨也遞了上去，沈棄淮淡淡地笑道：「各位可以看看，本王所言，可有哪裡不對？」

這個奸賊！池魚忍不住握拳。

玉璽都在他手裡，他想有什麼聖旨，不就有什麼聖旨嗎？這樣也來當證據，實在太不要臉！

第25章　你是我的方向

可是，在場的人，沒有誰能站出來反駁，就算她肥著膽子說一句「這聖旨是後頭才有的吧」也無濟於事，根本沒有證據。

最擔心的就是沈棄淮以權謀私、一手遮天，結果到底還是發生了。

四大親王將沈棄淮呈上去的證據看了好幾遍，無奈地放在幼帝懷裡。幼帝也不知事，掰扯著聖旨玩兒。

「有這些證據在，侯爺的罪名就算是釘死了。」沈棄淮勾唇，側頭看向沈故淵：「不過三王爺若是還有話說，棄淮也洗耳恭聽。」

沈故淵負手而立，似乎根本沒在聽他說什麼，一雙眼盯著某處，安靜地等著。

沈棄淮一愣，順著他的目光看過去，就見楊廷尉一臉凝重地與旁邊眾內吏私語，手裡捏著的是方才寧池魚遞過去的東西。

微微皺眉，他又喊了一聲：「三王爺？」

不耐地回頭，沈故淵斜他一眼：「你急什麼？」

這都對簿公堂了，還得等著他？沈棄淮微微不悅，轉頭看向了那邊的楊廷尉：「大人在看什麼？」

「這……」楊廷尉抬了頭，眼裡神色甚為複雜：「恐怕有一件案子，要先審才行了。」

「胡鬧！」沈棄淮拂袖：「能有什麼案子，比這件更重要？」

「倒不是重要，只是，這案子不審，您二位這案子也怕是難出結果。」楊廷尉嘆息，折好手裡的東西，上前兩步朝帝王拱手：「陛下，各位親王，可否讓微臣審問幾個人？」

楊廷尉為人雖也有圓滑和稀泥之時，但論及審案，卻是從不含糊的。幾個親王一商議，點了點頭。

於是，楊清袖扭頭就喊：「把大牢裡的人帶上來。」

「是。」

沈棄淮有點不耐煩，皺眉看著那幾個老頭子，正想提點異議，就聽得旁邊的楊延玉倒吸一口涼氣。心裡一動，沈棄淮立馬側頭看向堂前過道。

有犯人被押了出來，帶著鐐銬一步步往堂下走，鐵鍊哐啷作響。一身囚衣破爛，臉上都髒汙得很，但還能看出樣貌。

瞧著，有那麼一點眼熟。

「罪人孔方拜見各位大人！」

孝親王一聽這話就不太高興，把坐著還沒桌子高的幼主半抱起來，呵斥道：「你眼瞎了？」

孔方一抖，連忙五體投地：「拜見陛下！」

楊延玉臉上一陣白一陣青，不等楊廷尉開口，先出來拱手道：「陛下，此人是太尉府半年前棄用的帳房，所言必定不可信！」

沈故淵嗤笑：「罪人話都沒說，大人怎麼這麼著急？」

武將就是容易沉不住氣！沈棄淮心裡也厭他，但目前來看，自個兒與他尚算一個陣營，也就忍了，低聲提點一句：「大人稍安勿躁。」

越顯得急躁，越給人抓馬腳。

「可……」楊延玉有話難言，眼裡的焦急怎麼壓也壓不住。

有問題！孝親王瞇了瞇眼，立馬對旁邊的楊清袖道：「廷尉大人有什麼要問的，趕緊問，旁人不得插嘴。」

「是。」楊清袖拱手，看著孔方問：「你所寫供詞，可有證據？」

「有。」孔方跪坐起來，眼裡帶著些恨意：「做帳房的，都會給自己留個後路，從給太尉府做第一筆假帳開始，小的就知道會有永不見天日的一天，所以，真的帳目都交給了家中小妾，上頭有太尉府的印鑑。」

眾人聽得一愣，沈故淵道：「在場各位很多不知你為何被關在大牢半年，正巧能做主的人都在，你不如喊個冤。」

孔方身子微顫，雙手相合舉過頭頂，朝堂上重重一拜：「小人有罪，但小人也冤！太尉府私吞賑災銀兩、剝削軍餉，罪大惡極！小人雖為虎作倀，替太尉做假帳，但罪不至死啊！」

此話一出，眾人譁然，孝親王放下幼帝就往前踏了兩步，眼神灼灼地看著他：「你此話當真？」

「千真萬確！」孔方咽了口唾沫：「小人先前在太尉府犯了錯，被太尉大人辭退。本以為只是丟了飯碗，誰知道竟然被扣上莫須有的罪名，直接關進大牢，受了半年的折磨！思前想後，只能是太尉大人怕我洩密，所以要將我困死在牢裡！如今得見天日，小人願將功抵罪，只求能與妻兒團聚！」

說完，砰砰砰磕了三個響頭。

四大親王相互看了看，齊齊把目光轉向楊延玉。

楊延玉額頭冷汗直冒，勉強開口：「這……」

「先看證據吧。」不等他說話，沈故淵便出聲打斷，伸手就從袖子裡掏出個帳本來，拿在孔方面前晃了晃：「真的帳目，是這個吧？」

孔方一愣：「大人拿到了？」

他可是放在小妾卿卿那裡的，說好了沒有他的允許，誰都不能給的啊。

池魚唏噓，很想告訴他，女人手裡的東西，就沒有沈故淵拿不到的。

不過，他是什麼時候去拿的？仔細算了算日子，最近他們都在一起，那怕是秋日會之前，沈故淵就拿到這個東西了。

他怎麼知道這個帳本的存在的？又怎麼會提前去拿到的？池魚頭頂的問號一個個地冒了上來。

「王爺們先過目吧。」沈故淵伸手把帳本遞給金公公，後者翹著蘭花指就遞給了孝親王。

這東西是個大東西，幾個王爺看了半個時辰，才神色凝重地看向楊延玉：「太尉大人是朝之重臣，此事關係重大，怕是要摒退左右了。」

楊延玉抿唇，眼珠子直轉，沈故淵也沒吭聲，只沈棄淮開口道：「好。」

池魚正看熱鬧似等著左右的衙差全部退下去呢，冷不防的，自個兒也被人架了起來。

「哎哎哎？」她瞪眼：「我也要退？」

「不是朝廷中人，姑娘在此，有些不方便。」衙差架著她就走。

池魚正想掙扎，前頭的沈故淵就發話了：「她留下。」

沈棄淮背脊微僵，冷嘲道：「三王爺也是為色所迷之人？」

寧池魚如今的身分，憑什麼站在這堂上？

沈故淵用看傻子的眼神盯著他，莫名其妙地道：「王爺記性這麼差？很多證據都是池魚給的，她走了，你來解釋證據怎麼來的？」

有道理哦！池魚連忙掙開衙差，一蹦三跳地回到沈故淵身邊，拽著他的袖子看著沈棄淮，齜了齜牙。

她就喜歡看沈棄淮這種惱恨又殺不掉她的樣子，有師父罩著，他能把自個兒怎麼的？就算那些證據只是她替沈故淵交給楊廷尉的，那她也算參案人員！

沈棄淮瞇眼，頗為鄙夷地冷笑一聲，別開了頭。

池魚的冷笑聲比他更大，扭頭的姿勢也比他更猛，活生生在氣勢上壓他一頭！

就是脖子有點痛。

沈故淵看一個傻子的眼神，瞬間變成了看兩個傻子。搖搖頭，很是嫌棄地道：「繼續吧。」

該走的人都走了，剩下的都是親王和重臣。

「如今朝中是個什麼景象，想必大家都清楚，都是在渾水裡蹚著的人。」孝親王開口了，語重心長地道：「太尉身負重任，也不是一朝一夕可以定罪的，老夫就想問一句，這鐵證之下，太尉大人還有什麼要解釋的嗎？」

楊延玉抿唇，他在朝廷這麼多年了，能自保的籌碼自然是不少，就算認了這二十萬兩銀子，那也至多不過受些罰，烏紗是暫時不會掉的。

可就是有點不甘心，怎麼就被翻出來了呢？他分明已經藏了這麼久了。

「大人若是不認，也很簡單。」沈故淵淡淡地道：「照著這帳目上的東西，派人核查，用不了多久的時間，真相也能明瞭。」

只是這麼查的話，太尉的顏面可就掛不住了，罪名也定然不會太輕。

「孝親王也說了，大家都在渾水裡。」尷尬地笑了笑，楊延玉道：「在朝為官，幾個不貪？這二十萬兩銀子……是別人孝敬的，微臣也是實屬無奈。」

還有人非得給他銀子，不給就跟他過不去哦？池魚翻了個白眼。

沈棄淮沒吭聲，一身三爪龍紋錦繡不沾絲毫灰塵。

「那這件事就好辦很多了。」楊廷尉道：「既然是他人行賄，那罪名歸於行賄人頭上，便無大事。」

他這小小的廷尉府，可定不了太尉的罪，大佛還是該交給更大的佛處置，他判些小人物就行。

「楊大人真是聰明。」沈故淵面無表情地說了這麼一句。

背後莫名地出了冷汗，楊清袖乾笑著退到一邊。他也是有家室的人啊，在官場裡本就混得不容易，得過且過嘛！

有人當替罪羊，楊延玉立馬鬆了口氣，想也不想就道：「這筆銀子是焦府送來的，真的帳目上想必也有紀錄。」

焦府？沈棄淮本想置身事外，一聽這兩個字，瞬間全都明白了，黑了臉看向沈故淵。

沈故淵譏誚地看著他：「焦府就對了，今年的賑災糧款是三司使親提，持節使接手。這話，可是悲憫王剛說的。」

池魚眼睛一亮，瞬間感覺整個事件都通透了起來。

怪不得要先審這案子呢，因為沈棄淮作弊，已經把焦三給洗了個乾淨，證明銀子是賑災的剩餘，要充作軍餉的。自家師父聰明啊！壓根不正面對抗，繞了個彎子，用楊延玉，把焦三給詐了出來！

五十萬兩賑災銀，你焦三送去太尉府二十萬兩，那你自己的腰包裡，難道會一分不留？

別的不說，行賄就是大罪！

沈棄淮微微捏緊了手。要保焦三，就得把楊延玉重新拖下水，這老東西肯定不願意，定然會把焦三出賣得徹徹底底，那他的臉上就有些難看了。

怎麼會這樣的？他千算萬算，怎麼就少算了這一茬？

不，也不能怪他，正常的人，誰能想到從楊延玉身上把焦三扯出來？焦三不止往太尉府送銀子，往他府上、丞相府上，都送了不少，今年五十萬兩銀子，沒一兩到了淮南，可也一直沒人查。誰能料到，突然全被沈故淵給捅了出來。

楊延玉也是個蠢貨，真以為推卸了罪責就能高枕無憂？沈棄淮搖頭，無奈地嘆了口氣。

他該做的都做了，這筆帳，讓余丞相和楊延玉去算吧。

不想再看沈故淵的臉，沈棄淮道：「這樣說來，淮南持節使焦三涉嫌行賄，但也不能證明他家裡的銀子就是貪贓。」

「王爺還想不明白？」沈故淵很是嫌棄，推了池魚一把：「妳給他解釋。」

她？池魚一愣，回頭瞪著自家師父。她不是來看戲的而已嗎？還得附帶解說？而且，解說就算了，還對著沈棄淮說？

那還不如一拳打上他這張虛偽的臉！

「妳這腦子笨，妳都能說明白的話，就不愁王爺聽不懂了。」沈故淵慢條斯理地往旁邊一坐：「快些，等著結案呢。」

捏了捏拳頭，池魚咬牙，深吸一口氣，抬頭看向面前這個人。

沈棄淮微微皺眉，眼裡還帶著鄙夷看著她。

一直是他手中刀的寧池魚，在沈棄淮的眼裡除了可以當殺手用之外，再無別的優點。這麼多大人物在場，她一個女人能說出什麼東西來？

像是看透了他的想法，池魚突然就冷靜了下來，攏了攏耳鬢處的碎髮，恢復了一張端莊的笑臉：「王爺聽好。」

「先前您說了，持節使府裡查抄出來的銀兩，是賑災用的剩餘。可是，持節使私自做主，將賑災用的銀兩抽了二十萬送去太尉府上，這是挪用官銀做私事，已經算是貪汙。」

「那麼再看看一下小侯爺告狀的案子，既然王爺非說那三萬兩是即將充作軍餉的，那我就要問問王爺了，朝廷發的賑災銀，是官銀還是私銀？」

看著面前這張張合合的櫻唇，沈棄淮有些怔愣，不敢置信地看她一眼，好半晌才答：「自然是官銀。」

「那可不好了。」池魚笑著拍拍手：「小侯爺說過，他查抄出來的三萬兩銀子，有兩萬兩是銀票，剩下一萬兩，都是沒有官印的。王爺，這該怎麼解釋？」

私銀？沈棄淮皺眉：「許是有什麼變通……」

「能有什麼變通？」池魚嗤笑，從太尉手裡接過自己遞上去的幾疊紙，展開呈在沈棄淮面前：「王爺瞧仔細了，這是訂單，糧商收糧的訂單，兩萬兩的訂金，三萬兩的尾款，收了淮南一兩百千石糧食！整個淮南，哪個佃戶能給出這麼多糧食的？」

沒有，只有收糧的官府。

今年淮南上交的糧食不多，說是因為天災，實則卻是人為。

「持節使，帝王所設監督各郡縣者也，焦三不僅未盡其職責，反而貪汙受賄，下搜民脂民膏，上染朝廷重臣。告他貪汙三萬兩秋收銀，實在是小侯爺不了解實情，告得輕了！」

最後一句話擲地有聲，面前的人眼裡陡然迸發出光來，如清晨最刺眼的朝陽，射進他這個久未成眠疲憊不堪的人眼裡。

沈棄淮伸手，半遮住了自己的眼。

「憐憫蒼生的悲憫王爺，不為民請命，反而為這國之蛀蟲說話，不覺得慚愧嗎？」池魚勾唇，笑得諷刺。

幾個親王都聽得連連點頭，坐上的幼帝扒拉著桌弦睜著眼睛看，卻覺得這個姐姐笑起來，怎麼跟自家三皇叔一模一樣？

沈故淵看向池魚，眼裡難得沒了嫌棄的神色，還頗為讚賞地頷了頷首。

總算有個人樣了，寧池魚。

頂著眾人的目光，池魚身板挺直，一臉大無畏的表情。普天之下，敢當面這麼質問悲憫王的，她是頭一個！

然而……

池魚其實已經害怕得不成樣子了，心裡有個自己模樣的小人，正兩腿發抖抱著自己的胳膊打顫。

這可是沈棄淮啊！心狠手辣不容忤逆的沈棄淮！她低眉順目地在他身邊過了十年了，頭一次膽子這麼大敢大庭廣眾之下吼他！雖然吼得是很爽，但是她……腿軟。

他會不會暴起傷人啊？她可打不過他！

一雙眸子靜靜地盯著她瞧，目光從她那充滿嘲諷的臉上劃到她微微打顫的袖口的時候，沈棄淮突然就笑了。

池魚嚇了一跳，幾乎是想立馬躲回自家師父身後。然而仔細想想，不蒸饅頭還爭口氣呢，現在他是劣勢，她慫什麼！

小胸脯一挺，池魚沉聲道：「王爺覺得池魚說得不對？」

「沒有。」瀲灩的水花從沈棄淮眼裡飛濺出一兩星，他擦著眼角，似乎是笑得喘不過氣：「本王是覺得池魚姑娘可真有意思。」

我也覺得你真有毛病！寧池魚咬牙，忍著沒罵出聲，轉頭看了沈故淵一眼。

收到了求救信號，沈故淵施施然起身，走上來道：「既然王爺沒有異議，那這案子，就交由陛下論斷了。」

幼帝這裡只是走個過場，決定還是四大親王來下。孝親王讚賞地看了沈故淵一眼，低頭對幼帝說了兩句。

於是，奶聲奶氣的宣判就在廷尉衙門裡響起：「經查，淮南持節使焦三貪贓枉法，有罪。小侯爺沈知白所言屬實，無罪。」

說完，還小心翼翼地看沈棄淮一眼。

沈棄淮笑夠了，站直了身子，眼裡波光流轉：「就這樣吧。」

池魚鬆了口氣，高興地朝沈故淵笑了笑。

「笑這麼傻幹什麼？」沈故淵白她一眼。

池魚拉著他的袖子，低聲道：「很謝謝師父，對小侯爺的事情這麼上心。」

她以為他是想先把秋收欠著的銀子找齊而已，誰知道那句「他馬上就會出來了」，竟然不是糊弄她的。從一開始，沈故淵就在做能把沈知白撈出來的事情，她慚愧啊，還在心裡偷偷想師父是不是看沈知白不順眼，打算讓他在牢裡多待些時候。

「呆子。」沈故淵撇嘴：「案結了，妳去外頭備車，我同靜親王去接人出來。」

「好！」池魚應了，提著裙子就一蹦一跳地往外走。

有師父在，真的是太好了！感覺一切都很順利，說不定什麼時候，她就能一刀捅進沈棄淮的心口了！

「池魚。」背後響起個聲音。

腳在門檻上一絆，差點摔個狗吃屎，池魚站穩身子，面無表情地回頭：「王爺有何事？」

沈棄淮深深地看著她，跨出門來，似嘲似笑：「妳這副裝腔作勢的樣子，是想讓本王重新看上妳？」

微微睜大眼，池魚傻了，目光呆滯地看著他。

「要是如此，妳怕是走錯了路。」靠近她，沈棄淮伸手就勾了她的下巴，眼裡神色複雜：「本王向來不喜歡有人與本王作對，妳這副樣子的確是變了，但依舊不會得到本王的心。」

「妳白費這麼多心思，假死重生，還是一個不討人喜歡的女人罷了。」

眨眨眼，池魚好半天才回過神，又氣又笑，伸手就將他的手拍開。

「啪！」一聲脆響，聽得人皮肉生疼，沈棄淮微微錯愕，皺眉看著她。

「王爺，請您放尊重點。」池魚朝他溫柔地笑：「前事不論，如今的寧池魚，可不是個瞎子。有沈故淵珠玉在前，我會看得上您這樣的魚目？」

「別做夢了！」

兜頭一盆冷水淋下，沈棄淮沉了眼神：「妳說什麼？」

「池魚有哪裡說得不對嗎，王爺？」刻薄地看著他，池魚上下掃他兩眼，眼裡嫌棄的神色濃郁：「身體骯髒不堪，心也烏漆墨黑，就連您這一張一向自以為豪的臉都被沈故淵給比了下去。您有什麼資格覺得，我還會喜歡您？」

「寧池魚。」沈棄淮眼神陰鷙起來：「妳這是在找死！」

「啊呀呀，惱羞成怒要殺人？」看了看他背後，池魚伸手點唇，笑得囂張：「那您殺了我試試？」

真以為他不敢嗎？沈棄淮紅了眼，出手如電，猛地掐上她的咽喉！背叛他的人，統統都該下黃泉！

然而，指尖還沒碰到寧池魚，手就突然被東西纏住，再難往前。沈棄淮一愣，低頭一看，豔紅的線千絲萬縷，從後頭伸上來，將他整個手纏得死緊。

「光天化日之下，王爺這是做什麼？」沈故淵面無表情地站在他身後，涼涼地道：「該不會是趁我不在，要欺負我徒兒？」

咧嘴一笑，池魚飛快地就躥去他身側，跟小孩子告狀似的道：「是啊是啊，他要欺負我！」

亮晶晶的眼睛盯著那個男人，連餘光都沒往別處掃，沈棄淮咬牙嗤笑：「什麼師父徒兒，不如說是姦夫淫婦。」

啥？池魚反應了一下，立馬就憤怒了，提起拳頭就要上去理論！

「池魚。」伸手捏住她的腰肢，沈故淵半分不生氣，還反過來勸她：「女兒家要溫柔點。」

這怎麼溫柔啊？池魚眼睛都紅了，沈棄淮自己幹的什麼畜生不如的事情自己不清楚是不是？還好意思反過來說她？

「乖。」順著她的頭髮摸了摸，沈故淵難得和藹地道：「妳管別人說什麼，日子是自己過的。」

有道理！池魚漸漸冷靜下來，看了看自家師父這絲毫沒被激怒的樣子，開始反省自己是不是太激動了。

然而，沈故淵下一句話就是：「反正他也沒說錯。」

啥？池魚瞪眼，一副見了鬼的神情看著他。

沈棄淮拳頭也有點怔愣，但一想起原先暗影彙報的瑤池閣的動靜，眼神更加恐怖。

「不過王爺的話也別說得太難聽。」全然漠視他這眼神，沈故淵語重心長地道：「說不定以後就得喊上一聲皇嬸嬸，提前鬧這麼難看，以後更難看。」

皇嬸嬸？池魚瞠目結舌，震驚得已經說不出話了。

沈棄淮氣極反笑：「想用這個來氣我，怕是毫無作用！」

「那王爺千萬別動氣，更別傷了你未來皇嬸嬸。」沈故淵笑了，一張臉好看得緊：「都是沒什麼相干的人了，話也不用說太多，各自安好吧。」

說完，攬著池魚就往外走。

池魚有點茫然地抬頭，就看見他線條極為優雅的側臉。一雙眼裡泛著點點柔光，像浩瀚東海裡遺出兩粒明珠，波浪翻滾，捲得那珍珠若隱若現。

真好看。

「口水擦擦。」嘴唇不動，沈故淵的聲音輕飄飄地從齒間傳出來：「為師給妳找場子，妳別反過來給為師丟人！」

一個激靈回過神，池魚連忙端正了身子，撐著他的手上了馬車。

原來是幫她找場子啊，她還以為他瘋了呢。

輕輕舒了口氣，池魚看著跟著上來的沈故淵，連忙道：「師父不是去接小侯爺了嗎？」

「看見妳這邊有事，就讓靜親王去接了。」沈故淵道：「妳能不能有點出息？每次遇見沈棄淮就束手無策？」

「才不是呢。」池魚看著他，眼裡亮亮的：「我是瞧見師父在後頭，所以才不動的。有師父在，我傷不了。」

被她這眼神看得一頓，沈故淵沉默了片刻，瞇眼道：「說白了，妳就是懶。」

能讓他動手的，就絕不自己動手！

「嘿嘿嘿。」池魚伸手替他捶腿：「徒兒身子還沒好呢，可疼了！」

有鄭嬤嬤的藥水泡著都還疼？騙鬼呢！白她一眼，沈故淵伸手就掐她臉蛋，將她這一張臉掐成個大餅，眼裡露出些惡趣味的笑。

池魚正想反抗呢，車簾就被人掀開了。

「王……」抬眼看清裡頭的情形，一身囚服的沈知白瞇了瞇眼，改口就斥：「沈故淵，你怎麼又欺負池魚！」

話剛落音，後腦勺就挨了一巴掌。沈知白回頭，就見靜親王惱怒地道：「沒個規矩了是不是？叫皇叔！」

「您看看他有個皇叔的樣子嗎？」沈知白劈手就往車裡一指。

靜親王抬眼看去，就見沈故淵坐得端端正正，一身正氣，很無辜地看著他。

抱歉地拱手，靜親王轉頭看向自家兒子，眉毛倒豎：「你還亂說話？」

沈知白眉心攏起，百口莫辯，乾脆直接上車，懶得爭了。

一車坐三個人，剛剛好，池魚朝對面的小侯爺溫和地笑：「您受苦了。」

「沒什麼苦的。」沈知白抿唇，看了沈故淵一眼：「多謝皇叔相救。」

「無妨。」沈故淵斜眼看著他道：「眼下還得你幫我忙。」

秋收欠的銀子還沒補齊，沈知白抿唇：「這個我知道，只是這回扯出來的案子牽連甚廣，怕是有好長一段時間都要人心惶惶了。」

「那也與咱們無關。」沈故淵淡淡地道：「不做虧心事，不怕鬼敲門。」

沈知白點頭，目光落在對面的池魚身上，又微微皺眉：「皇叔剛剛是欺負了池魚沒錯吧？」

「沒有沒有。」池魚連忙擺手：「鬧著玩呢。」

「這樣啊。」沈知白抿唇：「若真受了欺負，妳可以跟我說。」

池魚點頭，很是感動地應了：「侯爺真是個好人。」

見誰都是好人，怪不得以前那麼容易被人騙呢。沈故淵白她一眼，扭頭對沈知白道：「太尉府的銀子吐出來了，但動靜太大，難免打草驚蛇，其餘收到風聲的官邸，一定都會將銀子藏得嚴嚴實實，亦或者是選個途徑銷贓，接下來的任務有點重。」

「嗯。」收回落在池魚身上的目光，沈知白一臉嚴肅地點頭：「這一點我想過了，馬上就是聖上六歲的生辰，往年很多人都借此機會斂財，今年……聖上必定會收到不少賀禮。」

六歲的孩子懂什麼？大人給他過生辰，他就開開心心地吃東西，完全不在意那一大堆禮物最後去了哪裡。所以每年聖上生辰，都是最熱鬧的時候，宮中有盛大的宴會、精心準備的歌舞，官家小姐少爺齊聚，玩耍之物甚多。

但今年不一樣，沈故淵嚴查秋收貪汙之事，風頭之下，誰都不會傻兮兮地忙著斂財，有吞得太多的，反而還會吐一些出來。

他們要做的，就是逮著吐的人。

沈故淵靠在車廂上，微微撚著手指，池魚在旁邊撐著下巴看著他，覺得自家師父真是厲害，想個事情的姿態也能這麼好看。

心裡正誇著呢，冷不防的就見他的那雙眼睛盯住了自己。

嗯？池魚眨眨眼：「怎麼了師父？」

「皇帝的生辰，妳要不要去表演個什麼？」沈故淵饒有興致地問。

宮中那日戲臺高設，專門有給貴家公子小姐出風頭的地界兒。

「我？」指了指自己的鼻子，池魚很是認真地想了半晌，問他：「胸口碎大石可以嗎？」

車廂裡安靜了一會兒。

沈故淵若無其事地轉頭對沈知白道：「人手你來安排，宮中我不太熟悉。」

「好。」

「具體怎麼做，明日再論。」

「明日我休整好便去王府叨擾。」

兩人嘰哩呱啦地說著，完全沒有再看過她一眼。

池魚很無辜，她哪裡說得不對嗎？做什麼突然就不理她了？

在衙門裡折騰一整天，回去仁善王府的時候都已經要用晚膳了。池魚一進門就趕緊去餵兩隻貓，一邊餵一邊作揖：「對不起對不起，回來晚了。」

「喵。」落白和流花尾巴翹得高高的，齜牙咧嘴地看著她，明顯是不高興了，看得池魚頭都快埋貓食碗裡了：「對不起嘛！」

沈故淵靠在軟榻上看著她，眼裡滿滿的都是嫌棄：「連貓都能欺負妳，妳還有什麼出息？」

「您不懂。」池魚回頭，一臉認真地道：「這兩隻貓一直陪著我的，以前我在遺珠閣沒人說話，牠們就聽我說話，有靈性的！」

「是麼？」

「對啊，而且除了我，牠們都不認別人。」池魚驕傲地道：「別看牠們有時候凶，當初在火場裡，可是一直守在我身邊不捨得離開的呢！」

話剛落音，兩隻吃飽的貓咪，咻咻兩聲就跳到了沈故淵的懷裡，討好地蹭了蹭。

「喵～」

寧池魚：「……」

伸手摸著流花的小腦袋，沈故淵勾唇看著她：「妳剛剛說什麼來著？」

「……沒什麼！」憤恨地放下貓碗，池魚蹲在地上，活像個小怨婦：「連貓都能欺負我！」

輕哼一聲，沈故淵一下下順著貓，睨著她道：「想不想變得很厲害，受人保護，受人喜愛？」

這誰不想啊？池魚連連點頭，但一想起今天沈棄淮的話，她苦笑一聲：「我好像不太討人喜歡。」

就算換個身分重新活一次，那也是個不討人喜歡的女人。

「乖。」沈故淵淡淡地道：「妳只是不討畜生喜歡，別侮辱了人。」

「撲哧」一聲笑了出來，池魚道：「師父真會哄我開心。」

「我說真的。」放了貓咪起身，沈故淵睨著她道：「妳要是有一天發現了自己身上的誘人之處，必定豔壓天下。」

她身上的誘人之處？池魚沉默半晌，緩緩低頭看了看自己的胸。

「想什麼呢？」一巴掌拍在她頭上，沈故淵皺眉：「不是這個誘人！」

「那是什麼？」池魚很不解：「我這個人唯一的優點就是功夫不錯，可先前重傷，這個優點也沒了，如今就是個平庸的姑娘，無權無勢，除了您，也無依無靠。」

伸手將她拽起來，沈故淵捏著她的下巴，薄唇輕啟：「看著我。」

哈？池魚眨眨眼，眼神有點慌亂，左躲右閃地問：「看您做什麼？」

「我好看。」

那倒也是，抿抿唇，池魚深吸一口氣，抬眼瞪著他。

「眼神溫柔點。」沈故淵皺眉：「我欠妳錢了？」

溫柔麼？池魚閉了閉眼，重新睜開。

「麻煩想像一下我是妳的心上人。」沈故淵道：「妳這樣一張麻木的臉，壓根沒法看。」

「可……」池魚抿唇：「師父，我心上沒有人了。」

微微一頓，沈故淵翻了個白眼：「那就把我當妳最喜歡的落白流花。」

這個好辦，池魚眼裡瞬間就有了亮光，盈盈秋波，情意綿綿。長長的睫毛忽閃忽閃的，掃得人心裡癢癢。

「差不多就是這個樣子。」沈故淵鬆開她，嫌棄地道：「妳是個情痴，所以有情的時候最為動人，別整天給我擺著一張假笑的臉，跟面具似的，看著沒意思。」

情痴？池魚哭笑不得：「我怎麼就情痴了？」

「為情所困，為情痴絕，萬劫不復，這就是情痴。」沈故淵道：「妳這一雙眼別總那麼空洞，白瞎了瀲灩春光。」

可是不空洞，她要看誰呢？池魚皺眉，曾經一看沈棄淮的背影就是十年，如今不再看他，雖也算是活成了自己，但到底是沒了方向。

正想嘆息，冷不防的，一縷白髮被窗口捲進來的風揚起，吹到了她的眼前。

雪白的顏色，微微透光，一絲雜質都沒有，看得池魚睜大了眼。

先前假意與沈棄淮說他這一頭白髮是用藥水泡出來的，沈棄淮也是沒仔細看，要是仔細看過，就不會被騙了。多美的白髮啊，半點也摻不了假。

順著這白色側了側頭，池魚眼睛微亮。

沈故淵眼裡有霧氣，不知道在想什麼，紅袍微揚，白髮凌而不亂，滿身的風華，實在是讓人移不開眼。

對啊，她的師父，不是也很好看嗎？

漆黑的世界裡彷彿亮了一盞燈，遠遠的看不清楚，卻也終於有了個方向。池魚高興地拍手，提著裙子就往外跑。

第二天一大早，沈知白收拾完畢就乘車來了王府，剛被人帶進主院，就看見旁邊側堂霧氣騰騰，藥香四溢。

「來了？」沈故淵靠在門口，看他一眼：「進來。」

「側堂是在熬藥嗎？」沈知白跟著進門，忍不住說了一句：「好香的藥啊，從沒聞過。」

沈故淵挑眉，只說不是，卻也沒解釋，拉著他和趙飲馬一起關進書房，一整天都沒出來。

沈知白被這藥香吸引，側頭去嗅了好幾回，卻還是不知道到底是什麼藥。

傍晚，沈知白趙飲馬都走了，沈故淵一人伸了伸懶腰，略有些疲憊地躺在了軟榻上。

能力受限就是麻煩，很多事得按照這裡人的規矩來，七拐八拐的，頗為費神。

夕陽昏黃，越過花窗照進來，朦朧一片，沈故淵半闔了眼，正覺得有些睏倦，突然就聽見門「吱呀」一聲。

「收拾完了?」頭也沒回，想也知道是誰，沈故淵淡淡地道：「妳今天倒是老實，一整天都沒來打擾。」

「知道你們在忙，徒兒哪裡敢出聲。」池魚笑了笑，提著裙子就坐在了他旁邊。

微微一愣，沈故淵覺得哪裡不對勁，猛地睜眼。

第26章　你要相信你自己

沒戴他給的華貴首飾，也沒穿他選的錦繡裙子，寧池魚一身裹胸束腰蘇繡白裙，秀髮半綰，眼波瀲灩。那裙子上頭繡的是青紅色的鯉魚，尾甩出水，水波瀲灩，栩栩如生。

「師父……」見他睜眼，池魚貝齒咬唇，含羞帶怯地一笑，伸手輕撫上他的胸口。

瞳孔微縮，沈故淵皺眉：「妳做什麼？」

「什麼做什麼？」嬌嗔一聲，池魚爬上了他的身子，眨巴著眼湊近他的臉：「就想來問問師父，徒兒這樣好不好看？」

軟軟的身子壓著他，像極了一隻貓，可這的神色，分明是要蠱惑人心的妖，秋波漣漪過處情意綿綿，朱唇半咬，欲語還休。

先前只不過提點她兩句，這丫頭反應竟然這麼快，一雙眼瞬間有了東西，光芒流轉，懾人心魄。

然而……撇撇嘴，沈故淵沒好氣地坐起身，拎著她道：「毛都沒長齊的丫頭，還想學人家色誘？」

方才還瀲灩無比的臉，被他這一拎就垮了下來，池魚洩氣地道：「這樣還不夠誘人？」

「跟誘人扯不上半文錢的關係。」沈故淵冷笑：「為師說的誘人，看來妳了解得還不夠清楚。」

池魚頭頂又冒出了問號，誘人不是這個誘人嗎？那還能怎麼誘人？

白她一眼，沈故淵下了軟榻，一邊整理衣袍一邊問：「這裙子誰給妳的？」

「鄭嬤嬤啊。」池魚眨眨眼：「她說我穿得太端莊了，瞧著少了靈性。」以前的侍衛裝遭人嫌棄，後頭的大家閨秀裝她自己覺得不自在。倒是這一身乾淨俐落又不失秀氣的裙子，讓她喜歡得緊。

若有所思地點頭，沈故淵道：「那妳就穿著吧，跟我來。」

「蘇銘，找副古琴來。」

池魚一臉茫然地被他拽到院子裡，看著蘇銘架好琴，扭頭看向旁邊的人：「師父，做什麼？」

「玉不琢不成器。」沈故淵道：「妳認我為師父，還沒教過妳什麼，今日就先教些妳會的東西。」

池魚挑眉，看了看那古琴：「師父怎麼知道我會彈琴？」

「妳當我是聾的？」沈故淵嗤笑：「聽見過自然就知道。」

不對啊，池魚歪了歪腦袋，她唯一一次在人前彈琴，就是上回為了偽裝，給沈棄淮彈了〈百花殺〉，那時候師父不在啊。

「還發什麼呆？」沈棄淮伸手就把她按在了琴臺後的凳子上，沒好氣地道：「先彈一曲聽聽。」

「哦……」池魚應了，心緒複雜地撫上琴弦，彈了幾個調子。

自家師父知道的東西實在太多了，並且很多是他不應該知道的，也太古怪了。不說別的，她會彈琴這件事，他就不應該知道，畢竟沈棄淮都半點不察。

那他是從何得知的？

「啪！」手背上一聲脆響。

池魚回神，縮回手痛呼一聲，莫名其妙地瞪他一眼：「您打我幹什麼！」

手執戒尺，沈故淵看起來真的很像個嚴厲的師父，下頜緊繃，目露不悅：「彈成這個鬼樣子，妳還想我不打妳？」

委屈地扁扁嘴，池魚道：「我要是彈得驚天地泣鬼神，那您不是就不用教我了嘛？」

還狡辯？沈故淵瞇眼。

嚇得縮了縮脖子，池魚小聲嘀咕：「其實我認真想了想，我也沒必要一定得讓人喜歡我啊。」有師父就夠了！

冷笑一聲，沈故淵抱著胳膊居高臨下地看著她：「也不想看沈棄淮後悔莫及捶胸頓地的樣子？」

眼睛一亮，池魚連忙道：「這個還是想看的！」

「那就別廢話！」伸手將她拎起來，沈故淵自己坐了下去，然後將人放在自己膝蓋上，面無表情地道：「看好了。」

雙手撫上琴弦，沈故淵將她方才彈的調子重彈。

黃昏時分，天不知怎麼就亮堂了些，池魚睜大眼抬頭看著身後這人。

琴聲悠揚，他的白髮落了她一身，紅色的袍子將她圈住，下頜幾乎就要抵住她的頭頂。風吹過來，旁邊一樹桂花晚開，香氣迷人眼。

有那麼一瞬間，池魚覺得自己是置身仙境的，耳邊有清越之音，身側是美色無邊，若是能一直在這裡，叫人短命十年都願意啊。

然而，琴聲終了，沈故淵略帶怒意的聲音砸了下來：「讓妳看好，妳在幹什麼？」

一個激靈回過神，池魚呐呐地道：「我……我在看啊！」

「妳該看的難道不是指法？」沈故淵眯眼：「看我這張臉就能學會還是怎麼的？」

被吼得雙手抱頭，池魚連忙求饒：「我錯了師父！下回一定好好看！」

沒好氣地白她一眼，沈故淵搖頭：「朽木不可雕！」

「別啊師父！」池魚瞪眼：「我覺得自個兒還是可以雕雕看的，您再試試啊！」

戒尺又揚了起來，池魚連忙閉眼，臉都皺成了一團。

院子裡的人都躲在暗處看熱鬧，瞧見那戒尺沒落下去，鄭嬤嬤輕笑，朝郝廚子伸出了手：「願賭服輸。」

不情不願地拿了銀子放在她手裡，郝廚子納悶地道：「以前主子的脾氣沒這麼好啊，該打一頓才是。」

「這就是您不懂了。」蘇銘笑咪咪地道：「對女子，哪裡能像對咱們一樣。」

女子嗎？鄭嬤嬤微笑，側頭繼續看向那邊。

沈故淵頗為煩躁地扔了戒尺，低喝一聲：「睜開眼！」

睜開一隻眼瞅了瞅，見戒尺已經在地上躺著了，池魚才鬆了口氣，討好地捶了捶他胸口：「師父別生氣啊，這回徒兒一定好好看。」

冷哼一聲，沈故淵道：「我就只彈這一遍。」

話落音，手下動作飛快，一曲難度極高的〈陽春雪〉傾瀉而出。池魚慌忙凝神，看著他琴上翻飛的手指，眼珠子跟著動。

沈故淵已經不指望這個笨徒弟能有什麼本事了，彈完睡覺，他才不管她呢！

曲終琴弦止，沈故淵起身就將池魚掀翻在地，揮袖便往主屋走。

池魚自個兒爬起來，朝著他背影喊：「師父，有譜子嗎？」

「沒有！」沈故淵道：「想學就自己寫個譜子出來。」

這位大爺明顯是耐心用盡了，池魚摸摸鼻子上的灰，想了想，抱著琴就往外走。

累了一天的沈故淵心情極差，他不知道怎麼就必須得管寧池魚，這丫頭笨不說了，還沒什麼上進心，腦子又簡單，想報仇就只想一刀捅死人家，一點追求都沒有！

這樣的徒弟，收著不是給自個兒找氣受的嗎？

但，想想她這命數……沈故淵長嘆一口氣，真是冤孽啊！

一覺睡到天亮，沈故淵睜開眼的時候，發現軟榻上的被子疊得整整齊齊的，好像沒有人來睡過一般。

有點疑惑，他起身更衣，打開門出去。

「師父！」池魚眼睛亮亮地回頭看他：「您醒啦？」

桌上放著的古琴安安靜靜的，沈故淵想了想，昨晚好像沒聽見琴聲，這丫頭一定是找不到譜子，偷懶沒練，於是臉色就陰沉起來：「妳起來這麼早，就乾坐著？」

「怕吵醒師父嘛。」池魚嘿嘿笑了笑：「郝廚子準備了早膳，您要不要先吃？」

瞥她一眼，沈故淵道：「我可以先吃，但妳，沒學會昨晚的曲子，就別想吃飯了！」

這麼凶？池魚縮了縮脖子，咽了口唾沫：「您彈的那首真的有點難，而且指法太快，徒兒不一定能學得完全一樣。」

「那就餓著！」沈故淵白她一眼，扭頭就想回屋。

然而，剛跨進門一步，院子裡就響起了琴音。

〈陽春雪〉！

沒有譜子，池魚憑著記憶拼湊了一晚上，躲在府外偷偷練了個通宵，此時彈來，已經算是熟練了，只是指法當真沒有他那麼快，所以在他手下清冷如高山上的雪的曲子，在她指間化作了春日的溪，順著雪山，潺潺涓涓地流淌下來。

沈故淵回了頭。

寧池魚憋著一口氣，彈得很認真，那挺直的背脊裡，隱隱地還有點不服氣的味道。

她不是沒用的人，也不是朽木！

微微一頓，沈故淵眼神柔和了些，想了想，朝她走了過去。

曲終手扶琴，池魚心裡有些忐忑，正想回頭看看，頭頂就被人按住了。

「這曲子彈得如何，妳心裡有數。」沈故淵清冷的聲音在她背後響起。

有點挫敗地垂眸，池魚點頭：「我知道。」

指法差距太大，她彈不出師父彈的那種味道。

「但，已經很讓我意外了。」沈故淵道。

眼睛微微睜大，池魚猛地回頭看向他。

自家師父還是一張略帶不耐煩的俊臉，可眼裡沒了譏諷，倒是有兩分讚賞地看著她：「至少，沒人能聽一遍就把譜子寫出來。」

感動不已，池魚伸手就抓住了他的袖子，哽咽道：「師父……」

憐愛地看著她，沈故淵勾了勾嘴唇，似乎是要給她一個溫暖如春的笑。

池魚眼睛亮了，滿懷期盼地看著他。

然而，下一瞬，沈故淵的表情驟變，譏諷掛上唇角，毫不留情地道：「但要寫不能好好寫嗎？第三節第四節全是錯的，我昨晚彈的是這種東西？」

被嚇得一個激靈，池魚抱頭就跑。

沈故淵跟在她身後，如鬼魅隨行，邊走邊斥：「說妳不長腦子妳還真的不長腦子，沒譜子不會去琴曲譜子裡買？非得自己寫？」

「我錯啦！」池魚委屈極了，看見院子裡進來的人，立馬撲過去：「鄭嬤嬤救我！」

鄭嬤嬤端著早膳進來，差點被她撲翻，忙不迭地穩住身子，哭笑不得地看向後頭：「主子，您總那麼凶幹什麼？」

「不凶她能長記性？」沈故淵抱著胳膊道：「要當我徒弟可不是個簡單的事情。」

鄭嬤嬤眉梢微動，低頭看看池魚，給她使了個眼色。

還記得嬤嬤說過的，怎麼哄主子開心嗎？

眼睛一亮，池魚提著裙子就往外跑！

沈故淵正想再追，就被鄭嬤嬤攔住，往主屋裡推：「主子您歇會兒吧，吃點東西。」

「妳是不是給那丫頭出什麼鬼主意了？」沈故淵回頭看著她，皺眉：「不是說只是來玩玩而已嗎？跟她那麼親近幹什麼？」

「瞧您說的。」鄭嬤嬤瞇著眼睛笑：「您都喜歡這人間繁華，還不許咱們這些避世多年的出來嗅嗅人味兒了？池魚是個好丫頭，我瞧著就覺得喜歡。」

喜歡麼，既然是要幫幫她的了。

深深地看她一眼，沈故淵冷笑：「只要別來礙我的事，別的我都不管你們。」

「是。」鄭嬤嬤頷首行禮，慈祥地讓他用早膳。

胡亂吃了些，沈故淵撚了撚手指，起身就要出去逮人回來。

然而，不等他跨出院門，外頭一個五彩鮮豔的東西就拍了進來，差點拍到他臉上。

「師父。」池魚一臉乖順的表情，舉著風車在他面前晃了晃：「徒兒買東西回來孝敬您啦！」

好像是紙做的，五彩的紙條兒黏在竹條兒做成的圓架子上，在中軸上合攏。風一吹，呼啦啦地轉，發出類似樹林被風吹的聲音。

眼裡有亮光劃過，沈故淵伸手就將那風車接過來，然後板著臉問：「拿這個給我做什麼？我又不是沒見過！」

池魚連忙作揖：「知道師父見過，徒兒是瞧著好看，就給師父買一個回來玩。」

輕哼一聲，沈故淵拿著風車就走，背影瀟灑，恍若仙人。

然而，誰要是站在他前頭的位置，就能清晰地看見，傾國傾城的沈故淵，正鼓著腮幫子，朝風車使勁吹氣。

「嘩啦啦——」風車轉得歡快極了。

滿意地點點頭，沈故淵心情總算是好了，回頭朝池魚喊了一聲：「來用早膳。」

「好嘞！」池魚高興地跟進門。

悲憫王府。

暗影一大早就回來覆命，手裡還捏了個五彩的風車。

「看見什麼了？」沈棄淮淡淡地問。

暗影嘆息：「與在瑤池閣一樣，那兩位還是天天都在一起，同吃同睡，只是最近三王爺好像開始教池魚姑娘彈琴了，一大早，池魚姑娘就買了個這樣的風車回去。」

說著，把手裡的風車遞給沈棄淮。

掃一眼那廉價的小玩意兒，沈棄淮都懶得接，揮手道：「這些小事不必說，你可查清楚了為何沈故淵要相助寧池魚?」

他始終想不明白，這憑空冒出來的皇族中人，怎麼就會和寧池魚有了關係。無緣無故，做什麼就拚了命地幫她?

「這……屬下無能。」暗影拱手：「三王爺的過往依舊沒有查到，也沒有人知道這兩人是如何湊到一起的。」

沈棄淮皺眉，旁邊一直聽著的余幼微倒是笑了一聲：「男人幫女人，還能是什麼原因?床上功夫好唄!

沈棄淮側頭看她，微微不悅：「幼微。」

「王爺，您時至今日還不明白嗎?」余幼微捏著帕子嬌嗔：「寧池魚一早就爬上了那沈故淵的床，甚至比遺珠閣走水還早，不然怎麼會全身而退?沈故淵是來搶您的大權的，寧池魚背叛了您，為的就是他!」

這麼一想倒是有道理的，沈棄淮眼神暗了暗，悶不做聲。

「您還等什麼?」余幼微伸手抓著他的手搖了搖：「按我說的做吧!」

「幼微，有個問題，我一直沒有問妳。」沈棄淮抬眼看她：「妳為什麼這麼討厭池魚?先前不是還說，她是妳唯一的手帕交嗎?」

微微一愣，余幼微慌了一瞬，連忙垂眸道：「那還不是因為她背叛您?詐死，與別的男人苟且，白白辜負王爺真心，我能不很她嗎?」

「是嗎?」沈棄淮眼神深邃。

「難道幼微還會騙您嗎?」余幼微皺眉:「您在懷疑什麼?眼下她的姘頭都出來了,您還看不清不成?」

所以寧池魚,是為了一個沈故淵,背叛他這麼多年的信任,壞了他最重要的事情?沈棄淮抿唇,眼裡殺氣漸濃。

本還有些愧疚,也還有些想法,但這麼一看,寧池魚還是早死早好。

「啊嚏!」正跟著自家師父往靜親王府裡走的池魚,莫名其妙打了個噴嚏,疑惑地回頭看了看身後。

「怎麼?」走在前頭的沈故淵頭也不回地問。

「沒什麼。」吸吸鼻子,池魚皺眉:「感覺背後涼涼的。」

「那多半是有人在罵妳了。」沈故淵道:「妳可真招恨。」

她能招什麼恨哪!池魚不服氣,提著裙子追上他就道:「我這輩子,除了幫沈棄淮做過壞事,自個兒一件壞事都沒幹過!」

「助紂為虐就是最大的壞事。」沈故淵道:「好生反省。」

那倒也是,池魚嘆息,年少不懂事,沈棄淮說什麼她就做什麼,只要他高興,她才不管什麼對錯。現在回頭看來,真是愚蠢。

「不是說小侯爺出來迎接了嗎？」走了半晌，沈故淵不耐煩了：「他人呢？」

管家賠著笑道：「小侯爺半個時辰前就說出來迎接了，但沒人跟著他……這會兒……不知道走到哪裡去了，小的已經派人在找。」

池魚：「……」

沈故淵額角青筋跳了跳，微怒道：「不認識路就別自己一個人瞎走，自己的府裡都能走丟，也是厲害！」

管家也很無奈啊，生活了十幾年的地方，侯爺每天起來也能迷路個兩三回，派人跟著他還不樂意，他也很為難。

「背後說我壞話，我聽見了。」冷不防的，旁邊牆角狹窄的小道裡響起個聲音。

沈故淵挑眉，側頭去看，就見沈知白微皺著眉頭走出來，衣裳上蹭了不少泥。

「侯爺。」池魚哭笑不得：「您又走哪兒去了？」

說起這個沈知白就生氣：「住人的宅子，非得修這麼大嗎？四周都長得一樣，路都找不到！」

「自己不認識路，就莫要怪宅子大。」嫌棄地看著他，沈故淵道：「我就沒見過你這麼笨的人。」

沈知白惱怒地看他一眼：「我笨，那東西咱們也別看了，各自回家吧。」

「別啊。」池魚連忙打圓場：「跑這麼遠過來的，侯爺總不能讓我白跑。」

看見她，小侯爺怒氣消了些，抿唇道：「妳身子不太好，跟著他跑什麼？在府裡多休息。」

她倒是想休息，然而沈故淵彷彿是知道自己過來這侯府肯定要和小侯爺吵架，所以說什麼都把她捎帶上了。
「咱們先去您的院子裡吧。」池魚道：「在這兒站著也沒法說話。」
「好。」沈知白點頭，再看她一眼，邊走邊道：「妳最近氣色好了不少。」
「府裡有藥浴，我時常在泡的。」池魚笑道：「也是師父費心。」
一聽這話，沈知白的臉色就好看多了，看著走在前頭的人抿唇道：「算他還有個師父的樣子。」
「侯爺別這麼說，師父對我挺好的。」池魚小聲道：「除了人凶了點。」
挺好的？沈知白挑眉，突然有些好奇：「池魚，妳覺得一個人怎麼做，才算是對妳好？」
這是個什麼問題？池魚呆了呆，看了前頭那紅衣白髮的人一眼，道：「大概就是……嘴上不說什麼，行動卻都是護著妳的，想讓妳變更好。」
這是個什麼說法？小侯爺一臉茫然。
進了書房，池魚左右瞧著沒事幹，立馬躥進了書庫裡。靜親王也是愛曲之人，府中樂譜自然不會少。
看見她影子沒了，沈知白才低聲開口，對旁邊的沈故淵道：「皇叔之前說的要幫我一把，現在還算不算數？」
嗯？沈故淵正看著桌上的訂單，一聽這話，抬頭挑眉：「改主意了？」
先前還說他喜歡的人自己去娶呢。
「嗯。」沈知白抿唇，耳根微微發紅：「池魚把我當兄長當朋友，絲毫沒有覺察到我的心意。」

廢話，那丫頭滿心都是仇恨，還指望她能察覺到旁人的愛意？別看她平時笑嘻嘻的，心裡那股子怨氣，半點都沒能消。

若是這個沈知白能讓她放下仇恨，她未來的命數，也會好上很多。

「我說話一向算數的。」捏著訂單翻看，沈故淵淡淡地道：「但你可想好了，要我幫忙，就得聽我的，不然我會發火。」

咬咬牙，沈知白道：「只要您不是故意整我，真心幫我，知白自然聽話。」

「好。」沈故淵勾唇：「那就先替她做件事。」

「什麼事？」沈知白疑惑地看向他，就見他湊過來，低聲耳語了兩句。

離開靜親王府的時候，池魚滿足地抱了好幾本樂譜，蹦蹦跳跳地在他身邊道：「小侯爺好大方啊，送我這麼多。」

「妳回去好生練就是。」沈故淵眼皮都不抬：「別辜負人家一番心意。」

「好。」池魚點頭，想了想又道：「不過師父，你是不是也打算讓我在陛下壽宴上去出個風頭？」

最近上京裡眾多公子小姐都在準備，有不少消息飛過來，比如誰誰家的小姐準備了一曲仙樂要彈，誰誰家的公子花重金買了許多煙花，要為大家放，總之個個都想在一群貴人之中鬧個響動，惹人注目。

自家師父難不成也是這麼想的？

「俗！」沈故淵白眼一翻，很是恨鐵不成鋼地看著她：「這麼俗的事情，為師會讓妳去做？」

「那……」池魚不明白了：「怎麼就要教我彈琴了？」

「彈琴是妳唯一會的東西。」沈故淵道：「只是半路出家，明顯火候不夠。若能精通，便能算妳的優點。」

微微一愣，池魚明白了過來：「是因為我先前說自己毫無優點，師父才教我彈琴的嗎？」

「不。」沈故淵側頭，一雙美目半闔，睨著她道：「是因為妳毫無自信。」

沒有自信的女人，如同一灘爛泥，再美都是個空殼子，一眼都能讓人看個透。

先前的寧池魚，就一直是那個狀態，心懷血海深仇，彷彿活著就是為了一刀子捅進沈棄淮的胸口，然後跟著去死。除此之外，目的全無。

沈棄淮的話打擊到了她，擊碎了這個丫頭一直就不怎麼堅固的自信，讓她整個人都灰暗了下來。別說豔壓天下了，街上隨便拎個姑娘來都比她好看。

糟糕透了。

有點臉紅，池魚苦笑低頭：「勞師父費心了。」

她的自信，早被沈棄淮那一把大火，燒得渣滓都不剩。痴情忠心如何？武功高強又如何？在沈棄淮眼裡，依舊什麼都不是，還比不上余幼微一聲嬌喘。

心裡怨氣翻湧，她勉強壓著，拳頭緊握。

「我說過了。」食指抵上她的眉心，沈故淵認真地看著她道：「妳沒有問題，是別人的錯，聽明白了嗎？」

冰涼的觸感在她眉心化開，一路沁下去，胸腔裡躁動不安的一顆心瞬間恢復了正常。池魚呆愣地抬頭，就聽得他道：「漁夫不識金，自有拾金人。」

金嗎？池魚眼裡亮了亮：「師父覺得我是金？」

「就打個比喻，妳別當真。」鬆開她，沈故淵撇嘴就上車：「金子還是比妳值錢的。」

咧嘴笑了笑，池魚提著裙子就跟著他上車：「師父是誇我的意思，我聽懂了。」

「那妳就當我在誇妳吧。」

「別這樣啊師父，不是說要讓我有自信嗎？」

「那也不能不要臉！」

馬車骨碌碌地往回走，蘇銘在外頭聽著兩人鬥嘴，一臉不敢置信。主子如今，怎麼變得這麼多話了？以前十天半個月也不見得會說一句話的。

這紅塵雖然繁雜，看來也不是沒有好處。

幼帝六歲生辰這天，上京裡一大早開始就熱鬧得很，各府的馬車都載著許多賀禮，齊刷刷往宮門的方向去。

池魚坐在沈故淵身邊，興奮地扒拉著簾子往外看：「真的好多人啊！」

「別跟沒見過趕集的鄉下人一樣成不成？」沈故淵很是嫌棄地看著她：「白瞎了這一身打扮。」

同樣的蘇繡青鯉裙，樣式與上次的不同，卻依舊很配她。池魚低頭，小心翼翼地把裙擺放好，讚嘆地道：「鄭嬤嬤真的好厲害啊，這麼短的時間就能做出這麼多衣裳來。」

而且，這等繡工，放在宮裡也是不差的，一條條青鯉栩栩如生，像在她裙擺上游一樣。

沈故淵沒吭聲。

「話說回來，我還一直好奇您的衣裳是哪兒來的。」池魚眨巴著眼道：「每天都不重樣，但每件衣裳都很好看，有的暗紅，有的深紅，有的大紅，繡工也都是鄭嬤嬤做的麼？」

「嗯。」含含糊糊地應了一聲，沈故淵道：「鄭嬤嬤做衣裳的本事也是不俗，妳有什麼喜歡的樣式，儘管讓她做。」

反正是累不著的。

池魚很開心，點頭就應，抱著裙擺愛不釋手。

今天這樣的大日子，朝中休沐一日，眾人進宮都很早。池魚他們到的時候，玉清殿已經擠滿了人。

「故淵。」孝親王一看見他們就笑咪咪地招手：「來這邊。」

微微頷首，沈故淵帶著池魚過去行禮。

「三王爺的徒兒也是越發水靈了。」靜親王在旁邊看著，忍不住笑道：「幾日不見，容貌更佳了。」

「王爺過獎。」池魚害羞地低頭。

沈故淵淡淡地道：「藥水裡泡那麼多天，豬都能泡成美人了，王爺的確過獎。」

臉上的笑一僵，池魚嘴角抽了抽。大喜的日子，就不能讓她得意一下了是不是？

幾個長輩都失笑，帶著這兩人往內殿裡走。

池魚左右看了看，好奇地問：「小侯爺沒來嗎？」

「知白一早就進宮了。」靜親王道：「但不知又走去了哪裡。」

哭笑不得，池魚搖頭，一定又是迷路了。完蛋，宮裡這麼大，可不比王府裡好找。

正想著呢，就聽得一個奶裡奶氣的聲音喊：「皇叔。」

內殿裡的人頓時都行起了禮，池魚屈膝，眼角餘光瞥著，就見幼帝虎頭虎腦地從旁邊跑出來，跑到沈故淵跟前，一把抱住了他的腿，仰頭就朝他笑：「皇叔，你來啦？」

後頭跟著的沈棄淮臉色不太好看，幼帝是他帶著長大的，但不知為何，向來與他不算親近。這沈故淵才回來多久？幼帝竟然就這般喜歡他。

難不成，當真有血脈相親一說？

微微抿唇，沈棄淮閉眼掩去想法，沉聲道：「陛下都來了，各位就先平身，各自忙各自的去，等會時辰到了，再來用宴。」

「是。」眾人都應下，沈故淵卻沒理他，低頭摸了摸幼帝尚未變白的頭髮，微微一笑：「陛下今天高不高興？」

「高興！」幼帝興奮地道：「他們都說今年禮物特別特別多，堆了好大一座山呢！」

「哦？」沈故淵很感興趣地挑了挑眉。

幼帝見狀，立馬抓著他的袍子就往外拖：「走，朕帶皇叔去看！」

「陛下。」沈棄淮抬腳就攔在了他前頭：「您今日是主角，不可隨意走動！」

小嘴一扁，幼帝可憐兮兮地比劃：「就帶皇叔去看看，就在玉清殿旁邊，也不行嗎？」

沈故淵輕笑：「王爺管陛下倒是管得挺上心。」

沈棄淮抿唇：「為人臣子，自然當勸諫君主，不行錯事。」

「陛下童心未泯，帶本王去看看賀禮，也是錯事？」沈故淵挑眉。

「這自然不是。」孝親王站出來笑了笑：「今日既然是陛下生辰，那就由著陛下做主，棄淮若是擔心，就多讓些人陪著便是。」

沈棄淮看他一眼，又看看那滿臉執拗的幼帝，想了想，還是順著臺階下了：「那就去吧。」

幼帝笑了，感覺自家皇叔真是很厲害，以前從沒人能說得過棄淮皇兄的，他竟然可以！手忍不住就抱得更緊了些。

感受到腿上沉甸甸的團子，沈故淵嘆了口氣，伸手把他抱起來就往外走。

「王爺！」沈棄淮嚇了一跳，幼帝就算是個孩子，那也是皇帝啊，哪能這樣抱在懷裡走的？

然而，其餘的人都不是很意外，幼帝也沒覺得不妥，被抱著，還咯咯直笑。

沈棄淮的臉色瞬間沉如黑夜。

池魚跟在沈故淵背後走，低聲道：「這是他的痛腳。」

「嗯？」沈故淵頭也沒回。

池魚輕笑：「沈棄淮最在意的事情，就是自己並非皇室血脈，名不正，言不順。」

皇室血脈一向凋零，四大親王之中，只有孝親王是太皇帝親生，其餘的都是旁系血脈，可孝親王偏生無子。先皇在世之時也無子嗣，駕崩之後倒是留下貴妃腹中胎兒，幸好是個兒子，不然都皇位無人能繼承。

在這樣的背景下，沈棄淮一個外人上位，倒也沒什麼壓力，畢竟親王年邁，皇帝年幼，他有能力掌管大局，那四大親王只能認了。

但現在，沈故淵回來了，帶著一頭沈氏皇族嫡系專有的白髮，很是輕易地就得到了所有人的信任。沈棄淮能不慌嗎？家中無主，管家倒也能當半個家主，可家中真正的主人回來了，那他早晚回到下人的位置上。

血脈，永遠是沈棄淮最深的痛。

沈故淵抬了抬嘴角，只吐了兩個字：「可悲。」

幼帝睜著一雙眼，聽不懂他們在說什麼。坐著龍輦到了地方，就興奮地拉著沈故淵往裡走：「皇叔，你來看，好大一座山！」

本以為小孩子的話都是誇張的，賀禮再多，也不可能堆成山啊。然而，當真看見那一堆東西的時候，沈故淵和寧池魚都同時震了震。

好大的一座山！

包在盒子裡和箱子裡的賀禮，堆在玉清殿旁邊的一大塊空地上，足足有半個玉清殿那麼高。四周守著的禁衛顯然也是被嚇著了的，個個緊繃著身子，生怕有賊人來搶。

池魚目瞪口呆：「怎麼會這麼多？」

幼帝無辜地眨眨眼：「朕不知道呀。」

旁邊的大太監金目翹著蘭花指笑道：「王爺有所不知，今年收成好，各地官員進獻的壽禮自然也多。」

「往年有這麼多嗎？」沈故淵問。

金公公笑了笑：「那自然是沒有的，要不怎麼說王爺您是福星呢？您一回來，咱們這兒就有福氣了。」

話說得漂亮，實則跟他怕是沒什麼關係。沈故淵隨手拿起個紅木盒子打開看了看。價值連城的玉觀音，應該是從上京富商那兒買來的，訂單他見過。

嗤笑一聲，沈故淵合了蓋子，轉頭蹲下來看著幼帝問：「陛下往年都怎麼處置這些賀禮？」

「朕自己用。」幼帝信誓旦旦地道：「每年的賀禮，都被朕自己用了。」

這麼小的娃娃，能用什麼東西？沈故淵眼波微轉，拉了他的小手道：「分給皇叔一點用，可好？」

「好！」想也不想就點頭，幼帝奶聲奶氣地道：「朕立馬讓金公公去寫聖旨，賜一半給皇叔！」

「陛下！」金公公冷汗都嚇出來了：「使不得啊！」

這麼多東西，哪能直接給一半的？小孩子想得單純，這筆銀子可太驚人了。

幼帝臉一皺，扭頭看他：「不可以嗎？」

沈故淵摸了摸他的腦袋：「陛下給得太多了，給一個就夠了，皇叔就要這個玉觀音。」

「好！」幼帝高興地點頭。

金公公擦了擦冷汗，想著一個東西還說得過去，不寫聖旨都沒關係。

陛下是當真很喜歡這個皇叔啊，一路抱著不撒手，壽宴開始了，都非拉著他坐在旁邊，嘰嘰喳喳地說話。

池魚站在沈故淵身後，同他一起遭受了四面八方目光的洗禮。

「這就是那位三王爺啊，好生俊美！」

「可不是麼？瞧瞧陛下多喜歡他，悲憫王今年都沒能坐在龍椅左手邊。」

「他身後那個姑娘是誰啊？穿得也不像宮女。」

「聽聞是三王爺的徒弟。」

交頭接耳，議論紛紛，沈故淵和池魚什麼都沒做，無疑就成了這場壽宴上最為打眼的人。

余幼微在下頭，很是按捺不住，側頭就跟青蘭吩咐：「去讓他們準備。」

「是。」青蘭應了，躬身退了出去。

看寧池魚一眼，余幼微冷笑，這什麼本事都沒有的女人，以為靠著男人就能一步登天？笑話，男人是這個世上，最靠不住的東西，這個事實她可能還沒體會夠，那她不介意再讓她體會一次！

「池魚姑娘。」有小太監跑過來，低聲道：「知白侯爺請您出去一趟。」

沈知白？池魚挑眉，心裡正疑惑呢，就聽見沈故淵道：「去吧。」

這人後腦勺都長著耳朵的？池魚咋舌，屈膝應了，然後就跟著那太監往外走。

第27章　自個兒牽的紅線

宮殿裡宴席的熱鬧漸漸遠去，池魚踏在方正的青磚上，看著前頭的太監疑惑地問：「侯爺為什麼要我出來？他不也是該入席的麼？」

太監頭也不回，躬著身子道：「小侯爺迷路了，此時也不便入席，所以喚姑娘出去。」

這樣啊，池魚也沒多想，畢竟皇宮這地方莊嚴又肅穆，能出什麼亂子？

然而，事實證明，她實在是太單純了。前頭的宮道拐了個角，剛走過去，眼前就是一黑。

宴後便是下午消遣的好時光了，戲臺子搭上，眾人都在下頭磕上了瓜子，說說笑笑，很是熱鬧。

幼帝坐在沈故淵懷裡，左右看了看，突然小聲道：「皇叔，你身邊的大姐姐不見了。」

「是啊。」沈故淵眼睛盯著臺上，唇角微勾：「不知是跑到了哪裡去了，等會看完表演，還請陛下派人替我找找。」

要先看完表演嗎？幼帝歪著腦袋想了想，朝臺上看去。

世家子弟們花裡胡哨的表演他是看不懂的，不過看四周的大人們反映都挺激烈，那就配合著鼓鼓掌。

「快看那！這不是丞相家的千金麼？」余幼微抱琴上臺，下頭立馬有人低呼。

沈故淵淡然地看著，就見那余幼微一身妃色錦繡，髮髻精巧，朱釵銜珠，整張臉容光照人。

「小女獻醜了。」朝幼帝，或者說是朝沈故淵微微頷首，余幼微眼有傲色又有柔情，坐下來便放好了焦尾琴，伸手便撫。

官女獻琴是常事，沈故淵只管冷眼看著，但琴出第一音，他眼神就沉了。

清凌凌如大雪後的竹林，風吹更涼，寒意不勝，雪落竹間，有一段清冷寒香撲面而來。是〈陽春雪〉。

余幼微也是精通琴棋書畫的高門女子，彈此一曲，雖有些錯漏，但技巧比池魚好上不少，眾人聽著，也都很給面子地點頭讚許。

但，沈故淵知道，這姑娘是故意的，故意想用這曲子，壓寧池魚一頭。

他教寧池魚彈〈陽春雪〉不過幾天，消息竟然就傳了出去。這余幼微定然以為池魚要在壽宴上彈奏此曲，所以迫不及待的，要搶在她前頭把這曲子彈了，讓她一番辛苦作廢。

好生有心計的姑娘啊，比他那蠢徒兒當真是厲害不少，也怨不得池魚那呆子會輸給她。

余幼微撫得很認真，琴曲將尾，眼裡的笑也就控制不住地飛了出來。

她就喜歡搶寧池魚的東西，曲子也好男人也罷，只要是好的，統統都得歸她！

想一曲驚眾人？呵，她學琴的時日可比她長多了，同一首曲子，自己要是彈過，寧池魚再彈，那就是自取其辱！同樣的，一個男人，只要在見識過她的動人之後，都會視寧池魚如朽木！

一曲終了，玉蔥按琴弦，余幼微眼波流轉，朝下頭最中央抱著幼帝的那人看去。

「陛下，小女獻醜了。」起身行禮，身段婀娜，她眼眸半垂，一抬就是無限情意。

這誘惑之色，自然不是給年僅六歲的幼帝看的。沈故淵認真地盯著她，若有所思。得到目光的回應，余幼微輕咬朱唇，抱著琴就下臺，讓青蘭給遞了紙箋過去。

青蘭捏著東西蹭到沈故淵身邊，含羞帶怯地塞給他就走。

清香撲鼻的紙箋，上頭不過一句話：「御花園秋花開得正好呢。」

不求他去，也不低姿態，世家小姐約個人就是這般欲拒還迎，也不寫名字，要是被推了，大不了當成丫鬟的意思。

眼裡暗光流轉，沈故淵翻了手指就將這東西扣在旁邊的案几上，然後低聲對幼帝道：「陛下，我得離開片刻。」

幼帝坐人肉墊子坐得可舒服了，聞言就嘟了嘴：「皇叔要去哪裡？」

「如廁。」

不甘不願地挪開小龍體，幼帝看著他道：「皇叔早點回來。」

「好。」頷首應下，沈故淵起身就往外走。

熱鬧都在玉清殿，御花園裡沒什麼人，甚至連巡邏的禁軍都沒了影子。沈故淵踏進秋花深處，抬眼就看見了余幼微。

「還以為您不來了。」咬著嘴唇，余幼微眼裡似怨似喜，朝他走近兩步，微微屈膝：「小女幼微，見過三王爺。」

面無表情地看著她，沈故淵沒吭聲。

男女之間最快產生感情的方式，就是有一方主動，眼下這位大爺是不可能主動的，余幼微也早有準備，抱著焦尾琴就遞到了他手裡：「聽聞王爺也是愛琴之人，這把焦尾舉世無雙，價值連城，但若落在旁人手裡，也只是個俗物罷了。」

眼神微動，沈故淵開了口：「送我？要是沒記錯，這是悲憫王府的藏品。」

余幼微淺笑，笑著笑著眼裡又有些落寞：「是啊，悲憫王府的藏品，也算是悲憫王爺給我的撫慰。」

話說一半，眼裡悲戚不已，一看就是有很多故事，引得人情不自禁想去打聽：「妳不是要嫁進王府了嗎？說什麼撫慰？」

「王爺有所不知。」余幼微嘆息，往前一步踏在花間，人花相映，楚楚動人：「那位主子心思難猜，先前說要娶小女，可後來……後悔了，任由小女被人嘲笑，他片塵不染。」

沈故淵不說話了，一雙眼安靜地看著她，紅袍烈烈，白髮如雪。

余幼微看得失神，半晌才低頭，嘆息道：「王爺是不是也覺得小女髒了，嫌棄小女？」

「沒有。」

得他這兩個字，余幼微心裡大喜。

她很懂男人，比寧池魚懂得多。再矜持的男人都是經不起女人勾搭的，尤其是長得美豔私下又大膽的女人，溫香軟玉貼上去，只要他不馬上推開，那便一定有戲。

沈棄淮就是這樣被她勾搭到的，人前再正經，私下都只是個有欲望的男人罷了。

只是面前這個男人，她不敢太造次，只能試探性地靠近他，仰著頭楚楚可憐地看他：「真的麼？那王爺可願意救小女出這水火？」

「妳要我怎麼救？」沈故淵一本正經地問她。

帕子在手裡揉成了團，余幼微低聲道：「小女也不敢奢望，只要您能護著小女一二……」

「這倒是不難。」沈故淵點頭，轉身就往外走：「不過我徒兒與妳有些嫌隙，最好還是先解開，也免得我難做。」

「哎……」余幼微連忙拉住他，紅著臉問：「您去哪兒啊？」

「池魚消失很久了。」沈故淵道：「我去找找。」

「她呀，我才看見過。」眼珠子一轉，余幼微拽著他不鬆手，嬌聲道：「跟小侯爺在外頭玩呢，看起來感情很好，王爺就不必操心了。」

「哦？」沈故淵回頭看她一眼：「妳看見了？」

「是啊。」余幼微一臉認真地道：「方才進來花園的時候才瞧見。」

說著，又試探性地問：「王爺跟您徒兒，感情很好嗎？」

「不怎麼好。」沈故淵睇眼：「她是個朋友託付給我的，讓我護她周全，其餘的事情，我都不太清楚，只聽她說，跟悲憫王府有仇。」

委屈地紅了眼，余幼微嘆息：「王爺真是重諾之人，上回護著她傷小女的事情，小女還記得呢，時常做噩夢。」

沈故淵微微皺眉。

一看他的臉色，余幼微立馬改口道：「小女不是要怪您的意思，只是池魚與悲憫王爺有些舊怨，小女是無辜的啊，好歹曾經是姐妹，牽扯到小女身上，可真是冤枉小女了！」

這人比沈棄淮難搞許多，說了半天的話了，她還沒在他眼裡看見自己的影子。可他這態度，又不像記仇的樣子。余幼微心裡很忐忑，正想著要不要撤退呢，就聽得沈故淵開口道：「是我不對。」

嗯？余幼微眼睛一亮。

沈故淵輕輕嘆息，有些微惱地伸手掩住自己的眼睛，頗為真誠地道：「委屈妳了。」

得此一句，余幼微心裡大喜，揉著帕子靠在他身上，細聲細氣地道：「不委屈，王爺懂我就好。」

「本王還想與妳多走走。」沈故淵鬆開手，眉心微皺地看了一眼玉清殿的方向：「只是陛下還等著，若沒說一聲，怕是要跟我哭鬧了。」

「這個好辦。」余幼微連忙道：「讓青蘭回去稟告一聲便是。」

掃了掃四周，沈故淵頷首：「好。」

青蘭去了，四周再無人，余幼微膽子大了些，伸手就去抓沈故淵的手，半羞半笑地道：「王爺這雙手真是好看，都沒有彈琴弄劍的繭子呢。」

「想知道為什麼沒有嗎？」沈故淵淡淡地問。

余幼微點頭：「王爺有祕方？」

「妳站在這裡等著。」掙開她的手，沈故淵道：「我拿東西過來給妳。」

「好！」不疑有他，余幼微高興地目送他往御花園外頭走，眼裡有些得意。

寧池魚，妳看著吧，妳想靠的男人，沒一個是靠得住的！

玉清殿裡的大戲將近尾聲，沈故淵慢悠悠地走回皇帝身邊坐下，端起茶抿了一口。

「皇叔？」幼帝嘟著嘴看他：「您去了好久，也不派人回來告訴朕一聲。」

沈故淵輕笑，很是抱歉地拱了拱手：「陛下息怒，皇宮太大，我迷路了。」

旁邊的孝親王聞言就笑了：「跟知白小侯爺走得近，難不成都會不認識路？」

一眾親王都跟著笑起來，靜親王笑著笑著才覺得哪裡不對勁，皺眉道：「知白今日好像還沒來見禮。」

他這一提，一群人才反應過來，知白小侯爺已經一整天沒露面了。

「糟了！」沈故淵皺眉，很是擔憂地起身：「宮裡禁地多，小侯爺要是走去了什麼不該去的地方，倒是麻煩。」

靜親王也起身，朝幼帝拱手：「陛下，請允許臣帶人去找。」

「宮裡是什麼地方，也能讓王爺帶人亂走？」旁邊的沈棄淮皺眉道：「讓宣統領帶人去找便是。」

靜親王皺眉，倒也沒反駁，畢竟宮中都是由禁軍負責。只是，太監傳話下去了，禁軍統領宣曉磊半晌也沒露面。

「怎麼回事？」孝親王微怒：「今日是什麼日子？禁軍統領也敢不當差？」

「王爺息怒。」宣統領身邊親信跪地拱手：「宣大人今日一早就帶人去巡防宮中了，並未怠忽職守。」

「一大早？」孝親王指了指天：「你看看現在都是什麼時辰了？堂堂禁軍統領，不在陛下身邊待著，巡幾個時辰的宮？像話嗎！」

跪著的人不吭聲了，沈棄淮也覺得有古怪，起身道：「今日陛下生辰，總不能被這些小事相擾。這樣吧，本王同靜親王一起帶人去找，其餘人繼續陪著陛下。」

「好。」靜親王帶人就走，沈故淵也沒異議，目送他們離開，抱著幼帝就繼續看大戲。

「皇叔。」幼帝有些惴惴不安：「出事了嗎？」

「沒什麼大事。」沈故淵勾了勾唇：「宮裡最大的事，也只是陛下的安危而已。」

幼帝似懂非懂地點頭。

眼前一片漆黑，池魚恍惚地醒過來，就感覺自己手腳被捆，動彈不得。

一陣涼意從心底升上來，池魚睜大眼，慌張地扭動身子。

「別動。」旁邊響起沈知白的聲音，低低地道：「我們被人抓了。」

嗯？池魚扭頭，努力眨眨眼才看清黑暗中的小侯爺，連忙問：「這是怎麼回事？」

沈知白抿唇，正想說話，就聽得門開了，又一個人被推了進來。

「啊！」余幼微沒站穩，被推得狠狠摔倒在地。手被捆著，無法支撐，臉直接蹭到了粗糙的地面上。

倒吸一口涼氣，余幼微感覺臉上火辣辣的，想也是蹭傷了，急得眼淚直掉，扭頭就朝推她進來的人喊：「大膽！我是丞相家的嫡女，你們敢這樣對我，不想活了嗎！」

嗓門之大，震得池魚和沈知白齊齊皺眉。

外頭的人冷哼一聲，壓根沒有要理她的意思，「啪」地就關上了門。

沈知白冷笑出聲：「余小姐真是聰慧過人，竟知道用身分嚇唬那些不要命的人。」

聽著這反諷，余幼微猛地扭頭：「小侯爺？」

黑暗之中，她看不見人臉，只聽得沈知白又道：「真是巧了，余小姐竟然也會被綁過來。」

沈知白也被綁了？余幼微勉強鎮定了些，皺眉道：「侯爺可知這是怎麼回事？小女在御花園裡站得好好的，突然就被綁了來！」

「妳問我，我問誰去？」沈知白冷笑：「這些人本事可大了，完全視禁軍為無物，將我從宮道上綁了來，不知要幹什麼。」

禁軍？提起這個，余幼微想起來了，這是她出的主意，一邊拖住沈故淵，一邊讓人把寧池魚抓過來，弄死在冷宮！這冷宮很大，屍骨無數，他們提前安排好，絕對萬無一失！而且，就算出什麼亂子，也還有宣統領兜著，到時候就說有賊人入宮行凶，也不會有什麼問題。

但，怎麼把她也抓進來了？

哭笑不得，余幼微連忙朝外頭喊：「放我出去！我是丞相家的嫡女！」

「抓的就是妳。」門外有聲音陰沉道：「老實等死吧，余小姐。」

嚇得一抖，余幼微瞪大了眼。

怎麼會這樣?好端端的,怎麼會反過來要她死了?

不對勁,一定有哪裡不對勁!

眼珠子轉得飛快,余幼微想了想,作恍然大悟狀:「我知道了!」

「嗯?」沈知白看向她的方向。

余幼微恨聲道:「與我過不去的,這世上只寧池魚一人,一定是她在背後搞的鬼!」

「哦?」沈知白看了自己旁邊悶不吭聲的池魚一眼,似笑非笑:「是這樣啊。」

「小侯爺可別被她迷惑了!」余幼微皺眉道:「寧池魚此人心腸歹毒,浪蕩下賤。先是上了自己三皇叔的床,勾得三王爺來對付我。後又勾搭上侯爺您,想讓您也成為她的手中刀!侯爺,您可千萬要看清楚,莫被人外表迷惑!」

沈知白沉默半晌,低頭問身邊的人:「池魚,妳覺得呢?」

黑暗之中,寧池魚冷笑開口:「我覺得余小姐說得對啊,侯爺千萬要看清楚,莫被人外表迷惑。」

聽見她的聲音,余幼微嚇得一縮,臉上登時掛不住了,難堪得緊:「妳怎麼會在這裡!」

「承蒙余小姐照顧,我被人抓過來了。」打了個呵欠,池魚淡淡地道:「這世上人心就是難測,長得可愛動人的小姑娘,偏生有一顆險惡至極的蛇蠍心腸,不怪沈棄淮沒看清楚,就連我,不也是現在才看見了原形?」

余幼微不吭聲了,有小侯爺在場,她跟她吵下去沒什麼好處。不過她實在納悶,寧池魚既然也被抓了過來,為什麼還沒死?沒死就算了,為什麼會多抓了小侯爺和自己?

外頭到底出什麼事了？

正想著呢，剛剛合上的門，突然又被人一腳踢開。

「知白！」靜親王的聲音在外頭響起，光照進來，整個殿裡的景象一目了然。

沈知白和池魚被捆在一起，都有些狼狽，旁邊倒著的還有丞相家的嫡女，臉上擦傷一片，三個人都適應不了亮光，瞇著眼睛看了他半晌。

「父親！」沈知白喊了一聲。

靜親王連忙親自上來給他鬆綁，一邊鬆一邊道：「簡直是荒謬，竟然會被捆來這種地方！要不是有人目擊，本王怕是也找不過來！」

手一得鬆，沈知白立馬去替池魚解綁，看了看她沒什麼大礙的手腕，微微鬆口氣，接著就憤怒地道：「禁宮之中，怎會發生這樣的事情！方才賊人綁我來此，一路上竟然沒一個禁軍攔著！」

當然沒禁軍攔著了，因為他壓根就沒碰見禁軍。不過這句話，沈知白不打算說。

靜親王大怒，揮手讓人解開余幼微，然後帶著他們就往玉清殿走。

熱鬧的生辰賀剛剛結束，眾人都依舊在說說笑笑，沈故淵側頭，就看見沈棄淮先回來，愁眉不解地道：「沒有找到人。」

「怎麼會這樣？」孝親王皺眉：「靜王爺呢？」

「他與本王分兵去找，眼下不知找去了哪裡。」沈棄淮抿唇：「不過本王四下都問過，沒有人……」

「找到了！」靜親王的聲音突然插進來，打斷了沈棄淮的話。

沈棄淮略微驚訝地回頭，就看見兩排禁軍帶著三個人跟在靜親王身後而來。

「陛下！」靜親王的神色前所未有的嚴肅，上來就行禮，沉怒地道：「堂堂禁宮之中，賊人出入竟若無人之地，實在匪夷所思！」

「怎麼回事？」孝親王看了看後頭的人：「余家千金、小侯爺、池魚姑娘？」

「一個是丞相家嫡女，一個是靜親王府的侯爺，還有一個是仁善王爺的愛徒。」後頭的忠親王皺眉：「都是有身分的人，怎麼這般狼狽？」

「民女不知。」池魚蹙著眉頭，第一個開口：「民女只是聽人說侯爺找民女出去，所以隨著傳話太監走了，誰曾想走到半路，就被人罩了麻袋，麻袋裡有迷煙，民女醒來的時候就在黑屋子裡關著了。」

沈知白不悅地道：「不知是誰假傳我的意思，我壓根還沒找到玉清殿在哪兒，何以要見池魚姑娘？」

「那你是怎麼被綁了的？」靜親王回頭問。

沈知白道：「我是在來玉清殿的路上，被人突然綁了的，那些人不由分說就拖著我走，我也不知道方向，反應過來的時候，就看見池魚姑娘在黑屋子裡昏睡。」

「能在宮道上明目張膽地綁人？」孝親王沉了臉：「禁軍都死了嗎！」

余幼微捂著臉不敢說話，她覺得不對勁，但想不出來是哪裡不對勁，忍不住看了沈棄淮一眼。

沈棄淮也覺得古怪，宣統領不是不知分寸的人，斷然不可能做這麼荒唐的事情。他一早就綁了池魚，應該早早解決，回來繼續陪在陛下身邊才是，然而，宣統領也是一天沒露面了。

難道？

微微瞇眼，沈棄淮立馬道：「宣統領今日不知發生了何事，一直未曾出現，怠忽職守，該罰。但眼下最要緊的，還是追查賊人。」

四大親王都點頭，沈故淵拎著池魚回來看了看，問：「傷著了？」

池魚搖頭，眼神古怪地看著他：「沒有，他們只是綁了我就走了。」

「嗯。」沈故淵摸摸她的腦袋：「那就好好待著不要說話。」

心裡有點怪異的感覺，池魚呆呆地應下，拉著他的袖子站在他身後。

一群重臣親王開始理論起來，一邊派人去宮裡巡視，一邊探討責任問題。

「宣統領守護宮城三載，一直沒出什麼亂子，今日進宮的人太多，出此意外，他也不想，況且三位都沒什麼大礙，懲罰自然不必太重。」沈棄淮道：「罰兩個月俸祿，打幾個板子，長長記性也就夠了。」

「那怎麼行？」孝親王瞪眼：「宮城是舉國上下最重要的地方，宣曉磊擔著保護陛下的重責，如此怠忽職守，讓陛下何以安眠？」

「是啊，先帝在位之時就規定，禁軍統領是三年一換的，宣統領擔任此位已經過了三年，本就該卸任了。如今有過失，也正好換個人上來。」靜親王道。

沈棄淮沉默，眼神冷漠，像是壓根就不考慮這個提議。

宣曉磊是他一手提拔上來的人，禁軍乃皇城咽喉，這咽喉必定是要捏在他手裡的，誰說都沒用，只要不是大錯，他不會輕易捨棄宣統領。

一群人你來我往地開始吵了，沈故淵安靜地看著某處，嘴角勾著一抹懾人心魄的笑。

池魚疑惑地看著他，順著他的目光看過去，就見一堆禁衛扶著個人往這邊來了。

「報！已經尋得宣統領！」

吵鬧聲戛然而止，眾人紛紛回頭，就見宣曉磊一瘸一拐地走過來，臉上滿是羞惱，跪地就磕頭。

孝親王皺眉就問：「宣統領，你去了何處？」

「回稟大人，卑職們是在冷宮附近遇見統領的。」禁軍副統領拱手道：「早上統領帶出去的人都在，但不知是遇見了什麼事，一個都不吭聲。」

冷宮附近？忠親王沉聲道：「那附近可不是能去巡查的地方，宣統領可有解釋？」

宣曉磊心虛地看向沈棄淮，後者微微皺眉，輕輕搖頭。

「卑職……卑職今日是帶人巡查，無意間走到了冷宮附近。」咽了口唾沫，宣統領硬著頭皮道：「只是不知為何就耽誤在了那裡，怎麼走都沒能走出來。」

「是嗎？」對於這個說辭，孝親王顯然是不信的，扭頭看向沈棄淮：「王爺，本王以為這件事事關陛下安危，一定嚴查來龍去脈。」

沈棄淮道：「皇叔要查，本王自然沒什麼說的，只是眼下宮中禁軍不能無人統帥，就讓宣統領以自由身受審吧，宮裡還需要他。」

哪有受審還是自由身的？起碼也得意思意思去廷尉衙門關上幾日吧？孝親王很不滿，但宮中的確不能缺人，只能勉強答應，讓廷尉帶人去搜查。

好好的壽宴，被這個小插曲弄得人心惶惶，然而出宮的時候，沈故淵的心情卻很好，手裡捏著個玉觀音，目光裡滿是興味。

「師父。」池魚坐上馬車，認真地開口道：「今日宮裡發生的事情，與您有沒有關係？」

沈故淵頭也不抬：「怎麼了？哪裡不對嗎？」

當然不對了！池魚瞇眼：「宮裡能對人下手而不被禁軍察覺的，只能是禁軍的人，我與禁軍能有什麼仇怨？只能是沈棄淮指使。但，他們都抓到我了，為什麼不馬上殺了我，硬生生拖了幾個時辰，還把知白侯爺和余幼微一起帶來了？」

沈故淵輕笑：「妳反應倒是快。」

一聽這話，池魚哭笑不得：「還真是您弄出來的？」

「那倒不是。」沈故淵斜她一眼：「早上抓妳的人，的確是宣曉磊，他準備了許久，包括怎麼引誘妳、抓到之後怎麼搬去冷宮不被發現、以及之後該怎麼善後，大概是都安排了個妥當。」

微微一愣，池魚瞪圓了眼：「這麼狠？」

「可不是嘛？幸好知白侯爺機敏。」放下玉觀音，沈故淵感嘆似的道：「他收到了風聲，知道妳有難，不惜以身犯險，前去營救。」

嗯？池魚歪了歪腦袋：「他是為了救我才去的？」

「不然妳以為那群人為什麼沒能殺了妳？」沈故淵臉不紅心不跳，一本正經地道：「就是因為知白侯爺去了，將他們的人全部困在了冷宮。然後假裝自己也被捆，好讓那禁軍統領吃不了兜著走。」

乍一聽好像挺順理成章的，但仔細想想，池魚冷笑：「師父，你當我傻？小侯爺一個人，怎麼可能困得住那麼多人？更何況，後來余幼微也被人抓來了。」

「誰告訴你小侯爺是一個人？」沈故淵嗤笑：「堂堂侯爺，身邊沒幾個幫手不成？禁軍裡有幾個守東門的人，正好受過他的恩惠，所以來幫忙了。」

有這麼巧？池魚想了想：「那為什麼要綁余幼微？」

「因為光是我和靜親王府的壓力，怕是不夠燙得沈棄淮對宣統領縮手的。」沈故淵道：「加上一個丞相府，就剛剛好。」

池魚搖頭：「余幼微不會與沈棄淮為難的，這兩人現在是一條船上的人。」

「那可不一定。」沈故淵輕哼：「傷著臉的女人，脾氣可是很大的。」

這話倒是沒說錯，余幼微一向愛美，這回臉上擦傷，結痂出好大一塊疤，看得她眼淚直掉。

「到底是怎麼回事！」余夫人在她旁邊，比她更急：「妳這丫頭，如今本來名聲就不太好，再傷了臉，還怎麼進得去悲憫王府？」

「您以為我想的嗎？」余幼微氣得直吼：「鬼知道他們怎麼會把我也抓去，明明說好了只抓寧池魚的！」

余夫人想了想，皺眉道：「妳會不會是被王爺給騙了？」

話說得好聽，什麼一定會來娶她，可看看現在過去多久了？婚事一點動靜沒有不說，還總是讓她犯險，誠意在何處？

余幼微愣了愣，抿唇搖頭：「不會的，棄淮不會騙我。」

「傻丫頭！」余夫人語重心長地道：「妳看看他先前與寧池魚多好？如今還不是反手就拋棄了她？這樣的男人，妳當真指望他會真心真意對妳好？」

「他不會拋棄我。」余幼微篤定地道：「眼下正是他的危急關頭，他需要丞相府的助力，絕對不會拋棄我。」

「就算不拋棄，妳上趕著送給人家，人家也就不覺得妳珍貴。」余夫人搖頭：「為娘給妳說過多少次，男人這東西就是賤得慌，妳得晾著他，讓他反過來追妳，不然他是不會珍惜的。」

沈棄淮的確是很需要余家一族的助力，但他的助力很多，眼下也不是非余家不可，所以與她的婚事才一拖再拖。甚至，她提出自己去拖著沈故淵，沈棄淮都沒了反應，像是完全不在意她了一樣。

這樣不行。摸了摸自己臉上的痂，余幼微眼神暗了暗。

第二天的仁善王府，池魚正高興地吃著郝廚子燒的蘑菇雞，冷不防地就聽見蘇銘跑進來道：「主子，廷尉衙門開審了。」

「這麼快？」沈故淵捏著帕子嫌棄地擦了擦池魚的嘴角，頭也不抬地道：「有證據了？」

「是，昨晚廷尉府就不知從何處得了物證，今日一大早傳了宮中好多禁衛盤問，眼下人證物證俱在，將宣統領帶過去了。」

咽下一口香噴噴的雞肉，池魚眨巴著眼道：「沈棄淮做事，一向天衣無縫，竟然會有這麼多把柄流出來？」

「以前他常用妳做事，妳不管發生什麼都不會出賣他，自然是天衣無縫。」沈故淵嗤笑：「現在身邊換了人，都是些沒骨頭的東西，妳真當他還是以前的沈棄淮？」

池魚一愣，半垂了眼。

可不是麼？她以前也被人抓住過，拚著命不要都逃了，不願出賣沈棄淮半分，是以沈棄淮高枕無憂了這麼多年。而如今，在他耳邊說話的變成了余幼微，那位嬌生慣養的小姐，別說吃苦了，稍微一個情緒上來，都有可能做出他意料不到的事情。

這也算一種報應吧。

不知道沈棄淮的臉上，現在是個什麼表情。

悲憫王府。

沈棄淮平靜地聽著雲煙的稟告，臉上無波無瀾：「她是氣急了。」

「是。」雲煙皺眉：「余小姐年歲不大，衝動之下做錯事也正常。」

「錯事？」輕笑一聲，沈棄淮站起來，逗弄了一下旁邊籠子裡的鸚鵡：「余幼微不會做錯事，她只會做對自己好的事情。給宣統領下絆子，無非就是想讓本王去求她。她在怨本王最近對她冷淡。」

雲煙張嘴欲言，可想想自己的身分，還是罷了，沉默為好。

沈棄淮陰著眼神，心裡很不舒坦，可現在四面楚歌，他也沒別的選擇。

突然就有點懷念寧池魚了，後面的背叛暫且不計，至少之前的十年，她從未做過一件讓他生氣的事情。懂事又貼心，給他省了很多麻煩。

輕輕捶了捶眉心，沈棄淮悶聲道：「雲煙，拿酒來。」

涼意侵衣的天氣，還是適合喝酒暖身。

池魚小心翼翼地把酒壺放在小火爐上，舔著嘴唇眼巴巴地等著，旁邊的沈故淵聽著蘇銘帶回來的消息，笑得可惡極了：「一人之下萬人之上的沈棄淮，向女人低頭，可真是狼狽。」

蘇銘拱手：「廷尉開審，人證物證具已表明冷宮綁架之事是宣曉磊有意為之，但沒給判決。」

「堂堂禁軍統領，可不是廷尉能判決得了的。」沈故淵嗤笑：「送去陛下面前才能有個結果。」

「師父。」池魚扭頭，好奇地看他一眼：「您要跟那宣統領過不去嗎？」

「是啊。」沈故淵撐著下巴，美目半闔，很是苦惱地道：「但為師不知道要怎麼做，才能把這件事做得漂亮。」

還要怎麼漂亮啊？池魚撇嘴：「您難不成還想奪了他的統領之位？」

那可是沈棄淮精心培養多年的人，又不是焦三那種小角色，隨意就能拉下馬。

沈故淵不語，斜眼看她一眼，突然道：「妳今日的琴課練完了？」

「嗯。」池魚點頭：「但平心而論，我這種半吊子，怕是追不上師父的。」

「我對妳要求沒那麼高。」沈故淵撇嘴：「能和余幼微差不多就成。」

余幼微？池魚失笑：「師父，人家是自小就練琴棋書畫的人，十幾年的功底，被我追上，那還得了？」

「她也不怎麼樣。」沈故淵道：「不過說起誘人，倒是的確比妳誘人。」

微微有點不悅，池魚仰頭看他：「怎麼個誘人法兒？」

認真地回憶了一下，沈故淵道：「言語挑逗，神情也千錘百煉，就連說話的技巧都拿捏得恰到好處，是個勾引男人的好手。」

看了看面前這個男人，池魚瞇眼，心裡不知怎麼就擰巴了起來。連他也覺得余幼微會勾人。

「王爺。」鄭嬤嬤在門外喊了一聲：「小侯爺來了。」

沈故淵側頭，淡淡地道：「請他進來。」

沈知白跨進門，看見桌上溫著的酒就亮了亮眼：「怪不得老遠聞見酒香，這個天氣，喝一盞溫酒倒是不錯。」

「侯爺。」池魚回過神，起身朝他行禮：「還未感謝上回相救之恩。」

「客氣了。」轉頭看向她，沈知白抿唇：「小事而已。」

「師父都同我說了。」池魚坐下來，提起酒壺給他倒了半杯：「侯爺對池魚有恩，池魚會牢牢記住的。」

沈知白輕笑：「妳與其記住，倒不如還我。馬上冬天要來了，我還缺一件披風。」

「這個好說。」池魚點頭：「侯爺喜歡什麼樣式的？」

「只要是妳做的就成。」沈知白深深地看她一眼。

感覺哪裡不太對勁，池魚疑惑地看著他這眼神，想了想，覺得應該是自己想多了，沈知白這樣的人中龍鳳，只是習慣對人體貼罷了，斷然不會對她有什麼想法。

於是，她高高興興地就去找鄭嬤嬤挑料子花樣，晚上點了燈就在軟榻上繡。

沈故淵滿眼打趣地看著，不覺得有什麼不妥，繼續看著自己的東西，看累了才喊了一聲：「池魚，替我倒杯茶。」

池魚正跟個複雜的花紋作鬥爭，聞言頭也不抬：「在桌上，您自個兒倒一下。」

第28章　她身上的溫度

微微瞇眼，沈故淵側頭看她：「還使喚不動妳了？」

「不是不是。」池魚嘴裡應著，卻還是沒抬頭，分外認真地繡著花，應付似的道：「這個地方特別難繡，我空不出手。」

怨不得世間有「重色輕友」這個詞呢，沈故淵很是不悅，起身自己倒了茶，冷聲道：「看上人家小侯爺了？」

「嗯？」池魚壓住針，終於抬頭瞪了他一眼：「您瞎說什麼？」

「沒看上，做個袍子至於這麼盡心盡力的麼？」沈故淵嗤笑：「隨便繡繡不就好了？」

「師父。」池魚皺了鼻子：「小侯爺對我有很大的恩情，我這個人，知恩圖報的。」

微微挑眉，沈故淵抱著胳膊看著她：「那為師對妳的恩情少了？」

「師父對我，自然更是恩重如山！」池魚挺直了背看向他：「可您沒說要什麼啊，徒兒想報恩都不成。」

嫌棄地看她一眼，沈故淵拂袖回去床上躺著，閉著眼自個兒生悶氣。

他也不知道自己氣什麼，可能是冬天來了，他的心情很不好。每到冬天，沈故淵都會窩在有暖爐的地方不出去，整個人昏昏欲睡，格外暴躁，這是慣例，與旁人沒什麼關係。鄭嬤嬤和蘇銘都知道他這個習慣，所以仁善王府裡的暖爐起得最早。

感覺屋子裡氣氛不太好，池魚縮了縮脖子，終於放下了手裡的披風，躡手躡腳地蹭到床邊去，小聲道：「您別生氣啊。」

沈故淵已經蓋好了被子，一頭白髮散落滿枕，雙眼緊閉，眉心微皺，並未搭理她。

硬著頭皮，池魚半跪在他床邊碎碎念：「這不是您說的小侯爺對我情深義重嗎？我總不能白受人家恩情，人家要求也不過分，一件披風而已，自然是要用心繡才能顯出誠意。您反正也閒著，倒杯茶也不是什麼大事……」

說了小半個時辰，池魚覺得有點不對勁。

正常的時候，她這麼絮絮叨叨，自家師父應該早一拳頭過來了才對，這會兒怎麼沒個反應的？

抬頭看了看，池魚壯著膽子摸了摸他的額頭。

如觸冰雪！

不敢置信地再摸了摸，池魚連忙提著裙子跑出去喊：「鄭嬤嬤！」

「怎麼啦？」抱著針線簍子的嬤嬤從旁邊的廂房伸出個腦袋：「出什麼事了？」

伸手指指屋裡，池魚一臉驚慌：「師父身子好冷！」

簡直……像死了一樣！

鄭嬤嬤微微挑眉，眼珠子一轉就沉了表情，凝重地道：「主子沒告訴過妳嗎？他身體有問題。」

「啊？」池魚有些慌神：「這怎麼辦啊？他會不會有事？」

長長地嘆了口氣，鄭嬤嬤望了望天，惆悵地道：「咱們該做的都做了，湯婆子、暖爐全用上了，剩下的只能看主子自己的造化。」

「不用請大夫嗎？」池魚瞪眼。

「請來也沒用。」鄭嬤嬤擺手，神情憂傷：「這病藥石無靈，只有人的溫度能讓他好過些。本也想過找人給他暖床，但他不要，就只能自己扛著了。」

這可怎麼是好？池魚慌張地轉著眼珠。

不行，她可不能看著自家師父死了！想了想，池魚咬牙，轉身回去沈故淵床邊，將炭火燒得更旺，把自個兒的被子也抱過來，全蓋在他身上。

然而，涼意彷彿是從他身子裡透出來的，湯婆子沒一會兒就被染涼了，被子捂著，寒氣也一絲絲地躥了出來。

池魚紅了眼，小聲囁嚅：「我可就剩您一個親人了……」

沈故淵並未聽見，一張臉緊繃，像是困在了夢魘裡。

看了看他，池魚沉默片刻，一咬牙就脫了衣裳，鑽進他的被窩裡。

反正也已經有過肌膚之親了，現在暖個身子有什麼大不了的？鼓起勇氣，池魚伸手就抱住了他的腰。

「好……好冷。」牙齒打顫，她感覺自己是抱著了冰塊兒，想鬆開，咬咬牙，還是用力抱緊了些。

溫度從她的身上傳過去，沈故淵眉頭鬆了鬆，突然就翻身，將她整個人死死抱在懷裡。

「師父？」嚇得汗毛倒豎，池魚瞪大眼看著他，卻見他並未睜眼，只是貪婪地蹭著她身上的溫度，下巴磨蹭著她的頸窩，引得她打了個寒顫。

池魚臉紅透了，抱著她的人卻絲毫沒有害羞的意思，腿纏著腿，手臂緊緊抱著她的腰，嚴絲合縫，不分你我。

有些喘不過氣，池魚掙扎了兩下，抬手碰到他的手臂，卻發現好像已經有了點體溫。眼睛一亮，她連忙抱緊他，感覺到他的身子一點點回暖，驚喜不已。

原來人的溫度才是有用的！

沈故淵走在無邊夢魘之中，夢裡有驚天的殺戮。滿地鮮血，他一個人站在破碎的城門之下，看著一抹白影遠去。

那是誰？他想追，卻跟往常一樣，怎麼都追不上。四周都是尖叫和哀鳴聲，風雪極大，吹得他頭疼欲裂，忍不住低吼出聲。

「啊——」

大雪覆蓋了天地，也蓋掉了遠處的背影，他心裡絞痛，抬步要去追，但每走一步就陷入雪中半尺。艱難前行，身子也漸漸冰冷。

痛苦地閉上眼，沈故淵任由自己被大雪掩埋，想著睡一覺大概就好了。

然而，雪剛要沒頂，突然有人伸手來挖他，溫暖的手指一碰到他，就將他整個人都拉拽了出去。

天好像放晴了，陽光透過雲層照下來，除去了他滿身的冰霜。有人抱著他，將他冰冷的鎧甲一點一點捂熱。

沈故淵一愣，睜開了眼。

熟悉的大床，只是比平時要暖和不少，而且，鼻息間多了一絲不屬於自己的藥香，懷裡也軟軟的。

緩緩低頭，沈故淵挑眉。

寧池魚在他懷裡睡得安穩，就是小臉凍得有點發白，身上只著了肚兜，紅色的兜線纏在雪白的脖頸間，看得他心裡一跳。

「喂！」一把扯過被子捂住她，沈故淵瞇眼：「醒醒！」

一宿沒睡好的池魚被無情地叫了起來，揉著眼愣了半晌，才驚喜地道：「師父您醒了！」

神色複雜地看著她，沈故淵道：「誰讓妳上我的床的？」

外頭已經熹微，朦朧的光透進來，池魚低頭就看見了自己的模樣，忍不住扯過被子把自己裹成了球，紅著臉道：「您昨晚身子太冷了，爐火和湯婆子都沒用，我只能……」

輕哼一聲，沈故淵扯過自己的衣袍穿上，板著臉繫衣帶。

池魚有點尷尬，看著他的背影小聲道：「您別生氣啊。」

他不是生氣，只是有點彆扭。沈故淵是強大而無所不能的，結果被困在夢魘裡，還需要個丫頭來救，更可怕的是，他很眷戀那種溫暖，再在床榻上待一會兒，他怕自個兒忍不住，會做出輕薄自己徒弟的無恥行為。

沒聽見自家師父開口，池魚忐忑極了，穿好衣裳下床，眼睛瞟啊瞟地看著他。

「去讓郝廚子準備早膳。」沈故淵冷聲開口：「要熱粥。」

「好！」聽見這話，池魚終於鬆了口氣，連忙一溜煙跑了出去。

沈故淵瞇眼，起身出門，右拐，一腳踹開了鄭嬤嬤的房門。

早起繡花的鄭嬤嬤被嚇得一抖，回頭看他，慈祥地笑了笑：「主子一起來就這麼靈活了？與往常大不相同。」

以前沈故淵冬天睡醒，身子可是要僵上半個時辰。

走到她身邊，沈故淵居高臨下地看著她，冷聲道：「誰讓妳多管閒事？」

「這可不是閒事啊主子。」鄭嬤嬤笑咪咪地道：「您如今身陷朝堂紛爭，每日可沒有半個時辰拿來給您醒神。池魚姑娘赤誠一片，也只是單純想報恩，主子何不給她個機會？」

話說得好聽！沈故淵瞇眼：「我總覺得妳在算計我！」

「老身哪裡敢？」鄭嬤嬤搖頭：「自古都是主子讓下人聽話，哪有下人敢算計主子的？您放寬心吧。」

笑得慈祥的一張臉，找不出半點破綻，沈故淵看了她許久，拂袖離開。

鄭嬤嬤捏著繃子繼續繡花，笑著掃了一眼外頭的天：「冬天來了啊，真是個好天氣呢。」

「廷尉府已經查到了楊延玉貪汙的實證。」

主屋裡，趙飲馬放下茶杯，高興地看著沈故淵道：「多虧了王爺，這案子查得很快，持節使行賄的事情一坐實，千絲萬縷的證據都浮現出了水面，扯出不少相關的案子。那楊清袖也是個能辦案的，順藤摸瓜，將您交去國庫的銀子，核實了大半。」

冬天的下午，沈故淵的脾氣依舊很暴躁，不願意裹厚衣裳，也不願意拿湯婆子，就坐在暖爐邊，板著臉道：「那倒是好事。」

池魚給他倒了杯熱茶，問了一句：「還差多少銀子啊？」

「在追查的和交入國庫的，一共有兩千多萬兩了。」沈知白看著她道：「其實皇叔已經算是贏了，只是很多案子還在審，銀兩核實，得花上許久的時間，沈棄淮不會提前認輸的。」

那就是拖著唄？池魚聳肩：「倒也無妨，他也沒話說。」

沈故淵的王爺之位算是坐穩了，只是得罪的人不少，估計以後會遇見不少下絆子的。不過沈知白和趙飲馬很開心，三王爺的行事風格實在是很對他們的胃口！以後哪怕千難萬險，他們好歹是有人同行了。

「禁軍統領的事情，沈棄淮一直壓著不願意審。」沈知白道：「證據都齊全了，廷尉也將判決上稟了，但判決摺子送進宮就如泥牛入海，沒個回應。」

「他想保宣統領的心是鐵了。」沈故淵瞇著眼睛道：「眼下朝中無人能勝任禁軍統領，四大親王就算想換人，也沒人可換。」

趙飲馬瞪眼，伸手指了指自己：「我不是人？」

「你？」沈故淵愣了愣，突然眼裡亮了亮：「是啊，還有你。」

趙飲馬挺了挺胸膛：「三年前忠親王就有意讓我掌管禁軍，但悲憫王一力舉薦了宣曉磊，我便被調去了護城軍。」

「趙將軍的功夫比宣統領可好多了。」池魚道：「那宣曉磊我與之交過手，力道有餘，經驗不足，武功只能算中等。只是他會打點上下關係，禁軍裡也有人服他。」

此話一出，趙飲馬有些驚訝地看著她：「池魚姑娘竟然與他交過手？」

池魚一愣，打了打自己的嘴巴。

她怎麼就忘記了，沈知白知道她的底細，趙飲馬還不知道啊，這要解釋起來可就麻煩了，她也不想再提舊事。

正有點尷尬，旁邊的沈知白就開口了：「先不說別的，池魚，我的披風呢？」

「披風？」趙飲馬立馬扭頭：「什麼披風？」

沈知白輕笑：「池魚答應送我的披風，你可沒有。」

寧池魚乾笑，立馬轉頭去把已經繡好的披風捧出來。

雪錦緞面，白狐毛的領口，看著就很暖和。沈知白欣喜接過，伸手摸了摸：「妳費心了。」

「可不是麼。」沈故淵翻了個白眼：「繡得專心得很，連我都不搭理了。」

池魚不好意思地摸了摸後腦勺：「天冷得快，我只能趕工了，侯爺看看喜不喜歡？」

站起來抖開披風，沈知白眼眸微亮。

精緻的雲紋綿延了整個下擺，一針一線看得出都極為用心，尤其這花紋，跟他上回穿的青雲錦袍正好相搭。

他以為她不曾注意過自己的，誰曾想，連衣裳上的花紋都記住了。

心裡微動，沈知白抬眼看向池魚，目光深邃地道：「我很喜歡。」

池魚鬆了口氣：「您喜歡就好。」也不枉費她頂著自家師父的黑臉一直繡了。

趙飲馬不高興了，看著她道：「說好的是有福同享有難同當的金蘭，妳給他繡，不給我繡？」

池魚眨眨眼，正想說再繡一件也沒什麼大不了的，結果就聽得沈故淵低喝：「你們兩個有完沒完了？正事說完了趕緊給我走，我還要睡覺！」

被吼得一愣，趙飲馬回頭驚愕地道：「天還沒黑呢……」

一手拎一個，沈故淵黑著一張臉將兩人齊齊扔出去，「砰」地一聲關上了門。

門震得抖了抖，池魚也抖了抖，心想鄭嬤嬤所言不假，天氣冷的時候，自家師父的脾氣真的很暴躁！

縮緊脖子，池魚踮起腳尖就要往外走。

「妳去哪兒？」沈故淵冷聲問。

背後一涼，池魚嘿嘿笑著回頭：「您不是要休息嗎？徒兒就先出去練練琴。」

「這種鬼天氣，彈琴會廢了妳的手！」沈故淵滿臉不悅。

「那……」池魚咽了口唾沫：「徒兒去給您熬湯？」

「不想喝！」不悅之意更濃，沈故淵脫了外裳躺上床，臉沒朝著她，餘光卻是惡狠狠地瞪著她。

於是池魚恍然大悟了，老老實實地走到床邊去，笑咪咪地問：「要徒兒給您暖暖嗎？」

「不必。」

這兩個字吐出來，明顯就沒了之前的凶惡，哼哼唧唧的，像想吃糖葫蘆又不好意思開口要的小孩子。

池魚失笑，解了衣裳就扯開被子擠在了他懷裡。

觸手溫軟，沈故淵舒坦地鬆了口氣，將人摟在懷裡抱了一會兒，才撇嘴問：「不在意名節了？」

池魚頓了頓，嘆息道：「徒兒的命是您救的，跟您論什麼名節。」

況且，只是暖暖身子，雖也算肌膚相親，但也不至於太越矩。

沈故淵不吭聲了，瞇著眼抱著她，下巴抵在她的頭頂，感覺前所未有的踏實。

鄭嬤嬤端著湯進來的時候，就看見沈故淵老老實實裹著被子，懷裡抱著池魚牌湯婆子，坐在床上一本正經地看著手裡的書。

輕輕一笑，鄭嬤嬤道：「主子，喝點熱湯。」

池魚正犯睏呢，聽見鄭嬤嬤的聲音，立馬清醒了過來，背脊一挺，頭頂就撞上了自家師父的下巴。

「唔。」骨頭一聲響，沈故淵黑了臉怒視她：「弒師啊？」

連忙縮回他懷裡，池魚只露出個腦袋，小聲道：「不是故意的……」

鄭嬤嬤眼珠子轉了轉，把湯放在床邊的矮几上，笑道：「您二位慢慢喝，晚上池魚姑娘有空的話，來找嬤嬤一趟。」

「好。」池魚乖巧地應了，等她出去，才伸出藕臂，端了湯盅在手裡，拿勺子攪了攪：「好香的蘑菇雞湯。」

沈故淵垂眼看著她疤痕淡了不少的肩背，眉頭鬆了鬆，道：「妳喜歡喝就喝。」

「這是嬤嬤給您做的啊。」池魚扭頭看他，舀了一勺遞到他唇邊：「喝了很暖和的，您嘗嘗？」

嫌棄地看著，沈故淵很不想喝，但看了看懷裡這人，還是張了嘴，含下一勺。

池魚覺得，乖順起來的沈故淵，簡直就是天下最好的人啊！她餵他就吃，不凶人也不黑臉，感動得她熱淚盈眶。

吃完半碗，剩下的全塞進了她肚子裡，沈故淵拿掉她手裡的碗就把她手臂捂回被子裡，還嫌棄地皺了皺眉：「涼了。」

手放在外頭這麼久，當然會涼。池魚搓了搓胳膊，終於發現了自己的另一個用處——沈故淵的湯婆子。

雖然這個作用真是讓人不知該說什麼好，不過好歹能幫到他，池魚也算想得開，晚上入睡之前還去找鄭嬤嬤泡個藥浴，打算熱騰騰地去暖床。

「姑娘有沒有發現主子的弱點？」鄭嬤嬤笑咪咪地問她。

池魚眨眼，茫然地道：「怕冷和喜歡民間的小玩意兒，算是弱點嗎？」

「算，而且很致命。」鄭嬤嬤神祕兮兮地道：「可千萬別讓別人知道。」

這些小弱點，會致命嗎？池魚有些不解，不過看鄭嬤嬤這一本正經的樣子，還是點頭答應了下來。

上京肅貪之風盛行，眼瞧著不少高官落馬，百姓的膽子也就大了起來，每天都有人敲擊廷尉府衙門口的啟事鼓，狀告官員貪汙。人心惶惶之下，不少人就暗中動手，將各處啟事鼓都撤走了。

「三司使最近一病不起，朝中眾多官員身陷貪汙案。」沈棄淮皺眉道：「依本王的意思，先讓人頂替些職務，也免得朝中手忙腳亂。就好比三司使一職，讓內吏文澤彰先頂著，才能不耽誤事。」

沈故淵在旁邊喝著熱茶，聞言就道：「換個人頂吧，他不行。」

以往這御書房議事，都只有四大親王和沈棄淮，如今加了個沈故淵進來，沈棄淮本就不滿，聽他反駁自己，當下便轉頭問：「三王爺又有何不滿？」

「不是我不滿。」沈故淵掀著眼皮子看他一眼：「是文澤彰犯了大罪，馬上要入獄。」

沈棄淮皺眉：「這罪從何來？他可沒牽扯什麼貪汙案子。」

放下茶盞，沈故淵面無表情地道：「敢問王爺，蔑視太祖是什麼罪？」

沈棄淮抿唇：「這自然是滅九族的大罪。」

「那就對了。」沈故淵看著他道：「先前我就告過三司使鐘無神，說他蔑視太祖皇帝，王爺也沒給個處置結果，帶了個壞頭。如今下頭的人都覺得太祖的聖旨已經作廢，隨意將啟事鼓藏匿銷毀，其中，三司府衙內吏文澤彰被人揭發，告狀摺子遞到我這兒來了。」

說著，拿出一本厚厚的摺子來。

還有人敢把摺子往別的王爺那兒遞？沈棄淮微微沉了眼色，伸手要去接，卻見沈故淵指尖一轉，把摺子給了孝親王。

僵硬地收回手，沈棄淮道：「啟事鼓一向有人保護，朝中內吏更是知其重要，怎麼會無緣無故藏匿銷毀？」

「就算有緣有故，太祖皇帝定下的東西，也由不得他們隨意處置！」一向和藹的孝親王突然就怒了，看完摺子，一張臉繃緊：「太祖皇帝開國立業，才有我沈氏一族後代天下，他定的規矩，誰能改了不成！」

「皇叔息怒。」沈棄淮皺眉拱手：「太祖皇帝辭世已經一百多年，後世不知者，難免有失尊敬。」

「誰不懂尊敬，本王就教他如何尊敬！」孝親王橫眉：「各處的啟事鼓，本王親自去查，相關人等，本王親自去抓，誰有異議，來同本王說！」

沈棄淮被他這反應驚了驚，皺眉看著，沒再開口。

「太祖皇帝有供奉在沈氏皇祠最中間位置的純金靈位。」池魚笑咪咪地跟在沈故淵身後出宮，低聲道：「小時候父王還在的時候，就每年都帶我回京祭拜。沈氏一族，無論旁系嫡系，都對太祖皇帝有著深深的敬意。誰敢冒犯太祖，孝親王定然是不會饒過。」

「這麼厲害？」沈故淵快步走著，一點也不在意地隨口應付她。

池魚鼓了鼓嘴，上前兩步抓著他的袖子道：「師父您沒聽過太祖的故事嗎？」

「沒有。」沈故淵道：「我聽他的故事幹什麼？」

本就是為了應付，了解一下在世的皇族中人，已經死了的跟他有什麼關係？

「您這樣不好啊，到底是沈氏嫡系，不知道太祖可怎麼行。」池魚拍拍胸口：「我知道，晚上回去我跟您講。」

懶得聽她廢話，一出宮門，沈故淵直接將她拉上馬車，捂在懷裡抱著，打了個寒顫。

「什麼破事都讓我進宮商議，真是煩死了！」

池魚出手來拍了拍他的肩膀：「師父寬心，孝親王讓您去，是愛重您，不然他們年邁，朝野遲早落在沈棄淮的手裡。」

冷哼一聲，沈故淵按住她的手，不耐煩地道：「別動！」

撇撇嘴，池魚老老實實地被他抱著，當一個安安靜靜的湯婆子。

車簾落下，馬車往仁善王府的方向去了，沈棄淮站在宮門面無表情地看著，背後的拳頭微微收緊。

「主子。」雲煙低聲道：「余小姐傳信，請您過去一趟。」

收回目光，沈棄淮道：「你把準備好的東西都帶上，跟我來吧。」

寧池魚已經踏上了一條錯路，那他也得好好走自己的路了。

回到仁善王府，池魚蹦蹦跳跳地就要去主院，沒走兩步卻見旁邊有人搬著箱子來來往往的。

「這是幹什麼？」池魚眨眨眼問身後的人。

沈故淵道：「有個遠房親戚來了上京，暫住在王府，他不喜歡見人，我就分了南邊的院子給他住。」

遠房親戚？池魚頭頂一個個問號冒出來，沈故淵這樣的身分，那遠房親戚是什麼身分？

還不等她想明白，沈故淵就一把將她撈起來帶回了屋子捂著。

「最近天太冷了，為師不想出門。」沈故淵瞇著眼睛道：「妳也別亂跑。」

池魚點頭，心想她倒是想亂跑，能跑哪兒去呢？

丞相府。

沈棄淮坐在花廳裡，微笑喝茶，余夫人和丞相坐在主位上，臉上帶著笑意，但笑不達眼底：「幼微就是不懂事，請了王爺來，還讓王爺等。」

「她就是這般性子，生了本王的氣，許久也哄不好。」眼裡有寵溺的神色，沈棄淮道：「無妨，本王可以等她。」

丞相夫婦對視一眼，心裡各自有計較。余丞相先開口，道：「王爺對小女也是疼愛有加，只是不知為何，遲遲不定婚期？」

沈棄淮笑得從容：「最近朝中事多，丞相也明白本王的難處，實在無暇成親，怕委屈了幼微。」

「出了上回的事情，再成親，也只能委屈她了。」余夫人道：「咱們也不是胡攪蠻纏的人，王爺若是真心對幼微，哪怕婚事簡單，余家也沒什麼異議。」

略微一思忖，沈棄淮點頭：「有夫人這句話，本王倒是寬心許多，只要幼微點頭，本王便去安排就是。」

這麼好說話，看來當真是想娶幼微的。余夫人鬆了口氣，起身道：「你們先聊著，我去看看幼微收拾好了沒有。」

沈棄淮頷首，目送她出去。

沒旁人了，余丞相沉聲開口：「王爺也該早作打算了。」

知道他想說什麼，沈棄淮低笑，摩挲著茶杯道：「本王被人打了個措手不及，自然是要狼狽一陣子的，不過丞相放心，本王自有想法。」

余丞相微微皺眉：「都是一家人，老夫有話直說。如今的形勢雖然依舊是王爺在上風，但三王爺畢竟是嫡系，後來居上也不是不可能。一旦他上位，後果會是如何，王爺心裡有數。」

半垂了眼，沈棄淮道：「丞相是在怪本王無為嗎？您以為那沈故淵，同普通人一樣好刺殺嗎？」

他派出的死士沒有一天中斷對沈故淵的刺殺，可壓根就近不了他的身。他那駕車的小廝都身懷武藝，更別說滿府的侍衛。最近他蝸居不出，更是無從下手。

「是個人就會有弱點。」余丞相道：「這麼久了，王爺難道還沒摸清三王爺的軟肋？」

軟肋嗎？沈棄淮頓了頓，想起寧池魚那張臉，臉色頓沉，冷聲道：「不是沒下過手，上次還是幼微出的主意，結果不但沒成，反而把宣統領牽扯了進去。」

「男人不好對付，女人也不好對付嗎？」余丞相搖頭：「聽幼微說，三王爺身邊那姑娘，是當初您府上的池魚郡主。既然如此，您難道拿她沒個辦法？」

他壓根不想看見她！眼裡有了戾氣，沈棄淮不悅地道：「本王只想殺了她！」

「成大事者，還能有小女兒心性不成？」余丞相失笑：「那池魚郡主本就曾十分愛慕王爺，為了大局，王爺忍她一回又如何？」

忍她？沈棄淮瞇眼，一個背叛他的女人，一個已經爬上別人床榻的女人，一個口口聲聲說不會再看上他的女人，他要怎麼忍？

腦海裡劃過一隻微微顫抖的拳頭，沈棄淮頓了頓，火氣消了些。

寧池魚從小就很聽他的話，唯獨一點彆扭的，就是傷心了從來不在他面前表現，只暗自攥著拳頭，每每都掐得自己手心發青。

這麼多年的感情，她當真能立馬忘得一乾二淨？他是不信的，可寧池魚偽裝得太好，他看不出來。

沉吟片刻，沈棄淮突然笑了，拱手朝余丞相行禮：「多謝丞相指點。」

愛慕的感情看不清了，可恨意卻是在她眼裡寫得清清楚楚。只要有恨在，那就表明她壓根沒有釋懷。只要她沒釋懷，那他，就還能做些事情。

池魚從沈故淵懷裡睡醒，覺得神清氣爽，想動彈，就感覺自己四肢都被壓得死死的。

「師父。」哭笑不得地看著頭頂這線條優美的下巴，池魚道：「您鬆鬆手，我快被壓死了！」

半睜開眼，沈故淵很是嫌棄地鬆開她：「妳做什麼總往我懷裡鑽？」

「我……」池魚瞪眼：「難道不是您每回把我抱得死緊？」

給她一個白眼，沈故淵起身更衣，聲音冷漠：「妳昨天晚上打呼嚕，把我吵醒了兩回。」

啥？池魚愕然，臉跟著一紅：「不會吧？」

「我聽見的，妳沒法抵賴。」繫好紅袍，沈故淵斜她一眼：「下回老實點，這次我就不計較了。」

「多謝師父！」池魚很是感激地拱手。

嗯？等等，好像哪裡不對勁啊？池魚歪著腦袋想了想，本來她有理的，怎麼成了自己給他道謝了？

不等她反應過來，沈故淵走得飛快，上了門口趙飲馬的馬車就跟著他一起出了門。

池魚望著空蕩蕩的門口沉默良久，決定想開點，梳洗一番，起床用早膳。

昨晚沈故淵就說過了，今日要和趙飲馬去做事情，不方便帶上她，讓她在這王府主院裡，不要離開半步。池魚也不是瞎折騰的人，用過早膳之後就開始練琴。

誰曾想，沒過半個時辰，蘇銘就進來道：「池魚姑娘，有貴客到訪。」

貴客？池魚茫然地看著他：「師父不在，誰會來？」

蘇銘笑道：「也沒誰，悲憫王爺罷了。」

哦，悲憫王爺，寧池魚點點頭，打算繼續彈琴。

嗯？腦子裡「轟」地一下反應過來，池魚猛地扭過頭，震驚地看著他：「你說誰？」

「悲憫王爺。」蘇銘笑著重複了一遍。

渾身都是一緊，池魚臉色難看起來，掃一眼桌上的焦尾琴，抿唇道：「他來幹什麼？就說三王爺不在，不接客。」

蘇銘道：「小的說過了，但王爺說是來找您的，小的只能來問問您的意思。」

池魚開口就想拒絕，然而不等她說出話，後頭就有聲音道：「現在想見妳一面，已經這麼難了嗎？」

心口微縮，池魚緩緩側頭，就見蘇銘背後跨出個人來，三爪龍紋的絳紫錦袍，含著東珠的貴氣金冠，可不就是沈棄淮麼？

蘇銘躬身退了兩步站在一側，並沒有留下她一個人，然而池魚還是心慌得厲害，手也忍不住抖起來。

別誤會，她不是害怕，而是每次看見這個人，都得花很大力氣說服自己不要拿匕首捅過去！

深吸一口氣，池魚笑不出來，板著臉看著她道：「王爺不請自來，是有何事？」

看了旁邊的小廝一眼，沈棄淮道：「妳別緊張，本王今日不過是來發請柬的罷了。」

請柬？池魚戒備地看著他，後者伸手遞出來一張紅帖，微笑道：「本王與幼微的婚期重定了，到時候，還請妳賞個光。」

婚期又定了？池魚垂眸看著那紅帖上的囍字，勾唇嗤笑一聲：「那可真是恭喜王爺了。」

看著她的神色，沈棄淮微微抿唇：「除了這句話，沒有別的想說的嗎？比如問問本王，當初為什麼縱火遺珠閣。」

手微微收緊，池魚嘲諷一笑，抬眼看他：「這還用問嗎？鳥盡弓藏，兔走狗烹，池魚對於王爺來說，從來只是手裡刀盤上棋，娶池魚對您半點好處也沒有，哪裡比得上丞相家的千金？」

對這個回答有點意外，沈棄淮眼裡有痛色閃過，沉了聲音道：「本王在妳心裡，就是這樣的人？」

「不然是什麼人？」池魚冷笑：「您在別人面前都會偽裝，在我面前，有偽裝的必要嗎？」

從她替他殺第一個人開始，她就知道他是什麼樣的人了。

沈棄淮嘆息了一聲，撩起袍子在她旁邊的石凳上坐下，伸手拿著茶壺自顧自地倒了杯茶：「池魚，妳還記得小時候嗎？」

還敢提小時候？池魚眼神冷漠，雙眼卻漸紅。

「小時候我犯了事，被老王妃關起來不給飯吃，是妳給我拿了五個包子來，肉餡兒的，那個味道我至今都還記得。」沈棄淮低笑：「後來本王找了很多廚子，讓他們蒸包子，可哪怕是全上京最好的廚師，也沒能蒸出妳給我的那種味道。」

池魚冷笑。

沈棄淮沒在意她的態度，看著被子裡浮浮沉沉的茶葉，眼裡有眷戀的神色：「有時候我很想回到小時候，回到那個無欲無求的年歲。可惜，從那天起，我就變了，變得想要成為人上人，想保護自己在意的人。」

心裡一疼，池魚閉眼。

她不是不知道最初的沈棄淮為什麼突然變得乖順，也不是不知道他想保護的人是誰，只是這麼多年了，他的初衷，早已經面目全非。

「妳是不是恨我，覺得我拋棄了妳，愛上了余幼微？」深深地看她一眼，沈棄淮道：「我若是說，我沒有，妳信不信？」

忍不住笑出了聲，笑得心口跟著一陣陣地疼，池魚抹著眼淚看著他，眼裡恨意更增：「你以為我當真是傻的嗎？你覺得說的話，哪怕是荒唐的謊言，我也會信嗎？」

「可我真的沒有。」沈棄淮閉眼：「遺珠閣起火的那天，本王安排了雲煙救妳出去，假意縱火，為的只是瞞過余幼微。」

池魚一愣。

「妳說得沒錯，本王想要余家的助力，余家一族勢力極大，他們能幫本王彌補很多血脈上的不足。所以，本王動了要娶余幼微的心思。她嫉恨妳，本王也就只能演場戲給她看。」

「可本王沒有想到的是，傳信出了問題，雲煙沒有收到本王的手諭，只當本王真的要燒死妳……」沈棄淮抿唇，眼睛也紅了：「妳知道得知妳的死訊之後，本王有多悲痛嗎？」

「知道啊。」池魚啞著嗓子，笑不達眼底：「您悲痛得馬上進宮看三皇叔了，還悲痛得在我頭七剛過，立馬迎了余幼微進門。」

「池魚。」沈棄淮眼含痛色地看著她：「旁人不了解我，妳還不了解我？妳沒了，我生有何趣？只是想快點完成該做的事情，然後下去陪妳罷了。」

眼淚落下來，掉進了茶杯裡，寧池魚低頭看著杯子裡的漣漪，只覺得眼前有些恍惚。

她可真沒出息啊，被人罵過、欺騙過、拋棄過，可聽他這樣說話，都還忍不住會心疼。甚至傻傻地想，有沒有一點，哪怕一丁點的可能，沈棄淮說的是真的？

第29章　妳不是麻煩

「池魚。」沈棄淮苦笑：「我也沒奢求妳能原諒我，但……妳能不能善待自己，也別再折磨我了？」

池魚想冷笑，但嗓子緊得厲害，壓根笑不出來。

面前的人嘆息一聲，起身道：「若恨我能讓妳好過，那妳只管恨，只管幫沈故淵來對付我，我都受著。只是，妳若再作踐自己，對別人用上回對付我的招數，那就別怪我無情。」

這算個什麼呢？池魚心裡悶疼得厲害，忍不住伸手捂著，哭不出來也笑不出來。她好想抓住他問問，若真是這麼在意她，這麼喜歡她，又為什麼從不將她放在最重要的位置上？這到底……算個什麼？

然而，沈棄淮已經轉身往外走了，背影看起來有點孤單，走到院門口的時候頓了頓，像是想再回頭看她一眼，可終究沒有轉身，咬咬牙走了出去。

池魚目光空洞地趴在石桌上，旁邊焦尾琴安安靜靜地躺著，散發出一股悲憫閣的香氣。

傍晚，沈故淵板著臉從外頭回來，顯然是被凍得不高興了，什麼也沒說，撈起池魚就往主屋裡走。

「師父？」回過神，池魚茫然地看著他：「您這是怎麼了？」

「一群老狐狸磨磨唧唧半天，凍死我了！」沈故淵低喝：「一早聽我的讓他們比試比試不就好了？非得爭個面紅耳赤！」

池魚疑惑地想了想，然後恍然：「禁軍統領的事情？」

「嗯。」進屋就上床，沈故淵伸手扯了被子搭在身上，然後把池魚抱在懷裡，臉上餘怒未消：「宣曉磊都被我套死了，沈棄淮那邊的人不信邪，非和我爭，最後讓步，讓趙飲馬暫代了禁軍統領之職。」

池魚笑了笑：「好事啊，以趙將軍的本事，一定能勝任，到時候有了威望，要拿下那位子也是名正言順。」

沈故淵冷哼一聲，蹭了蹭她的脖頸，嘟囔道：「也算幸運，今日沈棄淮不在，剩下那群飯桶比較好糊弄。」

身子微微一僵，池魚垂眸：「沈棄淮今日怕是忙著發喜帖去了。」

沈故淵挑眉，掃了一眼遠處桌上放著的喜帖，微微瞇眼：「來過了？」

「嗯。」池魚閉眼。

察覺到懷裡人的情緒不對，沈故淵鬆開她些，將人轉過來低頭看著她的臉：「他又說什麼了？」

「也沒什麼。」勉強笑了笑，池魚不敢看他，閉著眼睛道：「就說一些安慰我的謊話。」

沈故淵臉色微沉，很是不悅地伸手掰開她的眼皮：「明知道是謊話妳也動容，自欺欺人？」

「我沒有……」

「沒有怎麼是這副表情？」嘲諷之意頓起，沈故淵半闔了眼俯視她，薄唇一勾：「我要是沈棄淮，我也一定選擇余幼微然後拋棄妳，畢竟隨便騙妳兩句妳就能原諒我，可真划算。」

心裡一刺，池魚臉色沉了：「我說我沒有，您聽不懂？我不會原諒他，永遠不會！」

「那妳這半死不活的樣子是要給誰看？」沈故淵嘲弄地道：「嘴上說沒有，自己憋著心裡難受，有什麼意思？還不如撲去沈棄淮懷裡，跟他說妳原諒他了，願意繼續跟在他身邊，為他殺人。這樣我還落得個輕鬆。」

眼睛一紅，池魚微微抖了抖，惱怒地睜眼瞪他。

「我說得不對？」沈故淵冷聲道：「女人心思難測，難保有一天我替妳報仇了，妳卻後悔了，說我多管閒事。那不如趁早後悔，我也省去妳這個大麻煩。」

話出口，沈故淵自個兒心口一緊，眼神慌了慌，想改口卻是來不及了，喉嚨裡下意識地咽了咽。

池魚怔愣地看了他半晌，耳朵才聽清這句話，心裡一酸，眼淚差點跟著湧出來。

原來她是個麻煩啊，她被他寵著寵著，差點就忘記了，他什麼也不欠她的，被她求著替她報仇，可不就是個大麻煩麼？

搖頭失笑，池魚勉強擠出一個自以為輕鬆的笑容，朝他道：「我知道了，就不給您添麻煩了。」

從溫暖的懷抱裡抽離，她下了床，想優雅地穿上鞋，可手控制不住地發抖，穿了半晌才穿好。

「喂……」懷裡一空，涼風瞬間充斥，沈故淵有點懊惱地喊她一聲，面前的人卻站直了身子，頭也不回地走了出去。

門打開又合上，涼風吹進來更多，沈故淵頭一次有傻了眼的感覺，低頭看看自己的手，茫然失措。

原本只是手微微發抖，走著走著，全身都忍不住抖了起來。池魚踉蹌兩步，覺得腳冷得沒了知覺似的，不像她自己的。

冬天竟然可以這麼冷，怨不得沈故淵出去一趟就心情不好呢，她現在的心情，也很不好。

「池魚姑娘？」鄭嬤嬤剛晾完衣裳回來，看見她要出主院，嚇了一跳：「您要去哪兒？」

「我……」勉強笑了笑，池魚道：「我出去買點東西。」

鄭嬤嬤皺眉：「這麼冷的天，有什麼東西讓府裡下人去買就是，您穿得這麼單薄……」

「無妨。」咧著嘴擺擺手，池魚垂眸，加快了步子往外走。

察覺到了不對勁，鄭嬤嬤轉頭就去推開了主屋的門。

一股子戾氣撲面而來，驚得她眼睛圓瞪，眨眨眼，伸著腦袋往內室裡看了看。

沈故淵靠在床頭，一張臉黑得跟郝廚子沒刷的鍋底似的，周身都縈繞著一股子黑霧。

「主子？」哭笑不得，鄭嬤嬤道：「您這是走火入魔了？」

沈故淵側頭，一雙美目沉得如暗夜鬼魅：「是她不對，又不是我的錯，她憑什麼發這麼大的脾氣？」

這模樣，像極了打完架惡人先告狀的小孩子，氣鼓鼓的，非要大人站在他那一邊。

鄭嬤嬤失笑，搖頭道：「難得見您這般生氣，老身還以為天塌了呢。不過……池魚丫頭做了什麼，把您氣成這樣？」

「她……」沈故淵剛想告狀就是一頓，臉上的表情瞬間茫然起來。

對啊，他為什麼會這麼生氣？寧池魚不過就是犯傻，還放不下沈棄淮而已，這不是正常的麼？畢竟有十年的過往，還有那般慘痛的經歷，換做是誰都不會輕易釋懷，他怎麼就跟個小丫頭片子較上勁了？

伸手揉了揉眉心，沈故淵抿唇，消了火氣，悶聲道：「罷了，妳讓她進來，我不生她氣了。」

「這恐怕……」掃一眼門外，鄭嬤嬤搖頭：「都已經出了王府了。」

剛散開的眉頭又皺攏了，沈故淵低斥：「出了王府她能去哪兒？還等著我去請她回來是不是？」

鄭嬤嬤聳肩：「老身只是個洗衣服的，您二位之間發生了什麼老身可不知道，也不知道池魚丫頭是怎麼想的，這事兒啊，您自個兒解決吧。」

他解決？沈故淵冷笑：「她是溫暖的地方待多了，忘記嚴寒是什麼滋味兒了，一個不如意就離家出走，鬼才管她！」

這句話倒是沒錯的，寧池魚在溫暖的地方待了一個多月了，已經不記得外頭的險惡和冰霜，記得的，只是自家師父十分踏實的懷抱。

走在街上，池魚也不知道自己能去哪兒，能做什麼，只是心口破了個大洞，風呼啦啦地往裡頭灌，冷得她很茫然，也就沒注意到後頭跟著的人。

暗影在仁善王府附近蹲了很久了，本以為這輩子都抓不著寧池魚落單的機會，誰曾想這人竟然一個人失魂落魄地出來了。

有那麼一瞬間暗影覺得自己眼花了，可仔細一看，那的確就是寧池魚，毫無防備搖搖晃晃地走著，彷彿一根指頭過去她就能倒下。

扔了手裡的乾糧，暗影立馬帶人跟了上去，跟到人煙稀少的偏僻地方，立馬揮手讓人圍了上去。

眼前多了十幾個人，池魚總算回過神，看著這些黑衣人手裡的長劍，苦笑一聲：「可真會挑時候。」

她現在全身乏力，手無寸鐵，根本不是這些人的對手。

暗影也看出來了，眼裡發亮，使了眼色就讓人動手。

深吸一口氣，池魚凝神，拔了頭上的髮簪就擋住迎面而來的利劍。她不是會站著等死的人，哪怕知道會死，那也要咬死兩個人，跟她一起下黃泉！

撲上來的人太多，池魚吃力地躲避，拚著肩上挨兩劍，也一簪子插進了一個黑衣人的咽喉！血噴灑了她一臉，她反而是興奮起來，奪了那人手裡的長劍，朝下一個目標而去。

暗影驚恐地看著，知道她必定會死，卻依舊很心驚。這女人，都不會感到絕望的嗎？都這樣了還要殺人！

利劍冰涼，朝著她背心而來，池魚置之不理，一劍捅進了面前的人的心口。利刃割開血肉的聲音聽得她舒坦極了，感覺有溫熱的血噴灑出來，身子跟著一鬆，瞳孔渙散。

極限了，可以把命交出去了。

抬頭看看澄清的天空，她突然有點想笑。死其實才是最輕鬆的，等死了之後，她就什麼痛苦也不會有了。

「池魚？池魚！」

遠遠的，好像有誰在喊她，然而她不想聽了，閉眼就陷入了黑暗。

朦朦朧朧之間，她看見了遠在邊關的寧王府，自家母妃站在門口朝她溫柔地招手：「魚兒，快過來，午膳都做好了，妳怎還在外頭玩？」

「母妃……」鼻子一酸，池魚大步跑過去撲進她懷裡，哇地就哭了出來：「母妃，我好想您！」

「這是怎麼了？出去玩了一趟，嘴巴就這麼甜？」寧王妃溫柔地拍了拍她的背，拿帕子擦了擦她的臉：「乖，今天有妳最愛吃的糖醋魚，母妃親手做的。」

抬頭看看，熟悉又陌生的院落裡，自家父王也站著，一臉嚴肅地道：「在門口哭像什麼話？進來，為父今日還沒看妳功課。」

又哭又笑，池魚抓著母妃不敢鬆手，小心翼翼地走去自家父王身邊，抬頭就吃了他一個爆栗。

「再這麼貪玩，為父可要家法伺候了！」

呆愣地捂著額頭，池魚傻笑，笑得眼淚直流：「好啊，女兒想嘗嘗父王的家法。」

「這傻孩子。」寧王妃心疼地護過她來，低頭看了看：「玩傻了嗎？今日盡說胡話。」

咧嘴笑著，眼淚都流進了嘴裡，池魚抹了一把，裝作什麼也不知道，高高興興地拉起自己父皇母后的手：「走，我們去用午膳。」

溫暖如春的寧王府，大門合上，一家三口其樂融融。

「別哭了……」

靜王府，沈知白就著衣袖捂著她的眼角，心疼得白了臉：「怎麼會哭成這樣？很疼嗎？」

旁邊的大夫拱手道：「小侯爺莫慌，這位姑娘只是皮外傷，沒有傷及筋骨。剛用了藥，疼是有些的，但沒有性命危險。」

「那怎麼流這麼多眼淚！」抬手看了看自己浸溼的衣袖，沈知白很是不敢置信，眉頭緊皺，手忙腳亂地接過丫鬟遞來的帕子，繼續給她擦臉。

大夫乾笑，他只診斷得了身上的病，心裡的可診不了哇。

「池魚？池魚？」沈知白坐在床邊小聲喊著，見她沒有要醒的跡象，一張臉沉得難看，扭頭問身邊的管家：「打聽到了嗎？」

管家搖頭：「仁善王府那邊沒有找人的消息傳出來，也不知道這位姑娘為什麼離開王府遇刺。」

「刺客拷問出什麼了嗎？」

管家低頭：「他們打死不招，王府也不好濫用私刑，已經移交廷尉衙門了。」

秀眉緊皺，沈知白想了想，道：「暫時不必讓外人知道她在我這兒，都出去吧。」

「是。」

屋子裡安靜下來，沈知白看著床上還在流淚的人，嘆息一聲，替她撥弄了一下含在唇上的碎髮。

「妳啊。」他低聲道：「可真是多災多難的。」

天色漸晚，沈故淵瞇眼看著窗外，臉色陰沉。

「主子。」鄭嬤嬤端了晚膳進來，笑咪咪地道：「您來用膳吧。」

主屋裡暖和，他向來是在這紫檀雕花圓桌上用膳，池魚胃口很好，每次都邊吃邊誇郝廚子的手藝，能吃下好大一碗，看得他也能跟著多用些。

然而今日，鄭嬤嬤只擺了一副碗筷。

不悅地看她一眼，沈故淵道：「妳是打算餓死她？」
鄭嬤嬤很是無辜地道：「啊？池魚丫頭還要回來？這麼晚了，怕是不會了吧？」
他也知道她不會，問題是這句話就已經是個臺階了，這沒眼力見的，就不能順著他的話去把池魚給找回來？沈故淵很不滿意地看著她。
鄭嬤嬤抬袖掩唇，笑得眼睛瞇成月牙：「主子，您想做什麼事情都是能做到的，又何必非得憋著讓別人來猜呢？以前大人還在的時候，就常說您這性子，以後若是遇見姑娘家，必定有劫。」
「什麼姑娘家。」沈故淵翻了個白眼：「她哪裡算姑娘家。」
說是這麼說，身體卻誠實地懷念起池魚身上的溫度。天太冷了，他想抱著她，不然今晚這麼冷可怎麼睡？
躊躇了一會兒，沈故淵掃一眼桌上的晚膳，不情不願地道：「罷了，總不能浪費糧食。我出去找她，妳把飯菜熱著。」
眼裡微微一亮，鄭嬤嬤很是高興地應下：「是。」
黑漆漆的天，一個月亮都沒有，寒風凜冽，沈故淵一隻腳剛跨出去，就很有想收回來的衝動。
「好冷……」他不找了行不行？
「主子慢走。」鄭嬤嬤在他身後，體貼地將他推出了門：「老身讓蘇銘去備車。」
踉蹌半步，沈故淵老大不爽地瞪她，鄭嬤嬤卻半點不怕，提著裙擺就去喊蘇銘。
黑漆漆的冬夜，街上一個人都沒有，沈故淵撐著下巴看著馬車外頭，掐了掐手指，臉色就是一沉：「蘇銘，去靜王府。」

「是。」

傷口生疼，硬生生將她從夢境裡疼醒，池魚睜開眼，還沒看清眼前的東西，就聽見沈知白一聲低呼：「妳可算醒了！」

艱難地動了動脖子，池魚側頭看著他，聲音嘶啞：「小侯爺？」

「是我。」目光溫柔地看著她，沈知白嘆息道：「妳昏迷了一個時辰了，還以為要明日才能醒。」

有些呆愣地撐起身子，池魚迷茫地問：「我怎麼還活著？」

伸手拿了枕頭墊在她背後，沈知白一臉嚴肅地道：「要不是我恰好路過，妳這會兒怕是真活不了了。」

他今日是打算去仁善王府的，但是走到半路身邊的小廝就不見了，於是他靠著自己驚人的方向感，迷失在了很多長得一樣的巷子裡。

眼瞧著天都黑了，他以為自己一定會在巷子裡過夜，誰知道就聽見了打鬥聲，出去就看見了有人一劍刺向池魚的背心。

「說時遲，那時快，我飛身過去一腳踢開那把劍，將妳救了下來！」沈小侯爺聲情並茂地道：「妳那會兒要是還醒著，一定能看見我的英姿！」

「撲哧。」被他這表情逗樂了，池魚沒忍住，笑了出來。

沈知白總算鬆了口氣，目光繾綣地看著她道：「會笑就好，我很擔心妳。」

微微一愣，池魚垂眸：「為什麼擔心我？」

「因為妳好像很難過。」沈知白抿唇：「誰欺負妳了嗎？三皇叔呢？」

「……沒事。」池魚勾了勾唇，鼻尖微紅：「師父大概是不想要我了。」

「怎麼會這樣？」沈知白瞪眼：「他瘋了？」

「是我的問題。」池魚苦笑：「我沒能對沈棄淮完全釋懷。」

沈知白不贊同地皺眉：「這麼多年的感情，哪裡是說放下就能放下的？又不是騾子卸貨！」

「師父行事果決，自然不會喜歡我這樣拖拖拉拉的。」靠在床頭，池魚聳肩。

在沈故淵看來，沈棄淮罪不可恕，她就得恨極了他，將所有過往全部抹空。可她是人啊，那些感情是十年歲月流淌出來的，就算她恨極了沈棄淮，心裡也始終會記得他以前的好，記得兩個人在一起的點點滴滴。

愛錯了人，就像得到了蜜餞也得到了匕首，糖嘗多了，匕首劃下來的時候就更疼，疼也就罷，傷口還會被撒上以前的蜜餞，愛恨交織，痛不欲生。

她知道自己該做什麼，只是怎麼也做不到平靜地面對沈棄淮，愛也好恨也罷，都是這世間最濃烈的感情啊，根本掩藏不了。

「別想了。」看著她又皺起來的眉頭，沈知白連忙道：「晚膳已經準備好了，妳受了傷，要補身子，先吃點好不好？」

「嗯。」回過神，池魚朝他感激地一笑：「我自己過去吃吧。」

「別動！」沈知白立馬按住她：「妳肩上有傷，動不了筷子，我替妳拿來。」

池魚一愣，剛想拒絕，沈知白就已經跑出去了，沒一會兒就端了一碗香噴噴的白米飯和幾碟菜來，飯和菜夾在一起，湊到她唇邊來。

「啊～」

有點不好意思，池魚伸手：「我自己來吧，能用筷子的。」

沈知白嚴肅地道：「妳我認識這麼久了，還這麼見外嗎？快吃，飯菜都要涼了。」

池魚乾笑，張嘴吃了他夾來的一大口飯菜，細嚼慢嚥下去，總算有了點活過來的感覺。

「慢點吃。」沈知白就著碗餵她，餵著餵著就輕笑了一聲。

「怎麼了？」池魚抬頭，嘴角邊白生生的米飯閃閃發光。

眼裡光芒流轉，沈小侯爺靠近她，伸手撚了她嘴角的飯粒，低聲道：「長輩們都說，飯吃到臉上，會長麻子的。」

臉上一紅，池魚嘿嘿笑了笑。

沈知白靠得太近了，整個人差點要壓到她身上。她覺得有點不妥，伸手就輕輕推了推他。

然而，這一推，沈知白整個人竟然直接飛了出去，衣袂飄飄，看得池魚不敢置信地低頭打量自己的手：「我沒用什麼力氣啊？」

「妳沒用，我用了。」森冷的聲音在屋子裡響起，池魚瞬間頭皮一麻。

沈故淵面無表情地走過來，美目半闔，如鬼神降臨般，壓得人氣息都是一緊。

背後沈知白一個鷂子翻身落地，反手就來拽他：「你做什麼？」

「做什麼？」沈故淵冷笑，側頭看他：「我收拾自己的徒兒，還用得著你來管？」

擠回床邊護著池魚，沈知白皺眉道：「你不說清楚，我不會讓你靠近她！」

「喲。」沈故淵瞇眼，皮笑肉不笑：「侯爺真是一貫的情深義重，可惜人家未必領情。」

池魚垂眸，沒敢抬眼看他，只輕輕拉住了沈知白的胳膊，低聲道：「侯爺不必緊張，師父既然來了，想必是有事。」

有什麼事能這麼氣勢洶洶的？沈知白很是不悅地看著他，道：「那您說，為何事而來？」

下頷緊繃，沈故淵冷冷地看著這兩個人，沉聲開口：「自然是關乎社稷百姓的大事，寧池魚先跟我回去，不然，這攤子我可收拾不了。」

池魚微僵，捏著拳頭道：「這麼嚴重嗎？」

「是。」

沈知白狐疑地看著他，道：「這種大事，怎麼會跟池魚扯上關係？」

「我騙過你？」沈故淵冷笑著問。

沈知白抿唇，勉勉強強讓開了身子：「那我跟著一塊兒去，可以吧？」

「可以。」沈故淵嗤笑：「只要你去得了。」

這有什麼去不了的？沈知白起身就準備讓人去安排馬車，誰知道剛出內室，外頭的管家就急急忙忙跑過來道：「小侯爺，王爺摔倒了，您快過去看看！」

靜親王也算上了年紀了，摔倒一下可不是小事，沈知白一慌，連忙道：「帶路！」

說完扭頭就拿了個牌子塞進池魚的手裡：「這是王府的牌子，妳有事隨時來找我！」

池魚愣愣地接著，抬頭就見小侯爺瞬間跑得沒了影子。

是個孝子呢，池魚低笑，捏著牌子看了看，放回了枕頭上。

「人家掏心掏肺地對妳，妳也這樣不領情？」沈故淵看著她的動作，冷笑一聲。

池魚依舊沒抬頭，抿唇道：「欠的恩情沒法還，既然還不了，還是不欠為好，我不想再給人添麻煩。」

沈故淵一頓，臉色有點難看，張口想說什麼，就見她已經從床榻上下來，朝自己行禮：「您既然有事，那咱們就先回去吧。」

說完，自個兒先跨出了門。

這算是，跟他鬧脾氣？沈故淵很是不悅，揮袖跟上去，一路上都沒個好臉色。

回到仁善王府主院屋子裡，他伸手就扔給她一套裙子：「換了。」

池魚一愣，低頭看了看這嶄新的白狐毛冬裙，抿唇道：「處理事情而已，還要換衣裳？」

「我看著妳這一套靜親王府的丫鬟衣裳不順眼，行不行？」沈故淵瞇眼。

她身上有傷，衣裳也被劍割破了，靜親王府少女眷，自然只能拿丫鬟的衣裳讓她先穿著了。池魚嘆息，想了想，還是先去把衣裳換了。

肩上還纏著白布，池魚動作有些緩慢，換完出去，意料之中地就又收到一聲吼：「妳手斷了還是怎麼的？」

硬著頭皮在桌邊坐下，池魚小聲問：「我能幫上什麼忙？」

伸手拿起碗筷，沈故淵面無表情地道：「陪我把這桌菜吃了。」

哈？池魚終於抬頭，神色複雜地看向他：「您說的關乎社稷百姓的大事，就是讓我回來吃飯？」

沈故淵臉上一點心虛的神色也沒有，反而瞪她，底氣十足地道：「妳不回來吃，我一個人吃不完，就得倒掉，倒出去讓外頭吃不飽飯的百姓看見了，定然就說『朱門酒肉臭，路有凍死骨』，從而對皇室心生不滿。然後民怨沸騰，叛賊四起，戰火點燃，天下遭殃！妳說，這難道不是關乎社稷百姓的大事？」

被他唬得一愣一愣的，池魚呆呆地拿起碗筷，跟著他吃。

「不對啊。」吃著吃著就反應了過來，她瞪眼：「這跟我有什麼關係？您可以叫鄭嬤嬤陪您吃啊！」

沈故淵一副懶得理她的模樣，自顧自地挑菜吃。

池魚皺眉，很是莫名其妙地看著他，想放下筷子不吃。但……今天郝廚子做的全是她喜歡吃的菜，吃兩口再走吧？

舔舔嘴唇，池魚夾了桌上的糖醋魚，扒拉下去好大一口飯。

沈故淵斜她一眼，輕哼一聲，舒舒坦坦地把自己碗裡的飯菜都吃了個乾淨。

風捲殘雲，池魚惱怒地打了個飽嗝，起身道：「吃完了，那我走了。」

「站住。」沈故淵瞇眼：「妳想去哪兒？」

背脊僵了僵，池魚頭也沒回，捏著拳頭道：「我想清楚了，您與我無親無故，至多在輩分上喚您一聲皇叔罷了，十幾年來沒有絲毫交集的人，我不能這麼自私拉著您非得替我報仇。」

「哦。」沈故淵起身，慢慢走過去：「所以妳就打算欠了我的恩情不還？」

微微一愣，池魚有點心虛地搓手：「救命之恩，無以為報，您以後要是有用得上我的地方，就再吩咐吧。」

「現在就有用得上妳的地方。」

聲音陡然到了耳畔，激得池魚一層顫慄從耳後直達心裡，捂著耳朵就回頭看。

沈故淵面無表情地看著她，伸手就將她拽了過去。

「呃。」悶哼一聲，池魚抓住他的手：「您……」

「閉嘴。」伸手將她壓在床榻間，沈故淵俯視她，沉聲道：「我冷。」

這兩個字說出來，不是應該楚楚可憐的嗎？怎麼落他嘴裡，就跟命令似的了？池魚錯愕不已，伸手摸了摸他的胳膊，倒的確是冷著了，觸手生寒。

嘆息一聲，她認命地道：「您躺好。」

沈故淵哼哼兩聲，伸手替她解裙帶，邊解邊道：「要不是妳把那張白狐皮拿去給沈知白做披風了，這件裙子更暖和。」

衣帶鬆開，池魚臉微紅，閉眼伸手抱住他，不吭聲。

溫暖隔著薄薄的肚兜傳過來，沈故淵總算緩和了臉色，伸手就將她半褪的衣裳從胳膊上扯下來。剛扯完，目光不經意一掃，他變了臉色。

「這怎麼回事？」

藕臂上厚厚的兩道白布裹著，一道還隱隱滲了紅。

池魚抿唇：「不小心傷著了。」

好不容易疤痕淡了的身子，又添了兩道。她低笑：「白費嬤嬤的藥浴了。」

沈故淵眼神陰冷，盯著她那傷口默不作聲。

池魚有點尷尬，扭頭吹了床邊的燈盞，黑暗之中看不見自家師父的眼神了，才放鬆些，伸手摟著他，閉上眼。

心口也被熨燙了一下，沈故淵抿唇，死死地將她抱在懷裡，下巴勾著她的肩頸，蹭了蹭。

池魚睫毛顫了顫，閉眼不吭聲了。

迷迷糊糊地正要睡著，冷不防的，她聽見抱著自己的人低聲道：「抱歉。」

輕似蚊聲的兩個字，卻聽得她心裡一震，瞬間覺得心口連著鼻子一起發酸，眼淚不知怎麼的就流了下來。

沈故淵輕嘆一聲，伸手摸了摸她的頭髮：「幫妳報仇是我該做的，我沒有覺得是麻煩。」

哽咽出聲，池魚放在他心口的手捏成了拳頭，咬著牙眼淚直流。

怎麼會有這樣的人呢？上一瞬口吐毒箭把人打下地獄，下一瞬又這麼溫柔地把她抱在懷裡，說這些溫暖得讓人受不了的話。更可怕的是，她竟然氣消了，還覺得自己有點小題大做，很愧疚。

沈故淵這個人，是天生的風流骨吧，這麼會哄女人。

「我都道歉了，妳還哭？」溫柔不過兩瞬的沈三王爺摸著她臉上的眼淚，瞬間又板起了臉：「沒個完了？」

氣得噴了個鼻涕泡泡，池魚哭笑不得：「您就不捨得多哄我兩句？」

「嘖。」沈故淵一把將她的腦袋按在自己胸膛上：「沒得哄了，睡覺！」

池魚失笑，輕輕鬆了口氣，伸手抱緊他。

第二天，外頭下了雨，冷得刺骨。池魚沒睜開眼就覺得，沈故淵今日肯定會在主屋裡待上一整天。然而，睜開眼的時候，屋子裡竟然只剩她一個人了。大門緊閉，窗戶半掩，屋子裡爐火燒得正旺。

「姑娘。」鄭嬤嬤立在她床邊，慈祥地笑道：「主子有事，一大早就出去了，吩咐老身照看您。」

出去了？池魚瞠目結舌地道：「他不怕冷了？」

「怕。」鄭嬤嬤微笑：「但男人一旦生起氣來，那就是不管不顧的了。」

生氣？池魚一臉茫然，昨兒不是已經好好的了嗎？又生誰的氣了？

沈棄淮一大早就進宮商議要事去了，所以余幼微帶著雲煙去廷尉衙門大牢裡撈人。

殺手被抓，關進大牢這種事不是第一次發生，掌權的人們也自然有一套撈人的法子——先將案底替換了，然後當做普通犯人放出去，只要上頭壓力不大，一般都是沒什麼問題的。

然而不巧，今天的廷尉衙門大牢門口，堵了一尊神。

「這是要帶人去哪兒啊？」看著余幼微和雲煙，沈故淵淡淡地問了一句。

余幼微一愣，瞧見是他，有些意外：「三王爺怎麼在這裡？」

「來看人的。」站直了身子，沈故淵目光落在了雲煙後頭護著的幾個低著頭的犯人身上：「這是什麼人？」

余幼微慌了慌神，連忙笑道：「幾個遠房親戚，犯了事，我來保釋的。三王爺，相請不如偶遇，去外頭喝個茶如何？」

「不必。」沈故淵道：「我還有事要做。」

說罷，伸手把後頭躲著的楊廷尉給拎了上來：「麻煩大人帶個路，我想看看昨日抓進來的刺客。」

楊清袖心裡苦啊，尷尬地看余幼微一眼，道：「這幾個人……便是。」

余幼微皺了皺眉，蓮步輕移就擋了上來，看著沈故淵道：「王爺上回與小女的話還沒說完，今日不如換個地方繼續說？」

沈故淵看也不看她，出手如電，越過她就抓住了後頭的一個犯人。

「王爺！」雲煙下意識地就伸手去攔。

沈故淵嗤笑，反手格開他的手，用力一震。雲煙後退兩步，臉上青白交加，拱手道：「卑職冒犯了。」

「既然是犯人，就應該關在大牢裡，怎麼能隨意就出去了？」沒理他，沈故淵面無表情地朝那群犯人跨步，眼神恐怖至極：「聽聞各位武功很高，能傷了我的徒兒，我這個當師父的，自然是要來領教領教。」

「王……王爺。」余幼微想攔，又有些害怕，連忙道：「這可是大牢啊，有什麼刑罰，也該三審之後再定，您……」

「別緊張。」沈故淵道：「我只是來送他們去該去的地方罷了。」

余幼微愣愣地看著，就見他的背影漸漸消失在了天牢的黑暗裡，沒過多久，大牢深處便傳來淒厲的慘叫：「啊——」

王府裡的池魚打了個寒顫，左右看了看，正想去把半開著窗戶關上，結果就看見院子裡，自家師父回來了。

「剛好是吃午膳的時辰。」池魚笑咪咪地趴在窗戶上朝他道：「今日郝廚子做了紅燒肘子和清蒸鱸魚，師父快洗洗手。」

看見她這張又笑得跟沒事人一樣的臉，沈故淵翻了個白眼，洗了手跨進門去，問：「傷口不疼了？」

「這點皮肉傷，小意思！」池魚眨眨眼看向他：「倒是師父您，一大早出去做什麼了？」

「最近筋骨鬆散，所以找人切磋去了。」沈故淵道：「活動一番，倒是周身都熱了些。」

誰能跟他切磋啊？池魚很感興趣：「我也想跟別人切磋，師父介紹一下人給我認識啊？」

「介紹不了。」沈故淵拿起筷子。

「為什麼？」池魚瞪大眼看著他。

夾了一塊肉，沈故淵淡淡地道：「那人手斷了。」

池魚：「……」

無視自家徒兒驚恐的目光，沈故淵道：「現在的年輕人本事沒多少，卻總喜歡幹殺人的生意，不給點教訓，怎麼讓百姓安居樂業？妳說是不是？」

她能說啥？池魚乾笑，狗腿地捶了捶沈故淵的腿：「師父說的都是對的！」

輕哼一聲，沈故淵掃一眼她的右臂，撇撇嘴：「少動彈，傷口容易崩。」

「哪兒那麼嬌氣。」池魚坐直身子，拿起筷子就夾菜：「我又不是嬌生慣養長大的。」

搖搖頭，沈故淵也懶得多說，吃完飯就把人抓到軟榻上，給她上藥。

下午的雨停了，外頭涼絲絲的，但空氣新鮮得很。池魚可憐巴巴地看著，掙扎了兩下：「師父，我想出去走走。」

「等會，藥還沒上。」沈故淵道：「妳別動，等會疼著妳。」

您上藥，一向都很疼的好嗎？池魚連連搖頭：「我自己來就好了！」

沈故淵瞇眼，心想真是狗咬呂洞賓，正想發個火什麼的，卻聽得外頭蘇銘道：「主子，悲憫王來訪。」

Instagram　　Plurk

國家圖書館出版品預行編目資料

不及皇叔貌美（上）/ 白鷺成雙 著. -- 第一版. --
臺北市 : 未境原創事業有限公司 , 2025.04
面；　公分
ISBN 978-626-99526-0-1(上冊 : 平裝). --
857.7　　　　　　114002663

不及皇叔貌美（上）

作　　者：白鷺成雙
發 行 人：林緻筠
出 版 者：未境原創事業有限公司
發 行 者：未境原創事業有限公司
E-mail：unknownrealm2024@gmail.com
地　　址：台北市中正區重慶南路一段 61 號 8 樓
8F., No.61, Sec. 1, Chongqing S. Rd., Zhongzheng Dist., Taipei City 100, Taiwan
電　　話：(02) 2370-3310　　　　傳　　真：(02) 2388-1990
印　　刷：京峯數位服務有限公司
律師顧問：廣華律師事務所 張珮琦律師
總 經 銷：聯合發行股份有限公司
地　　址：新北市新店區寶橋路 235 巷 6 弄 6 號 2 樓
電　　話：(02)2917-8022

定　　價： 299 元
發行日期： 2025 年 04 月第一版